三千
儿郎

从鄂豫皖
到陕甘边

尹霞 著

河南文艺出版社
·郑州·

图书在版编目(CIP)数据

　　三千儿郎:从鄂豫皖到陕甘边/尹霞著. --郑州:河南
文艺出版社,2024.5
　　ISBN 978-7-5559-1707-6

　　Ⅰ.①三…　Ⅱ.①尹…　Ⅲ.①纪实文学–中国–当代
Ⅳ.①I25

　　中国国家版本馆 CIP 数据核字(2024)第 095879 号

策划编辑	许华伟　杨彦玲	
责任编辑	刘晨芳　熊　丰	
封面设计	今亮后声　张　萌	
版式设计	张　萌	
责任校对	殷现堂	
责任印制	张　阳	

出版发行	河南文艺出版社		印　张	22.5	
社　址	郑州市郑东新区祥盛街 27 号 C 座 5 楼		字　数	260 000	
承印单位	河南瑞之光印刷股份有限公司		印　数	1~30 000	
经销单位	新华书店		版　次	2024 年 5 月第 1 版	
开　本	700 毫米×1000 毫米　1/16		印　次	2024 年 5 月第 1 次印刷	
定　价	48.00 元				

印厂地址　河南省武陟县产业集聚区东区(詹店镇)泰安路
邮政编码　454950　　电话　0371-63956290

序

红二十五军是长征精神的一个缩影

中国工农红军长征是人类历史上的伟大壮举，是百年党史惊心动魄、精彩感人的篇章，是中国人民不可磨灭的红色记忆。书写红军长征的故事，向年轻一代讲述革命先辈的牺牲奉献、英雄气概，引导他们崇敬英烈、传承和弘扬红军将士用热血与生命铸就的伟大长征精神，体现的是一个出版机构的理想、情怀和可贵的文化担当。

我很高兴地看到河南文艺出版社在这方面的努力。这本述写红二十五军长征的书，选题好、有意义。相比大家对三大主力红军长征历史的耳熟能详，长期以来对红二十五军长征的宣传还不是那么广泛、深入。这支队伍特点很鲜明：人少，平均年龄小，孤军奋战，一路走一路打，越打越强大，不仅在途中创建了一大块革命根据地，还率先到达陕北，与红二十六军、红二十七军合编为红十五军团，为中央红军在陕北的落脚奠定了各方面基础。他们的长征里程虽然没有三大主力红军那么漫长，途中也没有雪山、草地、大渡河，但同样充满艰难曲折、九死一生。面对强大的敌人和重重困境险关，年轻的红二十五军将士们毫不畏惧、百折不挠，向着胜利一往无前。红二十五军的长征，不仅是中国工农红军长征史上的光辉一页，而且在中国革命史上写下浓墨重彩的一笔。他们身上体现出的坚定信念、热血忠诚、革命斗志，是红军长征精神的一个缩影，感天动地、可歌可泣，值得不断挖掘、大力宣扬，值得后人永远铭记、代代传承。

这本书不是枯燥的学术论文，也不是粗线条的简单勾勒，或平铺直叙的史料堆砌，而是从细节入手，深入到具体的人物和战事之中，用讲故事的方式，以亲切平实的语言娓娓道来，还原了一场场激烈战斗、一幕幕历史场景、一个个英雄形象，鲜活生动、有血有肉、真实可感，加之插入大量历史图片，总体上可读性很强，非常贴近年轻人的阅读习惯。同时，这又不是一本碎片化的故事集，而是有着突出的主线、鲜明的主题、清晰的内在逻辑，从微观到宏观、从特写到全景，全面而立体地展示了红二十五军的长征历程，并且史料准确翔实，细节较为丰富，主次详略、笔墨浓淡处理得当。更为难能可贵的是，作者秉承历史真实原则，坚持用历史事实说话，叙事中不生硬议论说教，寓情于事、寓理于事，无声胜有声，含蓄而鲜明地传递主流出版物应当有的正确立场和价值观，这种对历史的严肃态度、对读者负责任的态度，值得称道。

总之，这是一个有价值的选题，也是一部同类题材中独辟蹊径，有特点、有亮点、有新意的书稿，希望它早日付梓，早日与广大读者见面。

邵维正

（中国人民解放军国防大学一级教授、少将）

自序

血与火谱就的青春壮歌

在中国工农红军长征这场艰苦卓绝的战略大转移队伍里，除红一方面军、红二方面军和红四方面军这三大主力红军之外，还有一支并不广为人知的部队——红二十五军。

翻开纸页泛黄的 1936 年《共产国际》第七卷第三期，《中国红军第二十五军底远征》一文开头，以雄健的笔调这样介绍红二十五军：

中国红军第二十五军的荣誉，犹如一颗新出现的明星，灿烂闪耀，光被四表！

文章接着写道：

最堪注意的就是这支队伍差不多没有年逾十八岁以上的战斗员。从前的鄂豫皖苏区里，遭受异常残酷的白色恐怖，那些在战斗中牺牲者的孤儿，那些在一九三二年随红四方面军远征到四川的红军战斗员的子弟，便在这种恐怖条件下建立起游击队，从游击队变为现在以"儿童军"著名的红二十五军。

寥寥数笔，勾勒出红二十五军这支英雄部队颇具传奇色彩的身世和非同凡响的功绩。

1931 年 10 月，红二十五军诞生于鄂豫皖革命根据地，隶属红四方面军。1932 年 10 月，红二十五军大部分兵力随红四方面军主力向西转移后，蒋介石以 10 多个师约 20 万人的兵力，继续对鄂豫皖革命根据地进行"清剿"，妄图彻底消灭留在当地坚持斗争的红军，摧毁革命根据地。为了集中力量与敌斗争，1932 年 11 月，红二十五军重建。在白色恐怖、血雨腥风的岁月，作为鄂豫皖革命根据地武装主力的红二十五军，在与中央失去联系的情况下，独立坚持斗争，使革命的红旗高高飘扬在英雄的大别山上。

1934 年 11 月，红二十五军遵照中央指示，高举"中国工农红军北上抗日第二先遣队"的旗帜，实行战略转移。他们告别大别山，从河南罗山县何家冲出发，踏上漫漫征途。10 个月间，转战河南、湖北、甘肃、陕西 4 省，行程近万里，冲破了敌人 30 多个团的围追堵截，经历大小战斗数百次，取得独树镇、庾家河、袁家沟口、四坡村等一系列生死之战的胜利，成功配合、策应了中央红军的长征，成为红军长征中第一支到达陕北的队伍。

长征伊始，全军不足 3000 人。副军长徐海东年纪最长，34 岁，军长程子华 29 岁，军政委吴焕先 27 岁；团营干部，多是 20 岁出头；连排干部，几乎都不到 20 岁；军部机关的工作人员和警卫人员，大多十七八岁；战士的年龄多在 13 岁至 18 岁，十二三岁的娃娃兵有数百人之多，最小的娃娃兵才 8 岁，全军平均年龄只有十五六岁。

这支孤军奋战的"娃娃军"，一路征战，撒播了革命火种，保存和发展了革命有生力量。长征途中，不仅创建出一片稳固的革命根据地——鄂豫陕革命根据地，这是红军长征期间建立的唯一一块革命根据地，而且一路走下来不断发展壮大，抵达陕北时兵力达 3400 余人，是红军长征中唯一一支人数增加的队伍。

长征路上，有枪林弹雨之险，有寒冷饥饿之苦，有长途跋涉之艰，然而在重重困难面前，没有一个娃娃兵临阵脱逃，就连 7 个小女兵也都"宁愿战死、累死也不离开部队"。三千儿郎以"坚决顶住敌人，决不后退"的英勇无畏，以"即使我们这 3000 多人都牺牲了，也要把党中央和红一、红四方面军都迎接过来"的坚定信念和强大决心，与敌人血战到底，直至胜利！

红二十五军长征的胜利，在红军长征史上写下了光辉一页。它西征北上的战略行动，成为主力红军北上的先导。中共中央高度评价其在鄂豫皖革命根据地的顽强斗争、在长征中的英勇战斗和优良作风，并指出："我们的会合是中国苏维埃运动的一个伟大胜利，是西北革命运动大开展的导炮！"

到达陕北的红二十五军，与红二十六军、红二十七军合编为红十五军团，巩固和扩大了陕甘革命根据地，为党中央和中央红军把长征的落脚点放在陕北创造了条件，也为党中央把中国革命的大本营建在西北奠定了基础。中央红军在陕北站稳了脚跟，人民军队从此壮大，走向辉煌！

从鄂豫皖到陕甘边，由孤军成为劲旅，由偏师成为先锋，红二十五军的长征，是用脚底板走出来的，更是用血肉之躯杀出来的。血与火的洗礼，生与死的考验，锻造出少年劲旅的铮铮铁骨、赤胆忠魂。他们用青春和生命书写了"坚守信念、胸怀全局、团结一心、勇当前锋"的大别山精神，更以气壮山河的英雄壮举生动诠释了伟大的长征精神，深刻揭示了中国工农红军长征取得伟大胜利的根本所在、奥秘所在。

这支淬火成金、百炼成钢的队伍，被称为"百将之师"，走出了近百名共和国将军，徐海东、刘震、韩先楚、陈先瑞、刘华清等，是其中的杰出代表。他们南征北战、出生入死，为新中国的成立做出了卓绝贡献。

　　红色的青年战士志气昂，好比那东方升起的太阳。不怕牺牲，英勇杀敌如猛虎；冲锋陷阵，无坚不摧谁敢挡……

这首《红色青年战士之歌》，是红二十五军战士长征路上唱得最响亮的一支歌。这是他们少年出征、英姿勃发精神气质的生动写照，是他们用热血和生命谱就的青春壮歌！

每一块土地都有属于自己的荣光。红二十五军三千儿郎，是鄂豫皖三省的英雄儿女，更是中华儿女的优秀代表。他们以无畏的牺牲、

自序

卓著的战绩缔造的辉煌，是鄂豫皖三省人民的荣耀，更是全体中国人民的骄傲，是中华民族最可宝贵的精神财富，永远值得敬仰和铭记。

在中国工农红军长征出发 90 周年到来之际，谨以此书纪念、致敬红二十五军这支伟大的传奇部队、英雄部队、功勋部队。

是为序。

尹霞

（求是杂志社记者、编审）

目录

第二篇

踏上征途

第四篇

胜利会师

235~338

第一篇

大别山上红旗飘

在日益严峻的斗争形势下，鄂豫皖革命根据地第四次反『围剿』失利，中共中央鄂豫皖分局和红四方面军主力被迫于1932年10月撤离。留在根据地的红军部队、地方武装等约7000人重建红二十五军。在艰苦的环境中，红二十五军将士信念坚定、不屈不挠、顽强奋战，独立坚持两年根据地斗争，吸引和歼灭大量国民党正规军与反动地方武装，有力支持了中央苏区反『围剿』斗争，使革命红旗高高飘扬在大别山上。

重建

鄂豫皖革命根据地位于湖北、河南、安徽三省交界处，南濒长江，北抵淮水，东接江淮平原，西扼平汉铁路，大别山雄矗中央，俯瞰武汉、信阳、安庆，战略位置十分重要。

1927 年，黄麻起义在湖北省黄安（今红安）、麻城两县爆发，建立了工农革命军和革命政权。1931 年 10 月 25 日，红二十五军在安徽六安麻埠镇成立。11 月 7 日，红四军、红二十五军在湖北省黄安县七里坪合编为中国工农红军第四方面军。鄂豫皖革命根据地在轰轰烈烈的反"围剿"斗争中不断发展壮大，鼎盛时期，共拥有 6 座城池、26 个县政权，人口 350 多万，占地 4 万余平方公里，是面积仅次于中央革命根据地的第二大革命根据地。

1932年6月，蒋介石部署30余万兵力对鄂豫皖革命根据地进行第四次"围剿"。由于张国焘战略上的错误和在根据地推行"左"的政策，红四方面军奋战数月，最终未能打破敌人的"围剿"，根据地大部分丧失。

鄂豫皖革命根据地中心区——河南新集

1932年10月12日，红四方面军主力进行战略转移，红二十五军的大部分兵力随其西撤。

主力转移之后，根据地的斗争形势更加严峻。敌人以15个师、3个旅共20万重兵，加上地方反动民团、保安队、"铲共义勇队"等数万人，对根据地实行残酷"清剿""围剿"，叫嚣"血洗大别山"，声言3个月之内"将残匪完全肃清"。敌军所至，火光烛天，尸骨遍野，庐舍成墟，田园荒芜，许多地方成了无人区。仅在黄安县境内，就有将近10万群众被屠杀或饿死，到处都是尸骨累累的"百人井""千人坑""万人冢"。敌第十二师在皖西的柳树湾和上楼房等地，屠杀数千人，他们割下死难者的耳朵，用铁丝穿成串，挑了好几担向上级邀功请赏。许多地主豪绅也纷纷还乡，四处组织"铲共义勇队"，强迫群众用白布或白纸做成旗子，插在家门口表示"归顺"，并趁机推行保甲制度，实行反革命复辟。

在敌人疯狂进攻和摧残破坏之下，昔日大好的苏区，变成一块血染的土地、荒凉的土地。当时的南京国民党《中央日报》这样报道"清剿"后的鄂豫皖地区的农村："逃生无路，水草捞尽，草根掘尽，树皮剥尽……阖室自杀者，时有所闻；饿殍田野者，途中时见……大小村落，鸡犬无声，耕牛绝迹。"

血洗之后，根据地大片大片地丧失了，尚存的也被敌人分割为鄂东北和皖西北两个互相隔绝的地区。在鄂东北地区，只剩下黄安的紫云区、七里区和仙居区的一部分，麻城的乘马区、顺河区，光山的东区、南区、八里区，罗山的宣化区和陂孝北、陂安南等县的一小部分；在皖西北地区，只剩下六安的六区（金家寨）和三区（龙门冲）的一部分，以及赤城、赤南的一部分。

红四方面军主力转移时，鄂豫皖省委的主要领导成员，除郭述申留在皖西北外，沈泽民、徐宝珊、成仿吾、吴焕先、王平章、郑位三、戴季英、高敬亭都留在鄂东北地区，统一由省委书记沈泽民领导。留在根据地坚持斗争的部队，也只有红二十五军第七十五师两个团和军部特务营，以及红二十七师3个团，共5000余人。分散于各地的地方游击武装，总共也不过万余人。

在令人窒息的血腥镇压之下，许多人惶恐不安，思想和行动都十分混乱。一些红军伤员伤势虽已痊愈，却不肯归入地方部队，非要等方面军主力回来。一些红军干部、战士心灰意冷，私下悲观议论："我们的根据地快完了，红二十五军快完了，大别山的红军也快

沈泽民　　　　　　　　王平章　　　　　　　　徐宝珊画像

完了……"

决不能让根据地的革命烈火就此熄灭!

鄂豫皖省委书记沈泽民、鄂东北道委书记徐宝珊、鄂东北游击总司令吴焕先等省委领导,在指挥各路部队坚持开展斗争之余,冒着生命危险,四处奔走,开展思想工作,激励大家的士气。一时间,根据地到处贴满了"留得大山在,到处有红军"的标语口号。

吴焕先以他一贯的乐观与坚强,以及极富感染力的演说,对部队进行思想宣传:

"同志们,大别山的红军真的要完蛋了吗?没有完蛋,也不会完蛋!

"没错,咱们红二十五军的蔡申熙军长牺牲了,可王平章政委还在呢!军部是没有了,可军部特务营还在呢!这个特务营的战斗力,顶得上一个主力团!七十三师走了,七十四师散了,可七十五师还在,留下两个团咧!二二四团为了掩护方面军主力行动,留在皖西北了;二二三团就留在黄安地区,跟军部特务营合在一起,接连打了四五个小胜仗。谁说红二十五军完蛋了,我看没有完嘛!"

红二十五军重建遗址——檀树岗

　　吴焕先的话实实在在，又充满力量，令人信服。当场就有好几个伤病员亮明身份，说他们就是第七十三师的，表示愿意及早归队，即使自己的部队暂时回不来，他们也愿意归入留下的第七十五师，期待重上前线杀敌人！

　　11月中旬，吴焕先到仙居顶以西奔走了一趟，很快又返回檀树岗地区。鉴于红四方面军主力西去不归，根据地形势严峻，他便找到省委书记沈泽民，建议省委把留在根据地的5个主力团尽快集中起来，重新组建一支主力红军，以扭转根据地的混乱局面，更好地坚持武装斗争。这个想法得到沈泽民的极力赞同。

　　1932年11月29日，鄂豫皖省委书记沈泽民在檀树岗主持召开军事会议，分析红四方面军主力转移后根据地的形势，总结1个多月来分散坚持斗争的经验，决定重新组建红二十五军，独立坚持鄂豫皖革命根据地的斗争。

　　1932年11月30日，新的中国工农红军第二十五军在檀树岗的河滩上宣布成立！

鄂豫皖苏区的红军兵工厂旧址

重建的红二十五军，约 7000 人，军长吴焕先，政委王平章。下辖两个师，原红二十七师改编为第七十四师，师长徐海东，政委戴季英，其七十九、八十、八十一团依次改为二二〇、二二一、二二二团；原红二十五军第七十五师二二三、二二四团番号不变，师长姚家芳，政委高敬亭。

红二十五军重建后，军长吴焕先每天都奔走于各个师、团、营、连，亲自检查和安排军事训练。每到一地，他都将指战员们集合起来，慷慨激昂地鼓动一番：

"同志们，我们红二十五军的任务，就是坚持武装斗争，坚决保卫革命根据地！以大别山为中心的鄂豫皖根据地，是无数先烈用生命换来的，以鲜血染红的，战则存，不战则亡，我们一定要以百倍的战斗勇气，争取到最后的胜利！无论怎么艰难困苦、流血牺牲，鄂豫皖根据地不能丢，大别山的红旗不能倒！"

火一般炽烈的话语，将每个指战员的战斗情绪都调动了起来，全军上下合成一股劲儿，掀起了练兵热潮。

红二十五军的重建，让鄂豫皖革命根据地的斗争燃起新的希望，革命形势由此出现转机，中国共产党高举的武装斗争旗帜在大别山上继续飘扬！

中共中央鄂豫皖分局旧址

旗开得胜郭家河

蒋介石密切关注着来自鄂豫皖苏区的最新消息，他本以为再来一次"清剿"就能把大别山荡平，没想到却接到战报：鄂豫皖苏区又冒出一个红二十五军。敌第十三师师长万耀煌在战报中称"赤匪犹如春笋怒发"。

1932年12月12日，恼怒万分的蒋介石下达了新的"清剿"令，调兵遣将，部署新的战线，并限令于来年1月底前将根据地的红军"完全肃清"。

中共鄂豫皖省委从缴获的文件中了解到敌人的"清剿"计划，于12月30日在大别山麓的麻城大畈（今属河南新县）召开临时紧急会议，讨论红二十五军的行动方针。会议认为，既然敌人以"驻剿"为主，机动兵力相对减少，红二十五军就以师为单位分开活动，一面

1933年3月，红二十五军于拂晓前向郭家河开进

寻机歼敌，筹备给养，整补部队，积蓄力量；一面协助地方党政机关发动群众，恢复政权组织。会议还决定：组建红二十八军，恢复皖西北革命根据地。

红二十五军、红二十八军两支主力部队，与根据地党政军民一起，经过两个月的积极斗争，打破了蒋介石的划区"清剿"计划。

1933年1月底，"完全肃清"鄂豫皖苏区红军的期限已到，蒋介石只好延期。这次，他不再下什么"限令"，只是微调了一下部署：令第八十九师为"进剿"部队，把原驻信阳以北铁路沿线的马鸿逵部第三十五师调至光山新集，另调萧之楚部第四十四师的一三〇旅接替调出的第三师、第八十三师的防务。

红二十五军也在调整自己的战略部署。两个月的分兵活动虽然给予敌人一定打击，但战斗规模不大，不能彻底粉碎敌人大规模的划区"清剿"。3月初，中共鄂豫皖省委根据情况的变化，决定：红二十五军集中行动，在运动中捕捉和创造战机，寻歼孤立薄弱或突出冒进之敌。

不久，红二十五军得到情报：3月4日，马鸿逵的第三十五师一〇三旅二〇五团、一〇四旅二〇七团进占郭家河。

吴焕先一直关注着敌第三十五师近来的一举一动，看到这一变化后，马上找到鄂豫皖省委领导，一起分析敌我兵力情况：敌第三十五师装备较差，战斗力较弱，又是新来接防，人地生疏；敌两个团进占郭家河，是孤军深入，离周围据点黄陂站、七里坪等都有一天的路程，不易迅速增援；郭家河是老根据地，群众条件很有利；红二十五军将士士气高昂，求战心切，早盼着打个大胜仗，振振军威。

"乘其立足未稳，集中全军力量吃掉它，我们有这个把握。"吴焕先得出结论。

"吃掉它！"沈泽民也信心满满。

随后，吴焕先急令在麻城以北地区待命的徐海东率第七十四师，连夜赶到新集以南的野鸡笼，与第七十五师会合。

那时，徐海东因打仗勇猛，国民党军给他起了个绰号"徐老虎"。吴焕先早就想好了：这重建后的第一仗，事关重大，必须派"徐老虎"打头阵！

军领导班子研究后布阵：徐海东率第七十四师和特务营进攻郭家河的敌人；第七十五师占领郭家河东北的摸云山（又称磨儿山）一带，担任对新集之敌的打援任务，并在必要时支援对郭家河的进攻。

3月5日夜，红二十五军在野鸡笼进行政治动员。

"打好全军集中兵力作战第一仗！"

"把马家军打回西北老家！"

部队上下情绪高昂，口号声响彻云霄。

随后，部队连夜向郭家河开进。

6日拂晓，部队到达郭家河东南戴家岗一带。吴焕先命令第七十四师二二〇团和军特务营迂回到郭家河东北方向实施主攻，二二二团从郭家河以南、西南实施攻击。

战斗打响后，徐海东亲自指挥第七十四师的两个团，趁敌不备，从郭家河南北村口夹击，很快突入村内。二二二团以勇猛迅速的攻势，将郭家河东南羊人岩（又称羊儿岩）高地的敌警戒部队1个营大部歼灭。接着，二二二团由西南方向、二二〇团和军特务营由东北方向，以合围之势向郭家河之敌发起猛烈攻击。

此时，地方武装、游击队和群众也到达战场，呐喊助威，协力进攻敌人。红军士气大增，经过勇猛冲杀，敌人一部分就地被歼，其余向西北仓皇逃窜。红军立即追击，将其围困于二道河西南洼地，又经过1个多小时激战，将残敌歼灭。少数漏网之敌，又被地方武装和群众全部俘获。

郭家河首战告捷！

这一极其出色的歼灭战，是红二十五军重建后的第一次大捷。这次战斗，红军以伤亡30余人的代价，将敌两个团全部歼灭，毙敌二〇七团团长以下100余人，俘敌二〇五团团长以下2000余人，缴获山炮一门、迫击炮8门、机枪12挺、长短枪2000多支、子弹10万余发、战马百余匹。

战斗结束后，郭家河街头顿时沸腾起来。

这个地处新集、七里坪与宣化店之间的山中小镇，原来也是根据地的中心区域，很早就建立起苏维埃政权。然而，敌人占领后，山清水秀的郭家河被抢劫一空，许多店铺的门窗被扒掉，居民院落也变成敌人的骡马大圈，街面上到处都是骡马粪便、鸡毛鸭毛、啃吃过的肉骨头。敌军每到一地即大量搜捕宰食鸡鸭耕牛，两天之内，就在郭家河宰杀了数十头耕牛，鸡鸭不计其数。河边到处是敌人抛掉的牛角、牛蹄子以及各种杂碎，满地狼藉，污秽不堪。

听说红军收复了郭家河，老百姓从四面八方纷纷赶来，街道上人山人海，挤得水泄不通。有不少逃难在外的群众也闻讯回来。春耕在即，许多农民因耕牛被敌军宰杀而无法耕种，大家无不咬牙切齿。他们怒不可遏地闯入俘虏群，要敌人赔偿损失。

趁此机会，吴焕先对2000多名俘虏官兵进行了一番教育。他叫战士们把敌人丢下的耕牛角、蹄子从河边捡回来，堆在一起，向俘虏们大声训话："三十五师的老爷们，你们都睁开眼睛看看，数一数杀

郭家河大捷纪念碑

了多少耕牛！你们才来两天，就祸害这么多耕牛，长此下去，还有老百姓的活路吗？老百姓痛恨你们，打骂你们一伙当官的，都是因为你们没有一点人性，造孽太深，天理不容！老百姓叫你们赔偿损失，完全是应当的，就是把你们几个当官的千刀万剐，也解不了老百姓的心头之恨！今天，若不是红军纪律严明，老百姓会把你们砸成肉泥，用唾沫星子喷死你们！"

缓了口气儿，他又说："听说你们这个三十五师，是从西北宁夏一带开来的，路程很远很远。你们能够开出潼关，为什么不去山海关攻打日本人？你们出了潼关，偏又开到大别山攻打红军，红军跟你们井水不犯河水的，到底是为了什么？你们都捂着胸口想想，还有没有中国人的良心？"

接着，吴焕先又亮起嗓门讲道："老实告诉你们，红军对待你们还是有所区别的，首先会保证你们的生命安全，能够优待的尽量优待。你们的去留问题，我们也将很快做出决定。可是，我也要警告你们，从今往后，不要再为蒋介石卖命！哪个胆敢继续作恶，与红军为敌，绝没有好下场！"

听了吴焕先的慷慨陈词，俘虏们一个个垂头丧脑，无言以对。

……………

第二天，部队举行祝捷大会。临街的几家店铺门上贴出了对联表示庆贺，"白军来了鸡犬不宁，红军来了鸡犬不惊"，横批是"灭白兴红"。

之前，在野鸡笼很多农家的门上，贴着另一副对联，"红军来了鸡犬不惊，白军来了鸡犬不宁"，横批"红白分明"。

这天，鄂豫皖省委主要领导沈泽民、徐宝珊、成仿吾等人，都在祝捷大会现场。谈笑之间，大家说起了这两副对联。

徐宝珊说："一个'鸡犬不惊'，一个'鸡犬不宁'，老百姓的对联很实在，也很妙咧！"

沈泽民说："老百姓越是称赞红军纪律严明，红军越是要严格遵守群众纪律，只有如此才能顺乎民心！"

他想了想，又说："我看从今往后，应当在红军中形成一条纪律，谁也不准吃鸡！这事，首先从我们省委领导做起，以身作则，上行下效！"

在场的每个人都表示赞同。

郭家河首战告捷，红二十五军声名远扬。徐海东指挥的第七十四师冲锋在前，善打敢拼，军长吴焕先由衷赞叹："真是一员虎将，会打仗！"

于是，"徐老虎"的威名越发响亮，传遍大别山区。

杨泗寨轮流「牵牛鼻子」

郭家河战斗震慑了敌人。

战斗刚结束，敌第三十五师告急新集被围，要求增援；敌第十三师急报黄安受攻，忙将周围的3个团调回城内……

出师不利，这是兵家之大忌。蒋介石怎么也没想到马鸿逵的部队会败得这样快，输得这么惨！

3月10日，蒋介石急电卫立煌，调集驻商城地区的敌第八十师二三八旅、第三十师八十八旅、第三十一师4个团，迅速赶往新集增援。

敌增援部队气喘吁吁赶到新集，却没发现红军一兵一卒。这时，红二十五军却出现在了黄安东北的袁英河地区，包围了打鼓岭，向守敌第十三师七十六团展开进攻，并派出少数部队佯攻宋埠，吸引敌人南顾。

卫立煌果然中计。

3月12日，卫立煌一面命令远在孝感东新店一带的第八十九师急速开回河口，一面命令第三十师、第三十一师等部急返袁英河地区，同时命令驻黄安的第十三师向袁英河发起进攻。

红二十五军分析敌人的动向后认为，敌第十三师向袁英河进攻，与月初敌第三十五师两个团孤军深入郭家河地区有相似之处，这又是一个进攻的良机。于是，军部立即发出命令，要求部队连夜做好攻击准备。

12日夜，红二十五军在袁英河以南的九龙长岭布阵，静候敌第十三师到来。13日拂晓，红军突然发起猛攻，予敌先头部队三十八旅七十七团以歼灭性打击。激战1个半小时后，红二十五军撤出战斗，向麻城北部的杨泗寨地区迅速转移。

卫立煌发现红军东去，赶紧重新调兵遣将，组织了12个团的兵力，分左中右3路纵队追击红军，限令3路纵队务必于19日"会剿"于杨泗寨地区，一举消灭红二十五军。

此时，红二十五军已在杨泗寨、万字山、李家寨地区占据了有利地形，等候着远道而来的"客人"。18日、19日连续两天，红军分别与敌第十三师、第三十师、第三十一师各一部展开战斗，杀伤敌700余人。随后，红二十五军又北上光山南部地区，伺机歼敌。

这时，卫立煌又得到消息，在福田河地区也冒出了一支红军。

这支部队便是廖荣坤领导的红二十八军。他们奉命向鄂东北转移，与那里的红二十五军会合，以集中兵力作战。由于敌第八十九师阻隔，两军未能联系上。于是，红二十五军北上，红二十八军则东返皖西北。

一支北上，一支东行，哪一支是红二十五军？卫立煌一时乱了方寸。

3月28日，红二十八军东返行至商城门坎山（今属安徽金寨）时，与敌第七十五师二二四旅遭遇，发生激战。敌军占据门坎山的大小山头，以密集的火力封锁红军前进的道路，情况十分危急。廖荣坤、王平章指挥部队向敌攻击，打开通路。战士们猛虎一般冲向敌人，整个山谷硝烟弥漫、杀声四起，敌人的封锁很快便被冲破。

然而，战斗中，军政委王平章不幸头部中弹，壮烈牺牲。这位中共鄂豫皖中央分局和中共鄂豫皖省委的重要成员，在参加组建红二十五军和领导红二十五军参加第三、第四次反"围剿"斗争中，在参加重建红二十五军和领导红二十八军坚持皖西北地区的斗争中，均做出重大贡献。王平章在部队中有着较高的威信，他性格随和，被群众亲切地称为"王胖子"。他还能文能武，曾与红二十五军秘书长程坦合作写过一首《红军三大任务歌》。

东线战场上的激烈拼杀，竟使卫立煌误以为东去的这支红军必定是红二十五军。连日来"围剿"失利，卫立煌感到脸面无光，为挽回点面子，他亲自率领各路进攻部队越出"经（扶）黄（安）清剿区"，紧紧追击，痛下决心"全歼红二十五军"。

然而，越追，离红二十五军越远；越赶，卫立煌越觉得心里不安。当追至南溪以西的九歇山、关王庙一带时，他终于弄明白，自己穷追不舍的竟然是红二十八军，红二十五军不知去向！

被红军搞得晕头转向、疲惫不堪却无所收获的卫立煌，带着部队垂头丧气返回了原驻地。蒋介石无奈，只好继续打延期"围剿"的算盘。

占据主动的红二十五军乘此机会，在光山南部的南向店地区进行休整和训练，准备迎接新的反"清剿"斗争。此时，春天的脚步越来越近，满山都是春的气息。走过严冬的红军将士们满怀憧憬，期待着下一场胜利的到来……

潘家河击溃万耀煌

1933 年 4 月初，休整后的红二十五军精神饱满地由南向店转回麻城北部的大畈地区。红二十八军也由皖西北到达该地。两军会合后，大家如同失散了多年的老朋友，相互嘘寒问暖，偶尔有谁说起开心事，便引来一阵阵笑声，当听到熟悉的战友牺牲的消息，又会引出一片唏嘘惋叹……

郭家河大捷使大家尝到了集中优势兵力歼灭敌人的甜头。为了更有效地对付敌人，4 月 8 日，中共鄂豫皖省委决定，将红二十八军编为红二十五军第七十三师。此时，红二十五军全军共 1.2 万余人。

会合后的红二十五军将士精神抖擞、斗志高昂。按照部署，部队迅速向郭家河进发，准备歼灭罗山卡房之敌，恢复黄安以北地区。

这次，卫立煌终于探明了红二十五军的位置，立即决定部队任务由"进剿"改为"追剿"。又将两个月来疲于奔命、一无所获的第八十九师的"进剿"任务解除，改由第十三师专任全区的"追剿"队。

敌第十三师师长万耀煌曾为"匪军蜂起"而头痛过，此次被卫立煌选中负责"追剿"任务，心里直犯嘀咕："进剿"与"追剿"到底有多大区别？不都是跟在红军后面跑吗？

4月10日，卫立煌命万耀煌率部由华家河、七里坪北上，并令第五十八师由黄陂站、禹王城向东策应，第三十师、第三十五师由中途店、泼皮河向西策应，全力"清剿"光山以南地区。

卫立煌的作战意图就是东西两路包围、夹击，全力消灭红军，摧毁光山县南区根据地。

4月13日，敌第十三师师长万耀煌披挂上阵，亲率三十八旅七十五团、七十六团和三十七旅七十八团等为右纵队，向马鸿逵部栽过跟头的地方——郭家河进犯，报此前惨败之仇；敌三十七旅七十三团、七十四团为左纵队，向老君山一带进犯。

"万耀煌率部前来抢头功，这一次的孤军深入，又赐给我们一次良机！"鄂豫皖省委和红二十五军领导根据敌军动向，当即决定放弃进攻卡房的计划，抓住有利战机，集中力量攻击这支孤立之敌。

敌第十三师右纵队从七里坪出发，沿倒水河西岸向北行进。14日下午，部队行进到上潘家河及其以北地区便早早扎下营寨。河西、河东各有一处制高点，即鸡公山寨和黄石岩。为防万一，敌七十五团和七十八团三营分别占据了这两处高地，七十八团一、二营在河西岸低洼平坦的白果树店宿营。万耀煌的师部及七十六团则选择了上潘家河宿营，这里离红军部队较远，在前锋线上又有重兵把守，万耀煌认

鄂豫皖苏区红军使用过的手榴弹

为可以放心地睡上一觉。

入夜，万籁俱寂，红二十五军将士却睁大了眼睛。

根据敌人配置和地形条件，军领导迅速做出部署：罗山独立第六师在鸡公山寨一带牵制与迷惑敌人，并保障右翼红军的安全；第七十三师从正面向黄石岩敌人进攻，歼灭该敌后，以一部控制黄石岩，其余配合军主力歼灭敌后续部队；第七十五师迂回到黄石岩敌人的右侧，切断其退路，然后集中力量歼灭敌后续部队；第七十四师为预备队。

之后，军部向各师下达了政治动员令，要求务必利用夜间秘密行动，于拂晓前到达指定位置，做好战斗准备。

指战员们听说要狠狠打击敌主力第十三师，无不欢欣鼓舞，积极备战，并纷纷表决心：多捉俘虏、多缴敌人的枪。

入夜，红二十五军秘密行动，向指定地点靠近。

15 日拂晓，透过漫天大雾，红军发现在白果树店宿营的敌人开始渡河，意与黄石岩的敌人会合，配合河西纵队主力向郭家河推进。

红军第七十三师根据命令，在弥漫的晨雾掩护下，悄悄向黄石岩的敌人靠近。

"打！"一声令下，红军如同神兵天降出现在敌人面前，以迅雷不及掩耳之势攻占了黄石岩制高点，歼敌七十八团三营一部。随后，第七十三师配合第七十五师，将敌七十八团全部压在河边狭窄的地段上。经过反复冲杀和激烈战斗，敌大部被歼。

万耀煌率师部和七十六团慌忙赶到前线，眼见七十八团即将覆灭，急令左纵队驰援，并指挥七十六团两个营渡河投入战斗。

万耀煌欲渡河增援、败中取胜，但这是一步死棋。

获悉万耀煌要渡河赶来增援，红军主力乘其立足未稳，予以迎头痛击，打得万耀煌仓皇回窜。

正在这时，狂风暴雨大作，山洪暴发，河水陡涨，来不及退回河岸的残敌淹死甚多。

附近跑来观战的老百姓见此，纷纷拍手称快："报应啊，老天爷睁开眼了！"

惊魂未定的万耀煌正在焦急之际，又听到从鸡公山寨方向传来激烈的枪声、爆炸声。一直担负牵制鸡公山寨之敌任务的罗山独立第六师，此时正向该敌发动猛攻。万耀煌误认为这是红军主力由上游渡河发动攻击，慌忙下令全军退至钟家岗。

"下一步怎么办？"万耀煌一筹莫展。向前走，担心有红军主力埋伏；向后退，又怕会受到军法制裁。不知不觉，天黑了下来。惊魂未定的万耀煌唯恐红军突然夜袭，越想越害怕，干脆率部向南退至5公里以外的香炉山。

战斗过程中，万耀煌命左纵队增援。左纵队得到红军接连获胜的消息，心生胆怯，借口下雨路险、无线电机件失灵，不愿前往。敌第五十八师则龟缩在老君山一带，隔岸观望，不敢前进。

第十三师不听指挥、畏缩不前，总指挥卫立煌气得直骂"尿包"，随即撤销了第十三师的"追剿"任务，改由第八十九师接替。

潘家河一战，红二十五军重创敌第十三师七十八团，击溃敌七十六团两个营，共毙伤敌 300 余人，俘虏 600 余人，缴获迫击炮 2 门、机枪 8 挺、步枪 200 余支。

此战惨败，狼狈不堪的万耀煌担心受处分，在事后战报中有意瞒报，略去了被俘 600 余人的事实。

红军接连打胜仗，让备受国民党军践踏摧残的根据地群众欢欣鼓舞，乡亲们奔走相告："咱们的红军回来了！"

红二十五军集中力量统一行动后形成了战术上的优势，战役的胜利又极大地鼓舞了根据地广大群众。中共鄂豫皖省委在给中央的报告中这样陈述："潘家河一战，红军无粮，群众家家造饭挑至火线上送与红军……在开始反攻以前，群众中有一部认为二十五军不能巩固苏区，一心只望红四方面军回来。现在经过这两次战斗的胜利，群众情绪大为转变，二十五军在他们心中已开始获得鄂豫皖苏区主力的地位了。"

分割于鄂皖两地

潘家河战斗后，鄂豫皖省委在王明"左"倾教条主义军事战略方针影响下，错误地估计了当时的敌我形势，对革命战争的长期性、艰巨性认识不足，盲目强调完成"反攻时期"的作战任务，完全不顾当时的实际，在郭家河等战斗接连胜利、根据地形势日趋好转的情况下，贸然决定攻打敌重兵扼守、工事坚固的七里坪，结果因双方力量悬殊，苦战 40 多天，久攻不下，部队损失惨重，减员近半。

1933 年 5 月初，蒋介石任命刘镇华为"豫鄂皖三省边区剿匪总司令"，以 14 个师、4 个独立旅的兵力发动第五次"围剿"。在敌疯狂进攻下，鄂东北、皖西北两个根据地的中心区相继丢失，红二十五军再次大幅减员。

七里坪长胜街

9 月，红二十五军进行缩编，全军仅剩 3000 余人。

危急时刻，为了不再与敌拼消耗，红二十五军根据省委的决定，由皖西北转向鄂东北。

这时的刘镇华很是得意，他料到红二十五军会走这步棋，早早在沿途布下"口袋"，等待红军来钻……

10 月 2 日，红二十五军由皖西驻地出发，经黄土岗，过潢（川）麻（城）公路。军长吴焕先领队前行，副军长徐海东因病躺在担架上，随同勤杂人员走在队伍最后。

当天下着大雨，道路十分泥泞。队伍走走停停，越来越慢。徐海东身体虚弱，迷迷糊糊地睡了过去。

走着走着，突然传来一阵枪声。徐海东惊醒后，侧耳细听，枪声越来越密集。他赶忙坐起身，翻看军用地图。这时侦察员跑过来，气喘吁吁地报告："副军长，不好了！"

"怎么回事？"

"前面遭到敌人埋伏，队伍被切断了！"

徐海东立刻命令姓朱的小号官："吹号，跟军长联络！"

朱号官立刻跑到路旁大树下，嘀嘀嗒嗒吹了一阵。

然而，军长吴焕先那边没有传来答号声。

小号官再吹，号声刚过，却响起了砰砰的迫击炮声和嗒嗒的机枪声。原来是敌人发现了他们。

徐海东让警卫员通知特务连，派人到前边去看看，自己则费劲地翻下担架，由警卫员搀扶着爬上一处高地瞭望。

他看到，这地方是黄土岗一带，前边就是潢川到麻城的公路。队伍出发前一天得到情报，敌第三十一师九十三旅就驻在这一带。想不到队伍趁夜色行军，还是中了埋伏。

特务连名叫毛头的连长侦察后，跑回来向徐海东报告："副军长，真的遭了埋伏……"

徐海东冷静地回应："不用慌，碰上敌人就打，打不赢就走。"

毛头连长说："首长！大部队过了公路，我们掉队啦，掉下来的大多是伤员和后勤人员，打没法打，走也没法走啦！"

徐海东通过望远镜看到，公路上黑压压一片敌人，正向这边运动。他感到情况不妙，随即发出了后撤的命令。

担架队员和挑夫都不是拿枪的人，听说撤退，一时秩序有些混乱。

这当口，一群敌兵喊叫着冲了过来。

徐海东身边的战斗部队只有一个特务连，而这个连又有两个排负责挑担，挑着一批步枪和子弹，根本顾不上打仗。

徐海东命令毛头连长："带一个排守在这里，没有命令不准撤！"

随后，徐海东让人搀着爬上山腰，在一座小庙里暂歇。他拿出地图，想看看走到了什么地方。正巧，有位红军战士是当地人，说这山

红二十五军司令部旧址——闵氏祠堂

叫猴子山，这庙叫齐天大圣庙。

徐海东端起望远镜，站在庙门前的台阶上四下瞭望，只看见敌人封锁着公路，看不见红军大部队的踪迹。山脚下，全是挑担子的，急急慌慌东奔西走。他隐约发现有一小支队伍在公路旁的一条山沟里游走，心想部队突然遭到袭击，一定跑散了不少人，就对小朱说："号官吹号！"

小朱感到奇怪，忙问："吹……吹什么号？"

徐海东说："紧急集合号，到我这里集合！"

号官不明就里，只好站在一块石头上，挺起胸脯，鼓足气，嘀嘀嗒嗒吹了一阵集合号。

号声就是指挥员的命令。

一阵集合号后，便有跑散了的红军战士顺着号声摸了过来。

徐海东看到有人跑来，便命令号官继续吹。

集合号又吹响了，号声回荡在山谷里。

想不到，这一次军号响过，山下有个地方传来了答号声。徐海东听得出，这是某个连队发出的号声。他赶紧命令小朱："吹，不停地吹，把山下的人都吹上来！"

号官明白了副军长的用意，迅速爬到庙前一块高高的岩石上，用上浑身力气，吹着一个调："快向我集合！"

新兵听哨，老兵听号。伤病员和后勤人员多是老兵，他们听懂了军号声，知道徐海东就在山上，便从四面八方往山上集结。

敌人听到连续不断的军号声，也弄不清这猴子山上到底有多少红军，不敢轻举妄动，只在远处放冷枪、打冷炮。

随着嘹亮的军号声，走散了的6个连队陆续聚合到了山上。徐海东估计人到得差不多了，便命令号官接着吹号，把特务连连长和那个担任阻击任务的排调过来。

毛头连长和他带领的一个排听到号声，立即撤向猴子山。

随后，徐海东把连以上干部召集到大庙里。他看到有些干部神色

鄂豫皖苏区红军使用过的军哨

紧张，便开玩笑地问大家："你们知道这庙叫什么名字吗？"

见没人回答，他笑着说："它叫齐天大圣庙。今天我们都变孙大圣喽！"

几句轻松话，把大家说乐了。虽说队伍被打散了，有副军长在，大家就有了主心骨。

徐海东接着说："情况嘛，大家都看到了。我们被敌人切断在公路这边了。向前走，等于往老虎嘴里送食。现在只好向后转，回皖西去！那边有红八十二师，郭述申同志也在那里。"

有人说："队伍太乱了！又是伤兵，又是挑夫，走不动啊！"

有人提议："干脆，把担子都扔了！"

毛头连长叫起来："不行，我们挑的都是枪弹啊！"

还有人说："人要紧，现在要那些枪做什么？"

徐海东听完大家的意见，说："枪弹不能丢。伤病号能走的，每人发一支枪扛着；吃的东西分一些，其余都扔掉，挑担子的人都变成扛枪的兵！零散人员编一个连，挑担的伤病员编一个连，加上特务连，合编成一个营，归毛头连长指挥！毛头，你任代理营长！"

散会后，毛头连长站在徐海东跟前，孩子似的说："副军长，我指挥不了啊！带一个特务连都毛手毛脚，哪能指挥一个营啊！"

徐海东板起脸来："毛手毛脚的毛病，要改一改。我看，改好了，你能指挥一个团！"

"哎呀，我的首长，你可别……"

徐海东两眼一瞪："执行命令！"

朱号官听说毛头连长升任代理营长，跑到他跟前，拍拍他的肩膀："喂，我说毛头营长，你升了官还不高兴？往后可别忘了我啊！"

毛头连长没好气地说："忘不了，我要封你当司号团团长！"

朱号官做了个鬼脸，边摆弄着军号边说："我什么官都不愿当，只想跟着副军长吹号。"

猴子山前，零散混乱的队伍进行了整编。徐海东掏出怀表看了看，此地不能久留，便命令号官："吹出发号！"

山谷里又响起了雄浑的军号声，一支 1000 余人的队伍沿着崎岖小路下了山，趁着夜色，悄悄向东折回……

经过连日长途跋涉，徐海东带领一队人马终于在南溪东北吕家大院找到了党组织——皖西北道委。

道委书记郭述申看到徐海东的队伍劳师远行，又饥又渴、困乏不堪的样子，就说："你们先吃顿饱饭，然后好好睡他一觉，一切由我安排。"

他当即让人把现有的粮食分给这远道而来的队伍，除让他们吃饱肚子外，还把每个人的米袋子装满，并下命令把伤病员火速分散到山沟里隐蔽起来进行治疗。

一切安排停当后，郭述申与徐海东才坐下来分析敌情、我情，一同制订坚持皖西北斗争的计划。为集中兵力、统一指挥，他们决定将徐海东带来的部队与皖西北的红八十二师合编，组成新的红二十八军，徐海东任军长，郭述申兼政委。

10 月 2 日，红二十五军被一截两段后，走在队伍前列的省委和军部率领 2000 余人进至路西，连续打败敌人的追堵后，经董家畈、诸婆寨、凤到山等地，于 10 月 7 日到达紫云寨地区，与中共鄂东北道委和红七十三师会合。

就这样，在红二十五军被一截两段后，鄂东北、皖西北又各有了一支主力部队。

"剿匪"总司令刘镇华原本梦想着 3 个月消灭红二十五军，结果非但没消灭，又冒出来个红二十八军，他又惊讶又恼火："剿共，剿共，越剿越多！"

护送成仿吾

七里坪战役后，接连的失败让红军严重受损，严峻的形势迫使鄂豫皖省委不得不重新考虑斗争方针问题。

1933 年 10 月 16 日，鄂豫皖省委在黄安县紫云寨召开第三次扩大会议，总结经验教训，提出转变斗争方针。

这次会议有一项重要决定：派省委委员、宣传部部长成仿吾去上海，向中共临时中央汇报情况，请求中央派军事干部到鄂豫皖根据地工作。

成仿吾出身于书香门第，父亲是清末秀才。他 13 岁就随哥哥成劭吾东渡日本留学，后与郭沫若等一起从事反帝反封建的革命文化活动，建立了著名的革命文学团体"创造社"。大革命失败后，他经日本转赴苏联，后又去了法国和德国。1931 年 10 月，从德国返回上海不久，就被派到鄂豫皖根据地工作，一直担任省委宣传部部长、省苏维埃政府文化委员会主席等职务。当年，他与鲁迅、茅盾以及沈泽民之间打过不少笔墨官司。但在鄂豫皖根据地的两年间，他与沈泽民摒弃前嫌，为着共同的革命事业，并肩战斗，成为患难与共的战友。

由于成仿吾的这些经历，省委认为去上海向中央汇报工作，非他莫属。

临行前，省委书记沈泽民在成仿吾的衬衫衣襟上，用米汤秘密写下"派成仿吾同志到中央报告工作"几个大字，署名是一串俄文字母。这封奇特的"介绍信"，就是成仿吾随身所带的证明。

这时，成仿吾正身染疟疾，身体十分虚弱。恶劣的环境、艰苦的

中共鄂豫皖省委旧址

战斗，使本来就不强健的成仿吾显得又矮又小、又黑又瘦。此次奔赴上海，山高路远，为照顾他的身体，省委特为他配了一头毛驴，红二十五军又派一支数十人的便衣队护送他出大别山。原定的计划是，先由便衣队护送他至陂孝北，然后再由活动在当地的红军二一九团负责将他送上火车。

然而，红二一九团接到成仿吾后，由于敌人戒备森严，始终无法靠近花园车站。上不了火车的成仿吾，只好骑着毛驴，跟随二一九团在附近转悠。

此时，陈先瑞正带着特务四大队一分队，在孝感以北铁路沿线活动。这天，他们带着筹来的款子，回到鄂东北道委和游击总司令部驻地卡房。

一进总司令部大门，陈先瑞就看到军长吴焕先正和道委书记郑位三商量护送成仿吾的事。二人看到他们回来，当即决定，由特务四大队接替护送任务，尽快把成仿吾送上去上海的火车。

特务四大队共 120 多人，由鄂东北道委和游击总司令部直接指挥，人员精干，装备精良，行动神出鬼没。主要任务是打土豪、抓团总，为苏区红军筹集经费、医药和其他物资；同时，也刺探敌情，偷袭敌军，还截击敌人的运输队，乘机"捞上一把"，运回苏区。此外，还负责接送来往于鄂豫皖苏区的地下交通员。

因为红军和游击队经常出没于孝感与信阳之间的铁路沿线，这一段将近 150 公里长的铁路线上的大小车站，敌人都有重兵防守，越是靠近车站的地方，敌人盘查得越严。四大队领导认为，在这种情况下，靠武装护送是不行的，必须采取灵活机动的方式，且护送的人也不能多。

一番认真研究后，四大队领导把这个艰巨的任务交给了陈先瑞所在的一分队去完成。

在四大队一分队，分队长陈先瑞最初在一班。一班共有 9 人，陈先瑞是班长，他和骨干成员韩先楚、刘震，当时都只有十七八岁。这个班经常执行各种急难险重任务，每次任务完成得都非常出色，被大家赞为"战斗班"。

一分队领受任务后，立刻开始策划行动方案。

分队长陈先瑞思之再三，认为既然在敌人的眼皮底下行动，何不搞得有声有色些？毕竟越大模大样、虚张声势，越容易蒙混过关。

于是，他们使出乔装打扮的拿手好戏，给成仿吾戴上礼帽，换上大褂，穿上新鞋，把个苏区的宣传部部长，生生打扮成个衣冠楚楚的教书先生。同时，让刘震充当"书童"，韩先楚充当"家丁"，跟随在"教书先生"身边，负责"保驾"。陈先瑞则与另外 3 名战士扮作"轿夫"，一路上轮流抬轿。其他几人，或单独行动或两人一组，保持一定距离，紧随于后，危急时刻以作策应。

他们还对去花园车站的路线、如何靠近车站、怎样应付敌人盘查等事项都做了细致研究，并对可能出现的情况也做了几手准备。

陈先瑞过去对成仿吾并不熟悉，这次接受任务后，专门提前去看望他。

"成部长，你不要担心，跟着我们走就是了，我们一定能保证你坐上火车。"

"好嘛，你们四大队神通广大，我听你们安排。"成仿吾文质彬彬，很是随和。

"嘿嘿，到时你看我们眼色行事就行。"

进入车站，刘震、韩先楚老远就奔前跑后地大声吆喝起来："闪开，闪开！我们先生的轿子来了！"

负责盘查的军警都被这阵势弄蒙了，还以为来了什么头面人物，不敢拦截盘问，只撩起轿帘瞅上一眼，把手一挥，轿子倏忽而过。

临上车时，陈先瑞还特意让人买了几包孝感麻糖递给成仿吾，如此这般寒暄一番，把戏一演到底。

就这样，一路瞒天过海，成仿吾很顺利地登上了火车。直到列车长啸一声开出站，陈先瑞悬着的一颗心才落了下来。

大家后来才知道，成仿吾去上海时，中共临时中央已迁至江西中央革命根据地，上海只留下中央局，负责党在白区的工作，并保持同共产国际的联系。成仿吾到达上海后，通过日本友人内山完造先生找到鲁迅，又通过鲁迅、茅盾、瞿秋白接上了党的关系。上海中央局迅速通过电台向瑞金党中央做了汇报。党中央电令成仿吾于1934年1月10日前赶到瑞金，参加中共六届五中全会。

1934年1月上旬，成仿吾终于辗转到达中央革命根据地瑞金。不日，参加了党的六届五中全会。之后不久，中央专门组织了由周恩来、张闻天、李维汉、王稼祥等人参加的会议，听取了成仿吾的详细汇报。

深山老林打游击

在敌人疯狂"清剿"下，鄂豫皖苏区许多地方变成了无人区，根据地百姓家家户户家破人亡，流离失所。国民党军重兵"围剿"的鄂东北地区，斗争条件异常艰苦。

部队住在深山里，晚上就睡在青石板上。时已深秋初冬，每个人穿的还是破烂的单衣。一件衣服，日当衫，夜当被，长期穿在身上，上面长满了虱子。粮食奇缺，连可吃的野菜、树叶都难找到，只好剥树皮、挖葛藤根充饥。白天怕敌人发现，不敢烧火，晚上才生火煮点东西吃。没有锅，只好用小茶缸煮，每晚要煮一二十次，每个人才能有一小茶缸热东西进肚。

在荒山野岭宿营，指战员大多随身带着镰刀、斧子，随时准备砍树枝、割茅草、搭窝棚。遇到紧急情况，只能在寒风冷雨中就地休息，形势稍加缓和就接着赶路。

安置在深山老林里的伤病员，缺医少药，更加难熬。旱烟叶子、南瓜瓤儿、楸树根，加上少得可怜的食盐，便是难得的药物。

不仅自然条件艰苦，而且还要时常应对敌人的"清剿"。为躲避敌人搜寻，大家常常藏身于悬崖绝壁上的山洞里，以森林作掩护，跟敌人"躲猫猫"。在山洞里，能看见远处敌人的行动，听到近处敌人的说话声、叫喊声。每当此时，大家便将枪口齐齐朝外，一旦被发现，随时准备与敌血战到底。

皖西北苏区的斗争环境同样恶劣。

经过敌人多次"围剿"，根据地只剩下一片狭小的地方。东西长不过 100 公里，南北宽不过 25 公里，最窄处只有几公里。国民党军"血洗"之下，遍地瓦砾废墟，十室九空。国民党军第七十五师师长宋天才，命手下将几千青年妇女，运至河南地界卖掉，许多家庭被灭绝了后代。在吕家大湾，几百名无辜群众被集体残杀后埋进土坑……血的仇恨，激起了红军将士喷火的愤怒！

时值寒冬，敌人在皖西北"进剿""驻剿"和"追剿"的部队，加起来不下 10 个师、近 10 万人。红二十八军名曰一个军，实际上也就 2000 余人，而且缺粮少弹，缺吃少穿。徐海东这样形容："肩膀上扛粮袋，屁股后头挂镰刀。"白天隐蔽在山里，割草搭棚子；晚上下山去"打粮"。时常跑了一夜，也碰不上个"大户"，只搞点米回来。

"打粮"回到苏区，除了供给部队和伤病员，还要救济穷苦群众。苏区群众不顾生命危险，给红军送情报，千方百计掩护红军伤病员。有些受敌人摧残严重的村庄，人虽然很少了，但即使剩下一个人，心也仍向着红军。在粮食最困难的时候，军民吃饭不分彼此，老乡做好了米汤叫战士们去喝；战士们煮好了稀饭，匀一部分给老乡。有的群众自己忍着饿，把仅有的一把米、一把菜，送给战士吃。有些群众被反动派抓去后，被强迫带路去找红军，他们领着敌人乱转，宁死也不说出红军的去向。红军和人民群众，相依为命、共度艰难。

尽管环境十分艰苦，斗争极为残酷，省委和军领导却经常鼓励大家：困难是暂时的，有共产党领导的红军在，革命一定能胜利！在他们的带动下，红军战士始终斗志昂扬、乐观向上，他们将自己的战斗生活编成一首歌谣，四处传唱：

> 山林岩洞是我的房，
> 青枝绿叶是我的床，
> 野菜葛根是我的粮，
> 共产党是我的亲爹娘，
> 哪怕白匪再"围剿"，
> 红军越打越坚强。
> 任凭敌人逞凶狂，
> 烧我房屋抢我粮，
> 一颗红心拿不去，
> 头断血流不投降。

在那艰苦的日子里，鄂东北道委书记郑位三一家，死的死，散的散，他自己也染了一身疥疮，经常感染化脓，痛痒难熬。但他一声不吭，仍然每天坚持和游击队员们一起钻山入林，风餐露宿。他无比坚定、充满豪情地对大家说：

"大别山的革命烈火是扑灭不了的，即使剩下几个人，我们还要战斗下去，坚持到最后胜利！

"打死了面朝天，打不死革命万万年！"

为了鼓舞大家的斗志，坚定革命必胜的信心，郑位三编了一首名为《大别山上红旗飘》的歌谣教战士们唱：

郑位三

大别山上红旗飘，

咱穷人革命在山坳，

青石野草当床睡，

密密山林比楼高来比楼好。

白匪儿孙真孝顺，

砍山又修宽大道，

沿着大道采野桃，

野桃咧嘴对我笑。

谁说革命吃苦头，

咱们吃穿住行样样好来样样好。

青山绿水陡石崖，

穷人革命上山来，

饮不尽的清泉"酒"，

吃不完的美味"菜"，

苦去甜来见胜利，

幸福花呀遍地开呀遍地开！

胜利勿忘烈士功请将遗

志记心中终极目标共产

制大家努力莫放松

郑位三敬题

郑位三墨迹，1995年书于武昌

41

艰苦的岁月

在红二十五军遭受重创、鄂豫皖苏区陷入困境之时，周少兰等几个红二十五军医院的女护士，尽管当时还只是十五六岁的孩子，却跟随部队东征西战，英勇顽强。

红二十五军的医院，没有固定的地址，也没有床位，更没有像样的医疗设备。一切医药和医疗用具，都装在几个大木箱里。行军了，挑起木箱、抬着伤员就走；住下了，打开箱子就工作。周少兰她们的工作，平时是洗绷带、护理伤员，行军时用小竹棍挑着脸盆和烧水用的吊锅子，跟着队伍走。有时还要上山打柴，到远处去背粮。

1933 年秋天，环境越发艰苦了，许多村庄几乎绝了人烟。敌人在水井里撒毒药，在路旁撒烂脚的药，想把红军赶尽杀绝。医院不便随部队行动，转移到了豫皖边界的仰天窝一带大山上去。

荒凉的深山野岭，周围几十里没有人烟，山洞也很少。医院工作人员割草、砍树，搭起茅棚给伤员住，自己却露天住宿。那时，药物只有灰锰氧（高锰酸钾）、硼酸水、升汞水等。绷带都是洗了几十次甚至上百次的破布。药棉开始还有一些，后来洗得不能用了，就撕棉袄。棉袄撕成了夹袄，夹袄又撕成了单衣。在这样的艰苦条件下，他们把一批批伤员医好，送上前线，又从前线接下新伤员。

因为敌人的封锁，找吃的越来越困难了。每天，给伤病员换好药，如果没有敌情，一些小护士就端着破瓷盆，到处去挖野菜。大家一边挖野菜，一边唱着《妇女诉苦歌》。

周少兰出身贫苦木工家庭，10岁被送到大户人家做童养媳，是党和红军把她从苦难中救了出来。她最喜欢这首歌的最后几句：

参加红军闹革命，
咱们妇女翻了身。哎哟！
一心跟着共产党，
做一个女英雄多光荣。哎哟！

那时候，医务人员的口号是："一切为了伤员。"有了吃的东西，哪怕一把米、一把盐，也都留给伤员。有一次断了吃的，他们搞到一点稻子，用石板搓掉壳，给伤员们做了一瓷盆稀饭。伤员们都不肯吃。一个断了一条腿的伤员说："要吃，大家一块儿吃。都是为了保卫苏区，怎么能看着你们挨饿呢？"他们只得每人舀了半碗，端在手里。

等伤员们吃完了，就又把稀饭倒进盆里，留给伤员下顿吃。

有一天，他们饿得实在直不起腰了，满山遍野找吃的。周少兰和另外几个同志在一棵银杏树下捡了些银杏果。大家高兴万分，立刻回去炒了炒就吃开了。哪知吃下去后，大家又吐又泻，鼻子和嘴直出血，接着又开始抽风。最后，两个战友牺牲了，周少兰也差点送了命。

环境一天天恶化，敌人每天搜山、烧山。为了活下去，医院只好化整为零，每个党员或团员负责带几个伤病员，分散隐蔽在山林里。周少兰负责保存几瓶药，并带领两个重伤员隐蔽在一个山洞里。上级领导对他们的嘱咐是：人在伤员在，人在药品在。

敌人又搜山了，他们站在高处，疯狂地叫喊：

"出来吧，我看见你了！"

"出来吧，有白面大米吃！"

周少兰和伤病员知道，这是敌人惯用的诡计，决不能动。

一天，敌人从草丛中抓住了一个护士，用刺刀逼着她，大声喝问："你们的人都藏到哪里去啦？"

这个同志紧闭嘴唇，一言不发。敌人又逼着她喊话诱降，她还是宁死不屈、一声不吭。敌人恼羞成怒，用葛藤把她绑在树上，用皮带抽，用脚踢，用火烧。残暴的敌人用尽了各种毒辣的手段，也没能从她的嘴里掏出一句话来。最后，敌人竟用刺刀把她活活挑死了。这名坚贞的护士牺牲时，只有 17 岁。

当敌人发觉这一带有红军伤病员时，立刻从四面向山上围来，又是放火，又是打枪。这时候，正在附近活动的军长吴焕先得到消息，连忙率部队赶来，掩护他们突围。战斗非常激烈，他们边战边撤，吴焕先带领部分战士断后，与敌人展开了肉搏……

　　艰苦的环境，艰难的生存，没有吓倒周少兰等几个女护士，反而更加锤炼了她们的革命意志。在大别山的革命摇篮里，在红二十五军的革命熔炉中，她们快速成长，成为不怕苦、不怕死的钢铁战士。

吴焕先仰天窝突围

1933 年 10 月 7 日，红二十五军越过潢麻公路的部队到达黄安紫云寨地区，与鄂东北道委及红七十三师会合。

国民党军趁着红二十五军主力被分割两处之机，集中兵力向鄂东北发动进攻。

鄂东北的红二十五军历经险境，遭受严重挫折，主力由 2000 多人锐减至不足千人，保存下来的部队合编为第七十五师二二四团，在天台山、老君山一带开展游击战争，靠灵活机动的战术与敌周旋。

1934 年 1 月，部队冒着严寒转战到高山环绕的仰天窝，住进一座残破的古庙中。

住下没几天，敌人便以大约 3 个团的兵力，分 3 路向红军驻地发起围攻。

敌人气势汹汹，放言要在腊月间把鄂东北的红军"剿灭"干净。

一天，敌人仗着人多势众，一窝蜂地往仰天窝冲，并大喊大叫："消灭吴焕先，过年才心安！"

要摆脱敌人已经来不及了。吴焕先当机立断，指挥部队抢占有利地形，顽强抗击。

当时，部队子弹极少，指战员多以大刀、梭镖和石头与敌人搏斗。敌人惧怕白刃格斗，不敢近前来，就在四下放火烧山，呐喊壮胆。乘此机会，许多手执大刀的战士，迎着浓烟烈火反扑，与敌人进行肉搏。不少战士从敌人手里夺得武器弹药，英勇反击。

黄昏时，敌人的攻势减弱了，吴焕先决定趁夜色突出重围。他把营以上指挥员召集起来，命高敬亭带1个营向西先行突围，为后续部队杀开一条血路，自己带领军部交通队1个排的兵力担任后卫。

为掩护先头部队，吴焕先指挥交通队抢占了北面的一座高地，把周围几股放火烧山的敌人全部吸引了过来。待前方部队突围后，他带领交通队准备分散下山，却发现已深陷重重包围之中。

红二十五军使用过的武器

蜂拥而来的敌人大喊大叫："抓活的！快抓活的！"

"抓一个共匪，赏两块大洋。抓住吴焕先，赏大洋两千块！"浓烟烈火之中，到处是声嘶力竭的号叫……

吴焕先领着一群战士，奋不顾身穿过火海，在缭绕的烟雾遮掩下飞奔而下。

吴焕先身上裹着一件黑呢子大氅，拎着手枪，目标十分突出。途中，有几个敌人认出了吴焕先，冲他猛扑过来，有个眼疾手快的家伙一把揪住了他的大氅。危急时刻，吴焕先一个巴掌扇过去，把那人扇了个嘴啃泥。

"他跑不掉了，快抓活的！"另外几个敌人边吆喝边围了过来。

眼看敌人就要追到跟前，情势十分危急。吴焕先急中生智，甩掉身上的大氅，接着又从裤子口袋里掏出一把大洋，哗啦一声撒落在地。

果然，几个紧追不放的敌兵都停下追赶，只顾俯身去捡拾地上的大洋，甚至为此发生了争抢。

趁敌人抢大洋的当口，吴焕先和他的警卫员姚小川、勤务员张海文，还有一班战士，飞奔而下，突出重围，成功脱险。

部队集合后，吴焕先清点了人数，除去几个牺牲的同志，其他人都没有掉队。他万分感慨，对大家说："我们这次能够突围出来，是个了不起的胜利、很大的成功！没有一个人掉队，也没有一个人逃走，我们每一个同志，都是革命的坚定分子！我们这个队伍是打不垮的、冲不散的。事实证明，只要大别山不倒，红军队伍就垮不了，革命红旗也倒不了！"

打土豪，做棉衣

1933 年的冬天到了，大别山上刮来的风，一天比一天寒冷。这时，红二十八军的战士们还没有棉衣、棉裤，从头到脚仍然是夏天那身单衣，战士们冻得浑身打战。

军长徐海东虽然有一件大衣，但很快便成了公用的。政委郭述申生病发高烧，徐海东让警卫员送给政委穿上；政委烧退了，又把大衣让给其他病号。

"要让战士们吃饱穿暖才有战斗力。"

徐海东和郭述申合计：眼下吃的还能凑合，有粮吃粮，没有粮食就用南瓜充饥。可是，棉衣成老大难了，一没有布，二没有棉花，2000 多人的队伍都在受冻，真让人发愁。

11 月初，部队在石门口打了一仗，

缴获了敌军的一些棉衣。体弱者和伤病员先换了装，但大部分人还是夜间盖稻草、白天一身单。

供给部部长手里只有 30 块大洋，他早就盘算过了：就是用这些钱全部买棉花和布，也解决不了冬装问题，再说，还要买粮食、买油盐。

正在发愁时，徐海东派出的侦察员跑回来报告："驻吴桥、段集的民团，刚刚运回一批棉布！"

徐海东一听兴奋起来："好！要的正是这东西，端了它！"

12 月中旬，徐海东亲自带领部队袭击了吴桥和段集，把敌人还没开包的棉布一锅端了。

过了几天，又得到情报，说黎家集有两家土豪劣绅开的布行、棉行。徐海东又一拍大腿："好，攻打黎家集！"

黎家集是个小镇子，地方不大，只有 200 多民团防守。一夜之间，徐海东就带人从天而降，没费几颗子弹，就把这一小伙人给收拾了。

连续几天，三战三捷，共歼灭民团 500 多人，搞来了 600 多匹棉布、2000 多斤棉花。有了棉花和布，供给部部长不再愁了，忙活着为全军做棉衣。

徐海东看着战利品，喜上心头，便问供给部部长："怎么样，这回问题解决了吧？"

供给部部长也很高兴："差不多啦！"

徐海东又问："几时能把军装做好？"

供给部部长话题一转："能再打一仗，再搞些棉花来就好了。现在，每套军装只能絮一斤棉花，这一斤棉花的棉衣顶啥用！"

徐海东呵呵笑着："现在没有便宜仗打了。俗话说，看菜吃饭，有一斤棉就絮一斤棉，总比单衣挡风寒好得多。"

供给部部长是全军的管家，很会盘算。他拨着算盘珠，算来算去，总觉得还缺一些棉花，希望徐海东再搞些棉花来。

徐海东头脑里也有他的盘算：这地方能攻打的城镇太少了，一是路程太远，二是敌人的兵力太强。为了搞棉花，去打无把握的仗，因小失大，决不能干。

正说着，军政委和几位师长、师政委都来了。大家七嘴八舌地议论起来。

有人说："一斤棉花也行啊，总比单衣暖和。"

也有人建议："干脆只絮棉袄，不絮棉裤，布多的话，就每人再发两条单裤。"

供给部部长一边听大家的议论，一边琢磨着，突然眉头一皱，计上心来："棉裤还是要的，我看干脆膝盖以上絮薄薄一层棉花，膝盖以下不絮棉花打绑腿。"

徐海东一听，连连叫好："这样，棉袄棉裤都有了，每人再扎一副绑腿，走路利索，看起来精神，又能保暖，真是个好主意。"

他又问："说定了啊，几天能做好？"

供给部部长摊摊手："全军只有三十几位女同志，有的还不会做针线活。找老乡帮忙吧，一是山区难找人，二是没有统一的样式，做出来五花八门，七长八短，好好的布就太可惜了……"

军政委郭述申看供给部部长又在犯难，便说："你呀，一会儿聪明，一会儿糊涂。把布和棉花按人分下去，发动大家动手嘛！"

徐海东表示赞同："对！把女同志也派下去，会的指导，不会的现学。我不信只有女人会做衣服，为什么一定要女人做衣服给男人穿？革命、革命，把这个命革掉！"

大家听了不由一阵笑，接着又讨论了一番，决定办个缝纫训练班，请几位年纪大的女同志当老师，各团分批派人来学两天。统一剪裁，分散去缝。

徐海东和郭述申专门召开了一个干部会，动员大家做冬装。

大家纷纷说："行啊，啥事都是人干的，哪个当兵的不会缝几针！"

徐海东赶紧强调："光缝几针不行，做就要做得好看，穿上整齐像个兵样。衣服要是做得太长，跟和尚袍似的，那算个啥东西！"

他又对供给部部长说："你得再动动脑筋，把布染好、搭配好，灰布发给一个团，蓝布发给一个团，那样做出的衣服穿起来才整齐一致呢！"

布和棉花很快发到了各连队。那些战场上的男子汉都盘起腿坐在地上，穿针引线做起棉衣来。会做针线活的女战士穿梭在各班各排，现场指点他们。

徐海东眼看战士们快要穿上棉衣了，乐在心里，笑在脸上。每天早上一起床，他就挨个连队转，看到谁的针线好，就当场夸上几句。碰上哪个笨手笨脚的或向他叫苦的，就笑骂两句："不好好缝，叫你光屁股哩！"

…………

几天时间，全军都换上了将士们自己做的冬装。虽然难免长长短短不太美观，不过，像这样全军大换装，人人穿新衣、打新绑腿，大家的印象中还是头一次呢！

队伍出发了，徐海东站在路旁，看着换了新装的队伍，个个精神焕发，不禁啧啧赞叹："真是人凭衣服马靠鞍啊！"

"同志们，咱们吃饱穿暖了，要多多打胜仗啊！"郭述申不失时机地高声向队伍喊道。

「青山大学毕业的」

1934 年 2 月，徐海东、郭述申率领红二十八军开进赤南根据地葛藤山一带。

这天，部队刚打了胜仗，两天两夜没休息。按照计划到大埠口一带宿营，还要翻过一座大山，路程有 20 多公里。考虑到同志们十分疲劳，部队决定先停下来做饭，休息后再接着行军。

哪知道，饭还没做熟，侦察员就报告：敌人两个旅正分两路合击过来，又是机枪又是迫击炮，火力很强。敌第五十四师一六一旅旅长刘书春带先头部队打头阵，扬言要活捉"徐老虎"呢！

"看来不打个胜仗，怕是我们的屁股坐不住哩！"徐海东对郭述申说。

"是哩！如果能打掉一路，另一路就怯阵了。"郭述申回答。

两人研究了一下地形和敌人的部署，决定先吃掉刘书春带的这个旅。

第二天拂晓，敌人迂回过来。徐海东立即命令两个营顺着一个山梁向上攀爬，抢占山头。

正在寻找目标的刘书春发现山梁上冒出一支队伍，心想：机会来了。当即命令部队上山。

指挥员按照徐海东的计划登顶后，只留下一个排固守，其余兵力立刻下山，钻进一条山谷，从敌人的侧翼转到山下。

当敌军快要爬到山头时，埋伏在山下的红军和从山上下来的两个营（少一个排），分别从左右两侧夹击，机枪口齐齐对准山头。

刘书春猛然发现自己陷入三面挨打的包围圈，想要转身，已经来不及了。

红军将士如同猛虎下山，冲入敌群。半山上的敌军一下子乱成一团，溃不成军。

徐海东提着马鞭，带着装备驳壳枪的交通队飞奔过来，向着队伍高喊："同志们，不要放走一个敌人！"

战士们精神倍增、士气高涨，潮水一般压向敌军阵营。

战斗只进行 1 个多小时，敌 1 个旅的人马就被击溃了，1000 余人被毙伤。

清查俘虏时，战士们听一个俘虏说，他们的长官也没逃脱得了。

"刘书春，你逃不了了，快出来！"

"投降吧！红军保护你们的生命安全。"

在一堆被俘的军官中，一个肥头大耳、满脸胡楂、垂头丧气、穿着士兵服装的家伙，被其他人推拥到红军战士面前。这人先说自己是营长，后来又说是团副。在大伙儿的追问下，实在赖不过去了，才支支吾吾承认自己就是刘书春。

红军战士兴高采烈地押着刘书春回军部："你不是要活捉'徐老虎'嘛，他请你哩！"

"啊！徐军长真在这里？"

"不用怕，他这只老虎不吃人！"

徐海东听说活捉了刘书春，还俘房了100多人，很是高兴。这是红二十八军在皖西北反"围剿"作战中的一次大胜利。

望着眼前头戴八角帽、身着灰粗布军装威风凛凛的徐海东，刘书春这个保定陆军军官学校出身的"老资格"怯生生地问："徐军长，你是黄埔几期？"

徐海东摇摇头，他不明白这家伙问此话的意思。

刘书春又问："那你一定是'保定'的了！"

徐海东听明白了，答："我既没听过保定的课，也没进过黄埔的门，我是青山大学毕业的。"

刘书春愕然，想了半天："这青山大学，在哪儿？"

徐海东用手指指外面连绵的大山："喏！就在这儿！这方圆几百

徐海东指着外面的青山说："我是青山大学毕业的！"

里的大别山，处处都是红军的军事大学！"

刘书春明白了，半天低头不语，过了一会儿，又怯生生地说："敝人有一个问题百思莫解，不知当问不当问？你们苏区，房无一间，粮无一粒，你们是怎么生存的？靠什么打胜仗？"

徐海东唰地起身，瞪大眼睛，义愤填膺："你倒好意思说出口！房无一间，是你们烧的；粮无一粒，是你们抢的……你们欠下的这笔血债，总有一天要偿还！"

刘书春吓得全身发抖，连声说："请原谅，请原谅，这些不能归罪于敝人，军人只懂得服从命令……"

…………

葛藤山反击战是红二十八军在第五次反"围剿"斗争中取得的一次重要胜利，这次战斗打击了敌人的嚣张气焰，鼓舞了根据地军民的士气，反"围剿"斗争逐渐摆脱被动局面。

直捣罗田老巢

　　1934 年 4 月 16 日，徐宝珊、吴焕先率领红二十五军来到皖西北，与徐海东、郭述申领导的红二十八军在河南商城豹子岩（又称豹迹岩）会合。分别半年多，终于相聚，大家又高兴又激动，相互问长问短，亲如兄弟。

　　第二天，两军进行整编，红二十八军编入红二十五军，徐海东任军长，吴焕先任政委。新的红二十五军辖第七十四师、第七十五师，约 3000 人。

　　红二十五军的重新露面就像在油锅里洒了水，在国民党军中引起了强烈反响。蒋介石一面训斥"清剿"军无能，骂他们是"饭桶"，一面又喝令十几万"清剿"军继续向商城东南合围，妄图把新组成的红二十五军扼杀在襁褓之中。

红二十五军三团连队使用过的军旗

　　红二十五军经过长年艰苦作战，武器弹药、军需物资都很困难。面对十几万敌人的"清剿"，吴焕先和徐海东合计，以二十五军的家底，这次即便能抵挡一阵，也支撑不了多久。

　　合编后，红二十五军的指战员们士气高昂，求战心切，革命群众也大力支持，一个个斗志昂扬："烧了老子的房子，烧不掉老子的土地，决不屈服！"

　　徐海东和吴焕先深受感染，同时也更加沉着、冷静。他们召开红二十五军和地方各级负责人会议，一起研究各种作战方案的利弊，提出了"避实击虚"的作战方针。

　　会上，徐海东向大家解释了这一作战方针的优势："在敌强我弱的形势下，应避其锋芒、击其虚弱。现在敌人集中十几万人来合围我们，后方必然空虚。我们就连夜奔袭，深入到敌后，捣毁敌人在罗田的指挥部。这样一来可以避其所长、击其所短；二来可以缴获大量的武器弹药、军需物资补充自己，进一步增强我军的战斗力。"

大家一致赞同军长的意见，很快做出决议：留下地方部队迷惑和吸引敌人，红二十五军主力远程奔袭罗田。

罗田，是国民党第五十四师的后方指挥部所在地，也是他们枪支弹药、军需物资的重要供应基地。当时，这个师的大部分部队调去"围剿"红军了，只留少量部队守备。

5月初，部队在徐海东、吴焕先率领下昼宿夜行，每天以百十里的速度前进。每到一地，徐海东和吴焕先都找群众谈话，了解敌情，尽力避开敌人的耳目。

在一个伸手不见五指的夜晚，他们带着部队神不知鬼不觉地逼近了罗田县城的外围工事。第七十五师二二四团首先打响了战斗，紧接着各路部队也都展开进攻，顿时火光冲天，枪声四起，冲锋号和呐喊声响成了一片。还没到中午，就一连攻下了6个山头，占领了十几个碉堡。接着，开始攻城。

冲锋号一响，在强大的火力掩护下，部队越过护城河，冲到城墙下，架起梯子开始登城。由于事先准备的两副梯子高度不够，战士们爬上木梯，又在梯上架起了人梯。可刚上去几个人，城内就响起了剧烈的枪声。敌人的一挺机枪架在一间屋子里，对准城门扫射，上了城墙的战士，根本无法接近城门。很快，红二十五军用机枪压住了敌人的火力，几个战士扑过去，打开了城门，部队像潮水一般向城里涌去。

面对突如其来的袭击，敌人一时晕头转向，到处乱窜，慌乱中不忘通过电台向邻近驻军呼救求援。

徐海东带着一路人马冲进城后，在一个客店里发现了100多匹敌人拉炮用的骡子，一个个又肥又壮。几间大屋子里则堆满了军用物资，其中有一间暗室，里面放了几十箱大洋。

他一面组织部队打开仓库，搬运枪支弹药和军需物资，一面指挥部队加紧围攻敌人的指挥部。

一时间，城内城外枪声大作，火光四射，双方展开了一场殊死搏斗。

眼看敌人招架不住了，情况却突然发生了急剧变化——大约1个团的援敌打城南疾驰而来。

此时，在城南进攻的吴焕先立即指挥部队进行阻击，并派通信员向徐海东报告。

通信员沿着部队的攻城路线，冒着密集的炮火，急急寻找徐海东。途中，一颗子弹袭来，通信员来不及躲避，当场倒地，光荣牺牲。

城内指挥作战的徐海东，并不知道城外来了援敌，吴焕先也不知道通信员已在中途牺牲，双方失去了联络，情况万分危急！

这时，城内的敌人通过无线电联系，知道来了1个团的援兵，顿时士气大涨，更加卖命地顽抗。援兵在敌指挥官督战下，向城里步步逼近。

吴焕先焦急万分：继续打下去，恐怕会被敌人包围；撤走吧，军长在城内还没有出来，怎么办？

时间越来越紧迫，再不能犹豫了。吴焕先一面命令部队坚决顶住援敌，一面率领手枪团大部人员和1个步兵营，迅速打进城内接应军长。

徐海东得知城外来了援敌，当机立断，命令部队迅速撤离，缴获的弹药和军需物资能带走多少就带多少，不能带走的一律放火烧掉。

霎时，罗田城内升起一股冲天火焰，缭绕的烟雾不但挡住了城外的援敌，而且掩护红军撤出了战斗。

这一仗，歼罗田守敌一部，缴获了大量弹药枪支和军需物资，其中军衣 2000 套、大洋六七千块，还缴获了几十匹骡马。

战士们喜笑颜开："运输大队长蒋介石可真够大方的，给我们送来这么多的枪弹、钱粮，连个收条都不用打。"

旗开得胜的喜悦，久久萦绕在红二十五军将士们心中……

长岭岗大捷

1934 年 2 月下旬，蒋介石进一步加大了"围剿"力度，任命张学良为"豫鄂皖三省剿匪副总司令"，将大部分东北军从华北调往鄂豫皖地区，兵力达到 80 多个团。6 月下旬，张学良制订了一个从 7 月到 10 月的"围剿"计划，扬言 3 个月之内将这一带的红军"完全扑灭，永绝后患；彻底肃清，以竟全功"。

徐海东和吴焕先率领着红二十五军，避强击弱、声东击西，与东北军展开"推磨"战术，打起了运动战。

7 月 18 日，先头部队从殷家冲向何家冲转移，经过一夜急行军，抵达长岭岗山区。

长岭岗山高、林密，主山脉由北向南延伸，东西两边群山环抱、层峦叠嶂，整个山势越向南山越高、树越粗、林越密。到达后，部队找了个有利地形隐蔽了起来。

跑了一整夜，大家又累又饿。一大早，正准备埋锅做饭，山下突然响起了枪炮声。

砰！砰！嗒嗒嗒……

轰隆！轰隆！

徐海东立刻命令部队停止做饭，准备战斗。

只见敌人在长岭岗北面一个小山头上，分成两路向上迂回，边向上爬边射击。可是，其先头部队行进至距红军警戒部队不到1000米时，突然不再前进了，只是一个劲儿地打枪放炮，一会儿打这儿，一会儿打那儿，漫无目标。

看到这一幕，红二十五军这边便有战士开玩笑说："这支运输大队拖拖拉拉，不够积极呀！莫非是怪我们没有组织队伍'欢迎'他们？"

有人讥笑："武器不错呀，不愧是东北军！"

几句俏皮话，逗得同志们既想笑又不敢笑出声。

徐海东、吴焕先在密林里钻来钻去，翻过几座小山头，一边观察敌情，一边布置部队伪装。为尽快摸清敌情，他俩一南一西分头行动。

在长岭岗南侧一个高地，徐海东从望远镜里发现前面山坡上全是敌人，山头上架着3门迫击炮，立刻命通信员："快请政委上来！"

吴焕先匆匆赶来，忙问："什么情况？"

徐海东往前面一指："快看！好像是个好机会。打他个措手不及怎么样？"

吴焕先举起望远镜一看，连声说："对，我看可以来他个出其不意！"

红二十五军使用过的手枪

一声令下，部队迅速投入战斗。一个营攻击岳家沟以西的敌排哨，另外两个营从侧翼向敌猛攻。

顿时，长岭岗枪声四起。

敌人原先只知道这一带有红军游击队，没料到红军主力会突然杀将过来。待他们准备反击时，一个团的兵力已被红军拦腰突破。敌人待在半山上，既无工事，又无险可守，进不得又退不得，乱作一团。

红军指战员气势如虹，越战越勇，一边冲锋，一边呐喊：

"缴枪不杀！"

"中国人不打中国人。东北军弟兄，快投降吧！"

"东北军弟兄，不要上老蒋的当！"

…………

东北军第一一五师六四三、六四四两个团，在红军勇猛打击下，很快就溃败了，残敌纷纷逃向倒座湾。

战斗总共进行了1个小时左右便结束了。

事后，《鄂豫皖苏区捷报》豪迈地写道："这一仗，打得敌人弃甲丢盔，全部覆没……"

"这一仗打得真过瘾！"徐海东喜不自禁。

这场漂亮仗，红军歼敌 5 个营，俘获团长以下敌军 400 多人，缴获轻、重机枪 120 余挺，长、短枪 800 多支以及一些其他军用物资。为扩大红军的政治影响，宣传红二十五军的俘虏政策，除动员一些机枪手留下来，其余俘虏经教育后全部就地释放了。

敌师长姚东藩受伤，带一部分人逃了命，后被张学良撤了职。两年之后，张学良仍念念不忘此事，还笑道："红二十五军一伸手，'姚二愣'就垮了！"

舍近求远打太湖

长岭岗战斗胜利之后，徐海东、吴焕先率领红二十五军又南下罗山、黄陂、孝感交界地区，声东击西，大踏步地前进。

8月初，部队又忽然转向皖西北地区，使敌人的多次合围计划完全泡了汤。

8月下旬，徐海东率领指战员们又转战到商城、六安、英山间的广大地区，在郝集击退敌第十一路独立旅的进攻。

8月30日，红二十五军逼近了英山城。此刻，英山城内一片惊慌。鄂豫皖省委提出，趁机攻打英山，以扩大红军的政治影响。

徐海东在英山城下，经过周密侦察，发现敌人早有防备，工事坚固，便撤兵回到军部驻地杨柳湾。

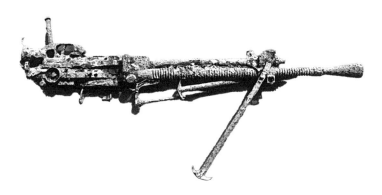

红二十五军使用过的轻机枪

有个别省委领导见部队从英山城下撤了回来，觉得不可理解，提议马上召开会议进行讨论。会上，有人质问徐海东："为什么不打？现在要扩大影响，就该打英山！"

徐海东摇着头说："这个英山，就是打不得。城里敌人除四十七师1个主力团之外，还有十几个民团。他们碉堡坚固，防守严密。我们仅侦察了一下，就伤亡了20多人，若冒险硬攻，必定要造成重大伤亡！"

"打仗哪有不伤亡人的。"有人批评说，"即使伤亡一二百人，能攻下英山来，影响也是大的。"

"不行！用几百个战士的鲜血和生命换一个英山城，这事坚决不能干！"徐海东坚持。

"不打英山，打哪儿？"

…………

大家争论不休。

为扩大红军影响，搞些物资、弹药，并推动东北军抗日，省委多数人还是主张打个城下来。

徐海东半闭着眼，一直在思索，忽然睁大眼睛看着众人："奔袭太湖！太湖是安庆的大门，攻下它，影响比攻下英山还大！"

新的战斗目标一提出，大家都开始考虑这个问题，会议气氛随之平和下来。有人看地图，有人计算路程，说那里离这儿大约还有 100 公里路哩。

"这是舍近求远呀！"有人还是不同意。

"正因为离我们远，太湖城里的敌人才想不到我们会去攻打它嘛！"徐海东胸有成竹地说。

大家商量再三，最后通过了徐海东的提议：放弃攻打英山，去袭击太湖。

不少干部、战士对放着近处的英山不打也想不通，尤其听说夜里还要走 60 多公里路，就纷纷议论开了：

红军战士利用战斗间隙助民夏收

"我们这个军长，真是属老虎的，就是喜欢爬山、跑路。"

"我们宁愿打死，也不愿走死！"

…………

9月3日下午，部队在徐徐秋风中开拔。走了一夜，天不亮便赶到了太湖西北方向的回龙湾。为了麻痹敌人，徐海东命令部队白天隐蔽、休息，晚上继续急行军。

对一些人的牢骚、怨言，徐海东并不放在心上，他谋算的是怎样以小的代价，换取大的胜利。他睡了一觉，醒来就又率先头部队往前冲。他相信这支部队的行军能力，一路上不断传令："加速前进！"

趁着夜色，部队快速奔向了目的地。

太湖守敌是伪安徽警备旅的一个大队和一小部分民团，兵力薄弱。他们做梦也没想到，红军会突然兵临城下。时值夜半，枪声大作。许多人还没钻出被窝，就稀里糊涂当了红军的俘虏。

天一亮，红军就肃清了太湖城里的残敌。这次行动，红军伤亡只有4人。

战士们押着俘虏，清点缴获的大批军用物资，脸上都挂着笑，两夜急行军带来的困倦一扫而光。

这时，太湖城内外的群众一片欢腾，附近几个县的贫苦农民闻讯后，也纷纷起来抗捐、抗税、打土豪、抓劣绅、分粮、分盐、分衣服……

徐海东带着几个战士，在城里看了看县政府，又看了看伪安徽省警备旅驻过的营区。看到一个军用仓库里存放着许多雨伞，他高兴地叫了起来："好东西，好东西，快快派人收着。"

"我当什么好东西哩！"警卫员不解，"又不下雨，要伞做什么？"

"这你就不懂了吧！"徐海东笑道，"一把伞等于一间小房，知道不知道？"

有经验的干部都知道军长的话是对的。行军路上遇了大雨，有把伞，身上衣服、背包就不会湿！

于是，一会儿工夫，许多干部、战士都装备了雨伞。

"敌人大部队快追过来了！"侦察员报告。

徐海东决定见好就收，立即指挥队伍撤出太湖，决定转到陶家河地区去练兵，开展群众工作。

程子华来到鄂豫皖苏区

1934 年 10 月底，红二十五军进入皖西六安、霍山一带休整。

11 月 4 日，徐海东正在一个连队检查训练，军部通信员跑来报告："军长，政委请你快回去！"

"什么事？"

"鄂东北来了交通员，政委要你快去。"

"交通员来，一定是有什么大事。"徐海东心里琢磨着，匆匆返回军部。

"中央来人了！"吴焕先一见徐海东，便把一封信交给他。

信是红二十五军的一位营长陈锦秀扮成小商贩送来的，落款是鄂东北道委书记郑位三。信里写道：

宝珊、海东、焕先同志：

中央派程子华同志送来了重要指示，已到我处，请你们接信后，火速率领红二十五军到鄂东来……

"真是党中央来人了！"

徐海东心里有说不出的高兴。这几年，他和同志们是多么盼望中央派人来指导根据地的革命斗争啊！

两年前，红四方面军主力离开鄂豫皖苏区，带走了全部电台，使得孤军奋战的红二十五军与党中央的联络极为困难。没有电台，只能靠秘密交通员传递信息，一封信没有几个月根本到不了党中央。

七里坪围攻战受挫后，省委曾派宣传部部长成仿吾去向党中央汇报，请求党中央派干部加强对省委和红二十五军的领导，成仿吾花了两个多月才一路辗转到达中央苏区。

此次，程子华能顺利到来，实属不易。从上海到武汉再到鄂豫皖苏区的路程，多亏了地下交通员石健民的周全护送。

1932 年 10 月，红四方面军主力撤

程子华

离鄂豫皖苏区后，石健民在鄂东北游击总司令部担任参谋主任。红二十五军重建后不久，石健民从游击总司令部调出来，担任了鄂豫皖省委交通员。从此，脱去红军灰布军装的他，不断奔走于武汉、上海、郑州等地，执行党的特殊任务，秘密传送党的文件。

程子华是在上海与石健民接上头的。会合后，他们装扮成普通商客，随身带着几样简单行李，搭乘一艘客轮，沿长江逆水而上，直抵武汉。

到达汉口码头后，二人发现敌人岗哨林立，盘查很严，乘客稍有疏忽，就会被当作嫌疑分子带走。石健民常年来往于汉口码头，面对敌人的盘查随机应变、从容自若，没费多少口舌即被放行。程子华在大革命时期曾就读于黄埔军校武汉分校，对这座城市的街道商号十分熟悉，对答如流，很快也应付过了敌人的盘问。

上岸后，两人找到一家不怎么引人注意的小客栈，暂住了下来。

搭乘北去的火车前，石健民考虑到两人年龄相同，口音却不同，走在一起势必引起敌人怀疑，容易惹出麻烦，就将自己装扮成老百姓，程子华仍是地道的商人打扮。两人一前一后走着，表面上装作互不相识，以眼神、手势作暗号，互相照应着步入汉口车站。

汉口车站的检票口，对北去孝感与信阳之间沿途经过的花园、王店、杨寨、广水镇等地的乘客，向来盘查很严。戒备森严的进站处，除公开执行搜查的人员外，四周还布有不少便衣暗探。

为避免麻烦，程子华和石健民都买了直达信阳的车票。石健民大摇大摆、神情自若地走在前面，很快就穿过了检票口，缓步走向站台。而程子华刚过检票口，就被两个军警拦住，盘问个没完了。

石健民怕发生什么意外，急得火燎油煎一般，但又无计可施。他想起路上程子华说自己在作战中负过枪伤，左手腕子还留有一块明显的伤疤，这显然与其商人打扮是很不相称的，是个无法弥补的破绽，一旦被敌人发现，后果将难以设想！

石健民左思右想，忽然灵机一动，急忙给程子华做了个挥动扇子的手势。程子华顿时心领神会，趁着敌人翻皮箱检查的当儿，不慌不忙地从腰里掏出一把纸扇，以左手摇晃着，若无其事地扇着凉儿。

对于敌警的翻箱检查，石健民心里倒是十分坦然，因为党中央的三份机密文件，全都在他的身上，跟程子华沾不着边儿。敌人就是把皮箱翻个底朝天，把党中央所送的两样珍贵礼物（一包白木耳和一块手表）查抄出来，也无关紧要，这些东西并没有标注特殊记号。

敌警折腾了好一阵子，没有发现什么可疑之物，只是把那一包白木耳拨弄开来，散落在箱子里面。最后，从头到脚摸了摸程子华，就准允他上车了。

程子华右手拎起皮箱，仍以左手摇动着扇子，登上火车。直到这时，石健民心里的石头才落了地，长长地舒了口气儿。

北去的火车上，倒也平安无事。他们这两个"素不相识"的乘客，又面对面坐在一起，装作刚认识的样子，天南地北地闲聊起来。

过了鸡公山后，二人担心夜长梦多，不等到达信阳，就在中途的柳林车站下了火车。

石健民找到一个秘密接头处，打听了周围的敌情动态，随后就带着程子华在一户地下党员家里住了下来。

两人在这里住了六七天，把通往鄂东北革命根据地的地形道路、敌军封锁的兵力部署以及沿途可能遇到的种种情况都认真做了一番分析和研究。等到把一切都安排妥当之后，才决定进入根据地境内。

上路后，二人还是计划昼伏夜行，抄小路进入卡房一带。当天晚上，他们趁着月光，马不停蹄地奔走了几十里山路，赶在天亮之前进入了鄂豫交界的崇山峻岭。

　　巧的是，正当二人准备寻找地方"昼伏"时，被一支地方游击队发现了。游击队员都没见过石健民，他们见程子华身着长衫大褂，还有随从提着一口皮箱，就误以为他是个大土豪，当下就将这一对"主仆"扣留起来，一路押送着，到达了鄂东北道委的所在地卡房。

　　此时，省委已率领红二十五军奔向皖西北革命根据地。

　　在卡房，鄂东北道委书记郑位三一眼就认出了石健民，并很快弄清楚了程子华的来意，遂写信一封，让人火速带到皖西北。

　　伴随着程子华的到来，一场事关红二十五军前途命运的战略转移即将拉开序幕……

斛山寨反击战

得知程子华来到大别山的消息后，徐海东和吴焕先急于见到中央苏区的来人，他们布置完皖西北的工作，当晚就率主力出发，开赴鄂东北。

从出发地赶到鄂东北不是容易的事，要通过敌四道封锁线。红二十五军一路打一路走，一刻不停地前进，8 日拂晓就冲过了四道封锁线，到达光山县东南 30 公里处的斛山寨一带。

经过两天一夜 100 多公里的急行军和连续作战，到达斛山寨时，部队已十分疲劳，只好稍作休整。

为防敌人突袭，徐海东和吴焕先将部队分散驻扎：前卫部队驻斛山寨东南半公里的汉泥冲（又称陷泥冲），军部及军直属队驻斛山寨西南 1 公里的晏洼，第七十四师（辖 3 个营）一营和三营驻斛山寨东北 1 公里的沙子岗、二营控制斛山寨制高点（182.3 米），第七十五师二二三团驻斛山寨东 1 公里的刘湾、二二四团驻斛山寨南 1 公里的朱家坳，手枪团驻斛山寨西北方向担任警戒。

此时，敌东北军已在斛山寨东 3 公里左右的双轮河一带戒严。红军驻下不到两小时，尾追之敌东北军刘翰东第一〇七师两个团率先追至斛山寨以南的云雾山下，东北军吴克仁第一一七师两个团也继而赶到。敌第四"追剿"支队刘茂恩第六十四师 3 个团、第五"追剿"支队刘镇华第六十五师 3 个团亦跟踪而至，并乘红军警戒部队极度疲劳、疏于戒备之隙，从东、南两面突然发起攻击。

红二十五军仓促应战。驻斛山寨以南朱家坳的二二四团，因地势低洼难以进行有效还击，在敌第四、第五"追剿"支队的猛攻下，撤出朱家坳向西转移，敌第四、第五"追剿"支队乘隙进占朱家坳，并向斛山寨实施仰攻，企图夺取制高点。

敌"追剿"纵队总指挥上官云相乘飞机至斛山寨上空，亲自督战，另有 3 架飞机在斛山寨狂轰滥炸，凭借优势兵力向红军阵地猛攻。一时间，斛山寨满山炮火、硝烟滚滚。敌人气焰十分嚣张，形势十分严峻。

军长徐海东、政委吴焕先快步登上斛山寨南边的松山，拿起望远镜观察整个战场，边观察敌情边研究作战方案。他们分析认为，部队经过长途行军和连续战斗，指战员体力消耗很大，要想以"走"来摆脱敌人是很困难的，只有坚决守住阵地，打垮敌人的进攻，才能继续前进。于是，他们调整部署，决心借助有利地形，歼灭一支"追剿"之敌。

在此紧急时刻，第七十五师二二四团赶到军部驻地晏洼。徐海东命令第七十四师一营和三营火速增援斛山寨上的二营，继续扼守斛山寨顶这个制高点，正面堵住敌人，钳制和消耗敌第四、第五"追剿"支队；命令第七十五师的二二四团从寨北迂回过去，隐蔽出击至刘湾北侧，协同二二三团向敌第一〇七师、第一一七师实施突击，打乱敌人的阵脚。

命令下达后，军长徐海东跳到一个台阶上对部队进行动员："同志们！现在情况是严重的，包围我们的敌人有 4 个师共 10 个团，其中两个师是东北军，武器很先进……我们连续行军作战，身体是疲倦的，而且人数也远不及敌人，但是我们要坚决打垮敌人，突破重围……"

站在徐海东身边的政委吴焕先接着讲道："不管怎样，我们要克服一切困难打胜这一仗。红二十五军几年来在鄂豫皖苏区建立的荣誉能不能保持，就看这一仗了！"

按照既定部署，吴焕先指挥第七十四师在正面牵制敌人，徐海东

红二十五军战士雕塑

采取迂回战术，率领第七十五师二二四团向敌第一〇七师背后插去。战士们一看是军长亲自带队出击，立刻抖擞起了精神，勇气倍增，个个奋勇争先。

敌人第四、第五"追剿"支队在飞机掩护下，向山上猛攻，有一个团已冲到斛山寨东侧的后山上。巧的是，这时双轮河附近的东北军在城墙上向斛山寨方向发起炮击，炮弹正好落在同样向斛山寨进攻的刘镇华的阵营里。双轮河方向的炮击持续了1个多小时，把刘镇华的队伍炸死了100多人，直到刘镇华急令吹起联络号，东北军才停止炮击。刘镇华气得大骂："妈的！自己人炮轰自己人，没长眼睛啊！"

敌人判断红二十五军的指挥部就设在斛山寨上，命令飞机、大炮拼命轰炸，敌军成营成团地往山上冲。

红军沉着应战，等敌军冲近，就拼刺刀。如此一来一往，双方贴身肉搏，敌人的飞机、大炮、机枪一时无法发挥作用。

战斗中，敌人依仗陆空配合，潮水一般涌向红二十五军的阵地。第七十四师3个营顽强反击，先后打退敌人6次进攻，牢牢守住了斛山寨。

第七十五师二二四团在徐海东带领下，从斛山寨北迂回到刘湾北侧敌第一〇七师的背后，出其不意突然猛攻，同时二二三团也配合反击。敌骤然受挫，放弃进攻，被迫向东撤退。

紧接着，二二三团和二二四团又协同猛攻敌第一一七师，对方被击痛后撤退。这两个团随之再次集中力量，向敌第四、第五"追剿"支队侧后猛攻，同时第七十四师也配合从寨顶发起反击，一下子形成了三面夹击之势。

在红军一连串巧妙反击下，敌军鸭群似的被压在朱家坳一带的水稻田里，乱作一团。红军变被动为主动，最终将敌第一〇七师、第一一七师及第四、第五"追剿"支队彻底打垮。

激战从晌午直进行到黄昏，一心妄图立奇功的"追剿"纵队总指挥上官云相，共损兵折将4000余人，还被收缴了一大批武器弹药。红二十五军亦伤亡数百人，第七十五师政委姚志修和第七十五师二二四团政委胡柱先负重伤后光荣牺牲，第七十四师师长梁从学负重伤。

夜幕降临时，战士们兴冲冲地打扫战场。俘虏的人数超过了红二十五军的人数，要继续西进，这些俘虏便成了累赘。军领导开会研究，决定把俘虏全部释放。

将俘虏集合起来后，徐海东操着一口湖北口音向他们训话。刚开讲，俘虏们便在下面嘀咕起来："嘿呀！这个人就是徐海东呀！"

徐海东和吴焕先向他们宣传了共产党抗日救国的方针，解释了红军的宽大政策。俘虏们听了直点头，当听到宣布释放他们的时候，顿时轰动起来，个个惊奇，纷纷议论。

这个问："可是真的？"

那个说："你们不骗人吧？"

还有的直摇头，表示不相信。

吴焕先又向他们做了解释，并劝他们回去后不要再替反动派卖命。

有几个俘虏跟着答起话来。

有的说："红军放了我们，回家种地去，再也不当兵了。"

有的说："人不能不要良心。"

放了俘虏，把伤员安排好，埋葬了牺牲的战友，红二十五军连夜出发，继续西进。此时，他们心里只有一个念头：早一天得到党中央的指示。

斛山寨反击战的胜利，打乱了敌人的追堵计划，为花山寨会议的召开创造了一个安定的环境，为红二十五军随后的战略行动创造了有利条件，也为即将战略转移的红二十五军进行了难得的物资补充。

向何处去？

1934年11月上旬，经过连夜急行军，徐海东、吴焕先率红二十五军主力到达罗山县宣化店以北的殷家湾，见到了郑位三。

郑位三向徐海东、吴焕先讲述了程子华来鄂豫皖的缘由。

1934年2月，中共中央在听了成仿吾对鄂豫皖苏区情况的汇报后，发出了《中共中央给鄂豫皖省委的指示信》，接受鄂豫皖省委的请求，决定派人到鄂豫皖苏区加强红二十五军的领导力量。

4月，中革军委副主席周恩来找程子华谈话，指出，当前鄂豫皖革命根据地缩小了很多，红军也不断伤亡，难以得到人力、物力补充。如果继续被削弱，以致被消灭，根据地就将彻底沦陷。

那么，出路是什么呢？

周恩来指出，鄂豫皖红军主力要作战略转移，建立新的根据地，这样部队才能得到发展。把敌军主力引走了，减轻鄂豫皖革命根据地的压力，留下的部分武装就能长期坚持，也就能够保存老根据地。

问题是，在哪里创立新根据地呢？

周恩来提出的原则是，选择敌人力量较为薄弱、党在当地曾有过影响、群众容易发动的地区，还要有便于我军作战和防御的地形，以及有比较充足的粮食和其他物资条件。

事实上，在此之前，伴随着鄂豫皖苏区生存环境和斗争形势的日益恶化，是在原地坚持斗争，还是实行战略转移，鄂豫皖省委和红二十五军领导已经多次讨论，不少人充满忧虑："红二十五军势单力薄，冲不出敌人的围追堵截，搞不好还会被消灭！"

"外面情况太陌生，到了新的地区站不住脚咋办？"

还有人故土难离："我们生在大别山，长在大别山，咋能舍得离开？"

最伤脑筋的是不知道往哪里去。

半年来，从鄂东北到皖西北，部队总是飘忽来飘忽去的，根本无法在一个地方待下去。虽说恢复、开辟出了朱堂店和陶家河两块根据地，但在这两块地方待得久了，势必招致敌人围攻。当前，敌我力量悬殊，这种局面短时期内难以改变。因此，红二十五军是继续留在大别山，还是实行新的战略转移，已成为一个迫在眉睫的问题。

程子华的到来，再次将战略转移的问题摆到了省委和红二十五军面前。

程子华分析道："按照中央指示，这次转移，我觉得向南、向东、向北都不行。可以到伏牛山去，蒋介石与那里的军阀矛盾很深，那儿地理条件也比较好。我在山西老家读中学时，就听说土匪头子樊钟秀拉队伍在那里盘踞多年。土匪能站住脚，共产党领导的队伍为什么不能在那里建立根据地？我的看法是，到远处去，到有山的地方去。"

大家边听边思索，连连点头，深表赞同。

11月11日晚，中共鄂豫皖省委和红二十五军统一思想后，在光山县花山寨召开第十四次省委常委会议。这次会议整整开了一夜。

花山寨红二十五军团部旧址

会议分析了鄂豫皖革命根据地两年来的斗争形势，郑重讨论了今后的行动方针。大家一致认为，红二十五军虽然还能够坚持鄂豫皖边区的武装斗争，但人力、物力都得不到应有补充，队伍不易得到很大发展，难以恢复和开创一个新的局面，应执行党中央的指示，实行远距离战略转移，创建新的革命根据地，并以平汉铁路以西的桐柏山区和伏牛山区为初步目标。

会议任命程子华为红二十五军军长，徐海东为副军长，吴焕先仍为政委。此外，会议还决定以第八十二师为基础，再次组建红二十八军，由皖西北道委书记高敬亭领导，继续坚持在鄂豫皖边区斗争。

花山寨会议解决了红二十五军当时最为迫切的问题，决定实行战

花山寨的吴焕先、徐海东旧居

略转移。这支在艰难困苦中独立坚守了两年的队伍，即将摆脱困境，走上胜利发展的道路！

让贤

战略转移在即，部队需要进行整编，自己该不该继续担任这个军长？花山寨会议召开前夕，徐海东一直在考虑这个问题。

他找到代理省委书记徐宝珊，恳切地讲出了自己的想法："宝珊，程子华同志在中央苏区期间是师长，又进过黄埔军校，肯定比我这个'青山大学'毕业的有水平，军长应该由他当，我当副军长就行。"

徐宝珊听后，并没有太意外。他知道，徐海东考虑的从来都是红军发展的大局，而不是个人的得失。以前徐海东当团长时，打仗负伤住院，回来后团长的位置有人了，团里一时难以安排他的工作，他就主动提出当副团长。如今，又主动让出军长的位置，自己甘做副

徐海东（前右一）、程子华（后左二）等红二十五军部分干部合影

职，这符合他一贯的做事风格。

会上，大家出于对中央来人的高度信任，通过了徐海东的建议。

程子华因当时还不是省委常委，没有参加花山寨会议。会后，郑位三向他传达了省委任命他为红二十五军军长的决定。程子华一听，很是意外，急忙推却："不不不，周副主席让我做参谋长，请你报告省委，我不能当这个军长！"

郑位三回道："这是省委已经决定了的事情，不改变了。"

一场花山寨会议，徐海东从军长变成副军长，很多战士不明就里，心里直犯嘀咕，免不了私下议论一番。

"老军长犯了什么错？"

下面议论纷纷，话传到了徐宝珊的耳朵里。

这个重病缠身却坚持随军行动的代理省委书记，虽然军事上经验不够丰富，但为人正直，富有革命精神。对徐海东这样的战将，他十分敬佩和欣赏。听到那些议论，他不断向人们解释，不是徐海东同志有什么问题，是他主动让位的。

一天，徐宝珊在路上见到徐海东，便从骡子上跳下来，和他并肩走着，笑着问："海东啊，你听到了没有，有人说你的闲话哩。哈哈，怀疑你不当军长可能是犯了错误……"

"嘿嘿……"徐海东露出他一贯的憨厚笑容，"让他们瞎猜去吧。当军长打仗，当副军长也是打仗，是官是兵都打仗，为革命，还分什么正副高低呀！"

"好啊！就知道你不在乎这些议论呢……"

"宝珊，你是了解我的呀，要不是参加革命，不要说当军长，就

红军在反"围剿"作战中缴获的武器

是当个村长也不会呀！还不是当一个穷窑匠，整天和泥巴打交道！"徐海东说着，又嘿嘿笑了起来。

…………

徐海东以前当军长，身上担子重，每天起早贪黑，呕心沥血。如今，上有省委书记、军长和政委，下有参谋长和各师师长，他这个副军长的负担轻些了。可是，他照旧是打仗不缩头、工作不退后。他想，程军长刚从中央过来，兵不熟、将不熟，情况也不熟悉，工作起来难免有困难，自己一定要多协助他，该干什么就干什么。

行军路上，徐海东总是跑前跑后，像过去一样，哪里危险，就冲到哪里。这是一个为了红二十五军、为了革命事业，豁出命都在所不惜的人，他的心中，能有什么比带兵打仗、打胜仗更重要的事呢？

第二篇

踏上征途

1934年11月，根据中央指示，红二十五军离开国民党重兵围困的鄂豫皖革命根据地，高举『中国工农红军北上抗日第二先遣队』的旗帜，开始了战略转移。他们跨过平汉铁路，越过桐柏山，跳出敌人的前后夹击圈，经过血战独树镇，急行军进入伏牛山，胜利进抵陕南。

依依惜别大别山

1934 年 11 月 13 日，红二十五军在罗山县殷家湾、何家冲一带进行整编，为部队战略转移做最后的准备。整编撤销师一级建制，军直辖二二三团、二二四团、二二五团和手枪团，全军共 2980 余人。

11 月 16 日，中共鄂豫皖省委发布《中国工农红军北上抗日第二先遣队出发宣言》（下称《宣言》）。《宣言》强调了当时中华民族危机深重，揭露了蒋介石的卖国罪行，宣布了中国共产党的抗日救国主张和红军北上抗日的宗旨，号召全国同胞，不分政治倾向，团结起来，一致抗日，呼吁国民党军队与红军签订协定、共同抗日。

《宣言》开头一段这样写道：

　　本军在中国共产党领导之下，奉了我中央苏维埃政府、中央革命军事委员会的命令，出发抗日。现当出发之时，特向全中国群众发表这个宣言……

　　当天，红二十五军在中共鄂豫皖省委率领下，高举"中国工农红军北上抗日第二先遣队"的旗帜，由何家冲出发西进，踏上战略转移的征途。

　　没有父老乡亲十里相送的场景，这是一场秘密的出发。

　　战略转移向何处去，省委和军领导并没有向团以下干部传达，只说是远距离的战略转移，要"打远游击"。

　　穷家难舍，故土难离。告别父老乡亲，离开这患难与共、生死相依的土地，离开红二十五军成长的摇篮，大家虽然嘴里不说什么，但心里有说不出的滋味。

　　战士们年龄都很小，听说要远行，万分不舍，见人就问：

　　"真的要走吗？到底要去哪里？"

红二十五军战略转移动员大会旧址

1934年11月16日，红二十五军在何家冲的这棵银杏树下集结，出发西进

"'打远游击'，到底是多远？这不是要离开大别山吗？"

…………

大部队在北风呼啸、天寒地冻中出发了。战士们每人身背三天的干粮和两双草鞋。伤病员有的坐担架，有的骑马，更多的是挂着拐杖，随着部队缓缓前进。

红二十五军的长征，就这样在寒风中拉开了帷幕。

长征路上的『儿童军』

长征出发时，红二十五军的指战员都非常年轻。当时，军长程子华29岁，军政委吴焕先27岁，年龄最大的副军长徐海东，也才34岁。团营干部多是20岁出头，连排干部几乎都不到20岁，不少战士还只是十二三岁的少年儿童和八九岁的小娃娃。

有一个名叫匡书华的儿童团员，是河南光山县匡家湾人，当时他只有十一二岁。队伍出发前，匡书华的堂兄、在红二十五军当炊事班长的匡占华有天回到村里，看到村子被敌人烧光了，就领着堂弟匡书华等六七个走投无路的青少年到了红二十五军。其中几个孩子都当上了红军，补入战斗连队，唯独匡书华年纪小，个子也矮，没被批准。然而匡书华一心要当红军，不批准也要跟着走，一步都不落下。

长征路上，匡书华跟着哥哥的炊事班，经过千里转战，到达陕南。到陕南后，匡占华在一次战斗中光荣牺牲。匡书华失去了唯一的亲人，全班都成了他的亲哥哥，喊他"可爱的小兄弟"，对他愈发体贴照顾。

西征北上途中，炊事班拉扯着匡书华随军行动，一直走到陕北，匡书华始终没有掉队。到达陕北后，军领导考虑匡书华尽管年龄很小，却跟着部队走了近万里的路，从枪林弹雨中闯过来了，就批准他成为一名红军战士，当了红军的小宣传员。

二二三团的供给处，有一对"父子兵"。父亲熊发龙，安徽六安人，剃头匠出身，当过乡苏维埃主席。当年，他是背着八九岁的儿子参加红军的。部队从大别山出发时，精减了不少老幼病残。老熊丢不下儿子，只好背着他，偷偷跟在部队后面行走。团供给处处长刘炳华知道后，就将这一对"父子兵"收留了下来。好在他们不是战斗连队，能够"窝藏"得住。后来，上级领导还是发现了，能怎么办呢？既然生米已成熟饭，继续背着走就是啰！

老熊的儿子叫熊开先，很是懂事，惹人喜爱，大家都亲切地喊他"小开子"。"小开子"逢人便说他长大也要当红军。一路上，同志们轮流背着、抱着他，从大别山一直走到陕南，又从陕南转战到陕北。到了陕北，这个随军参加过长征的娃娃仍不够参军的年龄，未能正式当上红军。再后来，在抗日战争中，他终于当了一名"小八路"，并成长为连长。

不满 20 岁的刘幼安是一名连队指导员。长征出发前，全连同志好赖都穿上了棉衣，唯独他还是单衣，实在冻得不行，他才把一件没收来的谁也不愿挨身的财主婆娘的红花缎子棉袄，紧巴巴地穿在身上，用一件灰布长衫严严地罩在外面，以防同志们取笑。

然而，这个难以遮掩的秘密还是被人识破了，路上大伙儿都冲他挤眉弄眼，当作活跃气氛的材料。连里几个调皮的家伙，每当看到军领导走过来，就冷不防把他那件灰布长衫往上一撩，露出里面红艳艳的花棉袄，惹得大家一阵哄笑。他面红耳赤，急不得也恼不得，有心脱去棉袄又怕挨冻，真是无可奈何。

到了商洛山中，刘幼安索性把这件让他出尽洋相的棉袄脱给了一个穷得难以出门的农家大嫂，换得一块纳着补丁的口袋片儿，披在肩头御寒。从此以后，才算捂住了那帮"促狭鬼"的嘴。

不承想，后来在九间房战斗中，刘幼安的嘴巴上挨了一颗子弹，落下个"歪嘴儿"。打这开始，大家见面都喊他"歪嘴子政委"（那时他已是二二五团一营政委），又跟他开上了玩笑。刘幼安性格随和、乐观，不在乎别人拿他逗趣儿，听到有人喊"歪嘴子政委"，他也满口答应，一笑而过。

在甘肃合水县板桥镇战斗中，刘幼安与营长韩先楚一起，率领全营打退敌第三十五师骑兵团的冲击，掩护徐海东飞马突出重围。战斗过后，军共青团委书记黎光对刘幼安伸出大拇指说："歪嘴子政委，你们一营好样的，打得好！"他歪着嘴角一笑："你个汤圆子，也学会卖嘴！当心也吃上个子弹头头……"

到达陕北后，刘幼安先后担任团政委、师政委。先前，他一直嫌自己名字中的"幼"字不够男子汉，此时就更名为刘震。

长征胜利结束后，"儿童军"随部队投入抗日战争，直到解放战争时期，这些当年的娃娃大都才30岁出头。新中国成立后，当年的"儿童军"成员遍及全国各地，从军队到地方，到处都有红二十五军长征过来的"红小鬼"。1955年中国人民解放军授衔时，近100名开国将军都出自红二十五军。其中，徐海东被授予大将军衔，刘震、韩先楚被授予上将军衔，陈先瑞、张池明、李耀、张天云等被授予中将军衔，被授予少将军衔者有八九十人。

在这将星闪烁的阵列背后，还有许许多多默默无闻的红军将士长眠在坎坷征途。他们大多没有留下名字，也不曾立过墓碑，有的甚至连确切的牺牲地址都难以核实。

这一支艰苦转战的"儿童军"，到底有多少生龙活虎的青少年，把满腔的热血、宝贵的生命、美丽的青春抛洒在血与火的长征路上，谁也说不出个准确数字……

『七仙女』

在红二十五军这支浩浩荡荡的长征队伍里，有七名女战士格外亮眼。

她们是红二十五军随军医院的七位女护士：周少兰、戴觉敏、余光（国）清、田喜兰、曾纪兰、张桂香、曹宗楷（凯）。她们大都十八九岁，最小的才十五六岁。周少兰、曹宗楷、田喜兰都是安徽人，很小就奔出家门，跑了一两百公里路，赶到鄂东北参加了红二十五军。其他几个来自湖北黄安县，也是从小就参加了红军。其中，戴觉敏是鄂豫皖革命根据地创始人之一戴克敏的妹妹，曾纪兰是鄂豫皖革命根据地重要领导人曾中生的妹妹。

为迅速进行战略转移，红二十五军长征一出发就是急行军。军首长考虑到前有阻敌，后有追兵，女孩子体力弱，又加上她们小时候大都缠过脚，走起路来格外困难，担心七名女同志体弱掉队遇危险，就动员她们留在根据地坚持斗争。

但是，"七仙女"毫不动摇，直接跑去找到军首长，又是摆事实，又是讲道理，说什么都要跟部队走。她们学着大人的样子向首长们表决心："当红军，走革命的路，就是死在征途上，也决不后转，决不当逃兵！"

"这些女娃都经过了最艰苦的考验，既然她们决心很大，就让她们一起走吧。"吴焕先和徐海东看她们一个个意志坚定不反悔的样子，就同意了她们随大部队一同踏上征途。

部队出发后，为跳出敌人的围追堵截，每天都要急行军四五十公里。为了隐蔽，部队常常夜间行动，七名女战士就把绑腿解下来，结成一条长长的带子，互相牵着摸索前进。为防止掉队，每天行军，她们都提前出发，最后到达宿营地，一天下来，浑身就像散了架一样。尽管这样，她们还是坚持给伤病员送药，争着去做护理工作。

每日长途跋涉、风餐露宿，几个女战士很快便明显体力不支。当红二十五军经过寨下庄时，省委和军领导决定将她们都留在群众家中休养，不再跟着部队受苦。可"七仙女"坚决表示：无论如何也不离开部队。部队刚离开村庄，她们就哭着喊着追上了队伍，继续跟着大部队转移。

进入桐柏山区后，敌人从四面围追而来，情况十分危急，部队又要进行第二次远距离转移。军参谋长怕"七仙女"更加吃不消，就给每人发了几块大洋作盘缠，让她们寻机返回大别山。这一下可惹了她们，一个个坐在路边抱头痛哭，边哭边念叨："我们是红军，大部队走到哪里，我们就跟到哪里，死也不离开……"

"嘿，还真是铁了心！"在这个节骨眼儿上，又是吴焕先和徐海东拍板，让她们继续跟着走。

"七仙女"顿时破涕为笑，叽叽喳喳雀跃起来。也许是过分高兴，有几个女孩儿把原本攥在手心的几块大洋叮叮当当扔在了地上。有人在旁边提醒了一句："哎呀，路途远着呢，还是用得着哩！"她们又赶紧从地上捡起大洋，揣进了随身的小包裹里……

长时间的连续行军，让她们的鞋子都磨破了，只得用布包着脚走路。在路过桐柏山区时，当地村民田家荣看到这些女娃的布鞋破烂，脚底打了很多血泡，十分心疼，便主动为她们纳鞋底、做布鞋。

七姐妹中年龄最小的是余光清，她体力弱，经常掉在队伍最后面，每次一掉队，都急得哭鼻子。军政委吴焕先叫供给部拨给"七仙女"一匹小马，以便驮个行李，病时换着骑骑。这在当时是莫大的关怀照顾。但她们谁都不肯骑，凭着强大的毅力，跟着部队一起徒步翻山越岭，爬坡过河，艰难跋涉。

在陕南开创革命根据地的日子里，战斗极为频繁紧张，"七仙女"每天随军转战，与敌人周旋。除了行军，她们还要救护伤员、照顾病号。这一时期，省委书记徐宝珊患了重病，军长程子华、副军长徐海东都身负重伤，她们时常随着三副担架奔前跑后忙个不停。每打下一座新的县城乡镇，她们更是忙得不可开交，又是上街宣传、演出，又是筹集药品，又是安置伤病人员，有时还得参与群众工作，没收地主家的财物，分配给贫苦群众。

"七仙女"不仅坚忍、刚强，更不失天真、纯朴。军供给部把打土豪得来的一些妇女的衣物特意分给她们，可她们都嫌那些衣物花里胡哨，谁都不穿不用，随手又转送给贫苦群众，或是换成比较实用的衣物。

在漫长而艰难的征途中，"七仙女"曾背着一捆捆麦草当坐垫，

徐海东和夫人周东屏

戴觉敏

坐滑梯似的溜下遍地泥泞的王母宫塬；也曾抓着骡马的尾巴，洑过山洪猛涨的汭河；还曾在汭河岸边的郑家沟，忍着悲痛，为军政委吴焕先擦拭遗体……

在西征北上的征途中，因为沿途人烟稀少、无粮可筹，"七仙女"和大部队一样，面临严重的饥饿威胁。她们以草根、野菜充饥，咬紧牙关，拖着疲惫不堪的双腿，一步一步走向陕北，胜利走完了长征。

到达陕北时，"七仙女"只剩下了五位，曾纪兰和曹宗楷牺牲在了征途中。

到达陕北后，周少兰与徐海东结为连理。庚家河一战，徐海东身负重伤，陷入昏迷，周少兰悉心照料，在他身边守候了五天五夜，陪他度过了生命的危险时刻。为了纪念这段患难与共的经历，周少兰将名字改为周东屏，意即"徐海东的保护屏障"。此后多年，二人相依相守，演绎了为人称道的红色爱情。

桐柏山不是久留地

1934 年 11 月 17 日，红二十五军战略转移出发的第二天，在罗古寨击退敌"追剿"纵队第五支队的进攻后，当晚从信阳以南的东双河与柳林之间越过了平汉铁路，连续两天紧急行军，经由青石桥、黄龙寺、月河店、金桥等地，闪电般抵达桐柏山脚下。至此，迈出了战略转移的重要一步！

然而，国民党很快就察觉了红二十五军的去向，蒋介石急令"追剿"纵队 5 个支队和东北军第一一五师追击，并令驻河南南阳、泌阳、方城、叶县一带的庞炳勋第四十军以及驻湖北老河口（今光化）一带的萧之楚第四十四师迎头堵截，阻止红二十五军西进。敌人妄图以 30 多个团的绝对优势兵力，趁红二十五军孤军远征之际，一举围而歼之。

桐柏山还能不能待下去？

鄂豫皖省委常委紧急召开会议，商量下一步是走还是留。

徐宝珊分析道："情况大变，敌人大批人马出动，来势汹汹，看来我们在桐柏山不宜久留啊！"

红二十五军长征时使用过的铁锅

吴焕先也说："鄂豫边工委书记张星江同志提供的情报很不乐观，这一地区靠平汉铁路和汉水太近，回旋范围狭小，现在敌重兵压过来，形势比预想的还严峻！"

众人纷纷发表看法："前面后面都有敌人，进退两难。重返大别山是不可能了，恐怕只能硬着头皮前进才是上策。"

可是，前进到什么地方好呢？大家的意见不一致。

政委吴焕先见徐海东不说话，转头问："海东，你的想法呢？"

一直在思考的徐海东沉吟着说："敌人不让我们进桐柏山，那就……进伏牛山好啦！我们这些'山大王'，总是离不开山的哟，桐柏山难进去，就来个趁敌不备，进伏牛山！"

吴焕先边听边点头："这一步棋走得好不好，关系到我们的生死存亡。海东同志的意见，是个方案。"

"我也认为桐柏山不能进了。"听完大家的意见，新军长程子华开了口，"敌变我变。就是要去一个敌人想不到的地方，我们才能有喘息之机。前进的路程可能是艰难的，去伏牛山区要比进桐柏山的路远多了，可事到如今，舍近求远，是一个上策。部队是很劳累，但这些天的行军，我看到了我们这支队伍，是一支走不散、拖得起的部队。敌人比我们还累，要想追踪我们，难哩！"

程军长讲话声音不高，却一句句都说到大家心坎上了。

夜深人不静，远处不时传来隐隐约约的炮声。大敌当前，大家倦意全无，紧张地讨论着新的行动计划……

『革命不是一条平坦的路』

为隐蔽北上意图，迷惑和调动敌人，红二十五军继续西进，直抵桐柏县城以西25公里的洪仪河、太白岭、界牌口一带，并派少数部队佯攻湖北枣阳县城。这一出其不意的行动，果然吸引了各路围追堵截之敌，他们纷纷向枣阳一带靠拢。

1934年11月22日，等敌人聚集到枣阳地区时，红二十五军突然于枣阳县城以北的韩庄掉头东去，沿途击退敌"追剿"队刘文伯部第六十五师一九三旅的阻拦，然后转向东北。然而此时，敌第四十军两个步兵旅、一个骑兵师的兵力，已从北面推进到新野、唐河、赊旗镇（今赊店镇）等地，堵住了部队北上伏牛山的道路。军领导决定绕道泌阳城东，经由象河关转向西北，越过许

（昌）南（阳）公路，向伏牛山挺进。

这天傍晚，部队到达湖阳镇以东地区。还未停下喘息，就打探到北面不远的祁仪镇和平氏镇两地，全都驻扎上了敌军。敌第四十军骑兵第五师由北向南直逼而来，相距也就 10 余公里，情势相当紧迫。

军政委吴焕先急忙找军长程子华商议："庞炳勋的骑兵师从泌阳一带压了过来，上官云相的'追剿'纵队主力全都追到了桐柏山地区，我军现在完全处于敌人的夹击之中，必须尽快冲破包围，争取时间转入伏牛山。"

"可是，庞炳勋的部队堵在北面，我们是过不去的。现在看来，要想抄一条近路进入伏牛山区，不太可能了！"

程子华一边回应，一边翻开随身携带的袖珍地图，这是战略转移途中能够判断地理位置的宝物。他指着泌阳以北几块山地说："现在也只能绕道泌阳以东的平原地带，尽快进入这几块山地，然后才好进入伏牛山区……可越过那片平原地带，对我们这支队伍来说，比起翻山越岭跟敌人绕圈子、打游击，可艰难多了！"

"是啰，道路虽然平坦，可也更加艰难！"吴焕先深有所感地回应，"这么多年，我们都是背靠大别山打游击，一旦到了平原地带，将会遇到许多意想不到的情况。虎落平阳被犬欺啊！"

"可不是嘛！"程子华也不无感慨地说，"革命本来就不是一条平坦的路，也没有直路可走！我们绕道泌阳平原，确实也是一条曲折的路。"

吴焕先听了，顿悟一般，脱口而出："军长！你今晚得在队前讲上几句，给指战员们鼓鼓劲儿，动员大家开动自己的两条腿，加快行军速度，好实现我们的战略意图。"

程子华说："我刚来几天，对部队情况不很熟悉，还是你去讲

吴焕先使用过的罗盘　　　　　　吴焕先使用过的怀表

合适。"

吴焕先推辞道："你讲你讲！就按照你刚才说的意思，讲讲革命不是一条平坦的路，要夺取革命的胜利，就得走曲折的路、艰难的路，大家听了会很新鲜！"

吴焕先说着说着陷入了沉思，过了好一会儿，才又自言自语道："离开了原来的根据地，一切都得靠我们自己，鼓起斗争勇气，走出一条希望之路。这一路上，我们这支不足 3000 人的队伍，披荆斩棘也好，赴汤蹈火也罢，都得走出一条路子，夺取革命胜利！"

············

当天晚上，程子华对部队做了政治动员，号召全体同志鼓足胜利信心，振作革命精神，拿出战胜一切的斗争勇气，做好走曲折的路、艰难的路的准备。

第二天一早，由张星江带路，部队向东北方向转移，日夜兼程，跳出了敌人的包围圈。

智过围寨

1934 年 11 月 23 日，红二十五军到达驻马店西北地区，预定在两三天之内，抢在敌人前面，穿过许南公路，进入伏牛山。

泌阳东向、北向，地势平坦，村落稠密，围寨林立。一些较大的围寨，更是高墙耸立，戒备森严，均为豪绅地主所盘踞，拥有相当数量的武装。有的围寨甚至有上百支枪，还置有土炮，挖有深水壕沟，仅以一座吊桥通到寨内。这些围寨还能相互支援，一寨有事，则以烽火报警，各寨遥相呼应。

红军要进入伏牛山区，就必须经过这些密如蛛网的村落围寨。可是部队一进入平原地带，就不时遭到围寨武装势力的骚扰阻拦，每路过一座围寨，都有零星伤亡，很是让人头疼。面对这种情况，大家义愤填膺，不少干部、战士恨得手心发痒，真想打上一场！

为尽快搬掉这些"拦路虎"，顺利通过围寨，争取时间迅速北上，吴焕先广泛进行政治动员。他跑到各团召集连以上干部会议，宣讲有关政策和注意事项。

"钟不敲不响，灯不拨不亮。对于每个围寨的封建武装势力，全军上下都要开展政治攻势，晓以民族大义，好让他们为我们让开一条通路。不要随便发动进攻，即使受到火力阻拦，也不可多加纠缠。因为时间紧迫，前有堵敌，后有追兵，我们纠缠不得，也耽误不得！"

他提出几项必须遵守的规定：部队每到一地，不得进驻围寨；沿途所需粮草，一律实行购买；对于寨主豪绅，不打不分其财；只要为我让路，均应以礼相待。他一再要求指战员必须严格遵守党的政策和群众纪律，要以中国工农红军的模范行动，争取团结围寨头目，宣传影响群众。总而言之，要想在两三天之内顺利通过围寨区域，"不能只是依靠枪杆子，必须高举北上抗日的旗帜，以党的政策去夺取胜利！"

这天晚上，军部在马谷田附近的一个寨子跟前宿营。由于鄂豫边工委书记张星江和地下党组织的同志事先已与寨主商谈妥当，对方默许红军在此借宿。张星江还发动群众为红军筹备了一些粮草，村里的老百姓帮忙烧水做饭，亲如家人。

夜已经很深了。吴焕先看到郑位三住的棚子里还亮着灯，就走了进去。油灯下，郑位三正聚精会神地挥笔疾书。吴焕先知道这个"秀才"是在给围寨头目写信，便问道："还在写？"

"快了快了。"郑位三边写边答，"明天一路上要经过十几个大围寨呢，每个不都得送出一份？对这些封建寨主啊，信里还要抬举上几句哩，然后给他们讲讲大道理，晓以民族大义。咱们的北上抗日

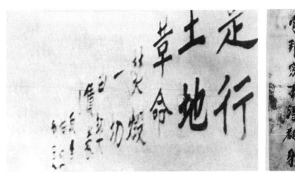

红二十五军书写的标语

出发宣言，在桐柏山没有散发几张，现在倒是不够用了，散都散不过来喽……"

"就是，就是。"吴焕先应道，"攻都攻不破的围寨，一封书信、几张传单就可以打开一条通路。这一路可是兵马未动政策先行啊！"

"对了。"吴焕先突然想到一件事，"你的'三字经''四言诗'顺口溜儿啥的，都编得挺有滋味，何不编上那么几句，教给小宣传员一路上喊喊，也是个宣传嘛！"

"要得！回头我凑几句，加强政治攻势！"郑位三乐呵呵应承。

很快，沿途的寨子头目都收到了红军送的书信和传单，他们亲眼看到红军的一举一动，沿途秋毫无犯，都放松了下来，红军刚进围寨时那种剑拔弩张、充满火药味儿的紧张气氛没有了。有的围寨还在路旁摆上桌椅，放了一些茶水和饭食之类的，迎接红军过境。还有一些有志的穷苦青年加入了红军队伍。

军政治部的小宣传员们，每路过一座围寨，都扯着嗓子大喊一阵郑位三编的"四言诗"：

老乡老乡，不要惊慌。

我军所向，抗日北上。

借路通过，不进村庄。

奉劝乡亲，勿加阻挡。

部队出发时，给战士们配发的多是前几次战斗中从东北军手里缴获的武器。这些武器有奉天造的马步枪，也有捷克式的轻机枪，又新式又精良。一些十几岁的娃娃，身着灰色军装，戴着五角红星八角帽，背着比自己个头还高的枪支，格外英姿飒爽、威武神气。

这几天，围寨的一些乡绅子弟时常好奇地围拢过来，对娃娃们评头论足，不断逗趣儿。

有的说："哈哈，你们就是一支学生军。"

还有人说："你们不是红军，是东北的奉军！在大别山吃了败仗的奉军……"

娃娃们听了很是不屑："我们不是奉军，是中国工农红军！"

"朱德是我们红军的总司令！"

"红军是抗日的队伍！我们是中国工农红军北上抗日第二先遣队！"

对方听了，不禁又嚷嚷起来："哈哈，你们身上背的铁家伙，都是奉军的捷克式！我们见过奉军，别再糊弄人了……"

军政治部的小宣传员们懒得辩解，扯着嗓子唱起郑位三为他们编的"四言诗"来：

奉军奉军，没有良心。

只打红军，无家可奔。

不抗日本，丢了东北。

呜呼哀哉，国民伤心。

红军红军，炎黄子孙。

北上抗日，意志坚贞。

出发宣言，宗旨在先。

收复失地，还我河山！

他们用"四言诗"说明了一切，自证了身份，围寨的乡绅子弟自然闭了口。

顺利过围寨后，经过两天的急行军，红二十五军于 11 月 25 日到达象河关西北的王店、土风园、小张庄一带，再有几十公里，便可进抵伏牛山东麓。

鏖战独树镇

1934 年 11 月 25 日，红二十五军在途中击退敌军"追剿"队的进攻，当晚在驻马店西北的山区宿营。宿营地距离许南公路不到 30 公里。过了公路就是伏牛山东麓，这是进入伏牛山必经的一个危险地带。

26 日拂晓，敌"追剿"队又追了上来。

军部通知团以上干部在一个老乡的院子里召开紧急会议。徐海东详细分析了敌情，以坚定的口气说："我们现在的处境是后有追兵、前有堵截。后退是没有出路的，只有冲过敌人的防线，才是唯一的出路。"

说完这些，他又强调了一句："古人说，打仗要一鼓作气，我们的口号是'只能前进，不能后退'，冲过去就是胜利！"

干部们迅速做了紧急动员，所有人员进入战斗状态。

为防止敌人追堵合围，争取时间尽快穿过公路，军领导决定以二二四团、二二五团和军直属队为前梯队先行出发，二二三团为后梯队，占领王店、赵庄，阻击尾追之敌，掩护全军行进。

这天，恰遇寒流，气温骤降，北风刺骨，雨雪交加。指战员们衣服单薄，又被雨雪湿透，饥寒交迫，步步艰难。许多人的草鞋被烂泥粘掉，只好赤脚行军。全军上下忍饥冒寒，奋勇前进。

下午1时许，前梯队进至方城县独树镇附近，正准备由七里岗过公路时，突然遭到敌军猛烈阻击。敌第四十军在南下桐柏山合围扑空之后，掉头北返，抢先到达独树镇附近的七里岗构筑工事，并与由叶

独树镇战斗遗址

县南下保安寨的该军骑兵团组成堵击线，封锁公路，阻止红军西进。

因雨雪交加，能见度差，红二十五军先头部队发现敌人较迟。事发突然，指战员们来不及做准备，许多人的手指被冻僵了，连枪栓都拉不开，手榴弹也扔不出去，零星的火力不足以有效阻止敌军的进攻。

敌人见有机可乘，从两翼包抄上来，加大火力，如同一座火墙死死堵住了红军的去路。

二二四团伤亡极大，特别是冲在最前面的一营，许多人被击中倒地，紧跟其后的二营、三营，左右都遭到猛烈的火力扫射。

此荒郊野外，地形平坦，无所依托，对红军十分不利，形势十分险恶。

值此危急时刻，政委吴焕先飞奔到队伍前面，一边指挥二二五团三连连长张海文带领全连冲到前面去反击，一边高声呼喊："同志们！就地卧倒，卧倒！坚决顶住，决不能后退！"

在吴焕先的指挥下，队伍很快稳住了阵脚。大家摩拳擦掌，活动手指，利用可以作为依凭的田埂、壕沟、坟墓等地形地物，进行反击。

很快，敌人的骑兵被打退了。然而，敌军并未停止冲锋，他们略作休整，再次气势汹汹地猛扑过来。

吴焕先当即从交通员身上抽出一把大刀，高呼："同志们，现在是生死存亡的关头！共产党员，都跟我来……冲啊！"

他指挥两个团的兵力，冒着密集的火力，奋不顾身地杀上前去，与敌人展开了白刃格斗。

政委身先士卒，极大提振了广大指战员的士气。一时间，战场上刀光闪闪，枪声贯耳，喊杀声震天。

敌骑兵居高临下，明显占据优势，红军的伤亡很大。当时，由于

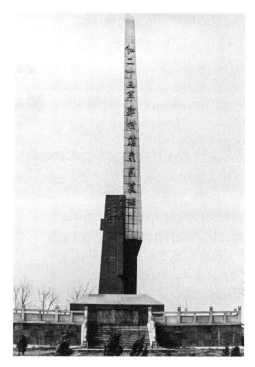

红二十五军独树镇战斗遗址纪念碑

雾色浓重，满地泥泞，敌骑兵的作用也难以充分发挥。一直跟随在吴焕先身边的二二四团二营四连副连长王诚汉在混战中大声喊道："同志们，先砍马腿，再杀敌人！"战士们一下子找到了和敌骑兵拼杀的方法。被砍伤的马重重摔倒在地，敌骑兵大部分摔伤，有的当场摔死。

激战中，吴焕先腿部中枪，鲜血直流，他站立不稳，踉跄了一下，敌人嗷嗷叫着向他围过来。在这千钧一发之际，王诚汉等战士挥舞着大刀冲过去，与敌人拼命厮杀，救出了政委。吴焕先顾不上腿上的伤，继续指挥作战。

敌人的进攻势头仍然很强，军长程子华带领的二二五团也处在包围圈中，伤亡很大。就在这时，徐海东率二二三团赶了上来，从七里岗左侧向敌人发起猛烈进攻。他一面指挥部队就地坚守，一面沉着地与吴焕先商量打法。

巧的是，这时一个战士从口袋里摸出了一盒火柴。徐海东一把抓过来，就地点燃一个小草垛，让大家抓紧围拢过来烘手、烤枪。

一番准备后，几十挺机枪一起怒吼起来，枪声、喊杀声响成一片。

遭到攻击的敌人惊恐地大叫："共军的机枪响啦！"纷纷丢下武器，抱头逃窜。

红二十五军转危为安后，急忙构筑临时工事，又连续打退了敌人几波进攻。

军部召集各团指挥员开会。徐海东神情坚毅地对大家说："我们冲破了敌人三道防线，已经胜利在望。但估计这个仗会越打越激烈，狗急跳墙，敌人会跟我们拼老本的。不过也没什么好怕的，兵来将挡，水来土掩！"

吴焕先进一步动员大家："今天有红二十五军，就没有独树镇的敌人。各级指挥员都要加强思想政治工作宣传，激励战士们的斗志，带领部队和敌人决一死战！"

主力团又向七里岗之敌发起冲锋，试图打开一道缺口，乘机穿过公路。由于敌疯狂阻击，一连多次冲锋，都没能成功。军领导当即命令部队转而固守附近的赵庄、焦庄、袁五岗、上曹屯等村庄，不断组织反击。

天黑透了，害怕夜战的敌人不敢盲目进攻，战场形势趋于缓和。

红军撤了下来，在一个叫张庄的村子休整。战士们的脚冻僵了，没了知觉，怎么也暖不过来，一个女军医把自己的衣服解开，抱起战士的脚放在腋下取暖。很快，几个女护士也都模仿女军医的做法帮战士们取暖。大家一天没吃饭了，老乡送来了烤熟的红薯，但他们实在太累太困了，谁也没顾上吃一口，就东倒西歪地睡着了。

然而很快，敌"追剿"队主力又紧追而来。前有阻兵，后有追兵，如不能迅速离开，就要被迫与数万敌军决战，后果可想而知！

军领导决定连夜突出重围，让部队紧急集合。

在一间民房里，军部召开临时会议。程子华分析道："现在我们面临三种情况：一是战斗减员人数增加，伤员得不到救治，尤其是孩子们；二是弹药消耗得不到补充；三是战士们的体力消耗过大，支撑不住。"

吴焕先的话掷地有声："这些孩子大都是红二十五军的孤儿，他们的父母把生命留在了大别山，如果不把他们带出去，我们怎么对得起他们的爹娘！"

徐海东更是斩钉截铁："红二十五军经过了几次重建，我们的威风是打出来的！只有抱定死的决心，才会起死回生。红二十五军的番号，绝对不能在独树镇终结！"

晚9时许，部队开始突围。这时，绝大多数人一整天都没吃上饭了，又冷又饿，极度疲劳。有些十几岁的战士，一头扎倒在地就昏睡不醒了。许多负伤的战士，忍着极大的伤痛，被搀着或抬着，坚持随军突围。

当晚，全军快速行动，由地下党带路，从敌人封锁线的间隙穿插而过，绕道叶县保安寨以北的沈庄附近，穿越许南公路，直抵伏牛山东麓。

红军刚穿过公路，敌第四十军一一五旅和骑兵团便尾追而来，一路追堵夹击。

28日，红军在拐河镇东北的沣河两岸，接连打退敌军多次追堵进攻，终于得以进入伏牛山中。

独树镇战斗，是红二十五军战略转移途中一次极为险恶的战斗。红二十五军的生死存亡，战略转移的成败关键，都在此一举！红二十五军以不足 3000 人的兵力，以牺牲 300 人左右的代价，击退了数万之众的追堵之敌。危急时刻，军政委吴焕先身先士卒，冲锋在前，令全体指战员深为敬佩！

1937 年在陕北，毛泽东同程子华、徐海东谈话时，谈及此战，由衷称赞，独树镇战斗，红军以一打十，甩掉敌人，胜利转入陕南，这是一个以少胜多的经典战例，是一个可与历史上的昆阳之战、火烧博望坡之战相媲美的经典战例。

2016 年 10 月 21 日，习近平总书记在纪念红军长征胜利 80 周年大会上的重要讲话中，把红二十五军鏖战独树镇与主力红军血战湘江、四渡赤水、巧渡金沙江、强渡大渡河、飞夺泸定桥等红军长征途中的著名战役一并提及，也对独树镇战斗的历史地位给予充分肯定。

徐海东抬担架

在战斗频繁、天天行军的日子里，受伤生病成了家常便饭。为了保存有生力量，也为了保护每一个伤病员，红二十五军定下一条铁律：战斗再激烈，决不丢下一个伤员；行军再艰苦，决不丢掉一个病号。

独树镇战斗结束后，为摆脱敌人"追剿"，部队顾不上休整，在大雨中连夜开拔。

出发时，徐海东发现一个负伤的战士没有被抬走，一下子急了，赶紧让人找来一副担架。

徐海东往前看了看队伍，一拐一拐走路的伤病员还真不少；往后看，也到处都是行走困难的人。怎么办？他琢磨了一下，对身边的警卫员小黄说："来！跟我一起抬他。"边说边蹲下身去。

小黄知道老军长全身上下负过几十处伤，光是走路就够他辛苦的了，哪能让他抬担架啊！他便愣着不动，四处张望，希望能有别人过来。

"给我抬！"徐海东严厉地说，"伤病员一个也不能丢下，快抬着走！"小黄只好和老军长抬起了担架。

天亮了，躺在担架上的伤员发现是老军长在抬着他，顿时哭着喊："老军长，放下我，放下我……"

徐海东蹒跚地走着，应道："别动，别喊！躺着，好好躺着！"

"放下我，我能……"伤员呜咽着。

警卫员小黄走在前头，不时扭头看看伤员，又看看老军长。他多么希望背后有队伍赶来，接替下老军长，可是后边是空旷的原野，连个人影都没有，向前看，则是一片泥泞和数不清的脚印。

走着走着，雨渐渐停了，风也小了，东方透出一缕亮光。徐海东已汗流浃背，多年不抬这么重的担子，今天又尝到了当年挑担卖水的苦滋味。他也纳闷自己今天哪来的邪劲，竟一口气走了足足三四公里路。

当有人跑来把担架接过去的时候，他站在路旁，擦着汗水，向前望望，突然放声叫："嘿嘿，我们的援兵来了！"

"援兵？在哪里？"警卫员小黄忙问。

"那不就是！"徐海东手指着前面雾蒙蒙的山头说，"是三个团哟！"

"哪里啊？"

"我们怎么没看见？"

身旁几个人看到的，就是横在眼前的三座山！

徐海东放声大笑："你们看到的那三个山头，就是三个团嘛！"

有人顿时领会了老军长的意思。这"徐老虎"善打山地游击战，也真像老虎一样，离不开山林。他常对部下说的话就是："蒋介石靠飞机、大炮，我们靠的是大山和老百姓。"

山，使大家心里燃起了希望和信心的火苗。一行人疲惫渐消，有说有笑，加快步伐，奔向那三个山头……

让马

从大别山出征以来，红二十五军马不停蹄地长途跋涉，许多人脚底板上磨起了泡，有的人患了重病，走不了路，只得用担架抬着，队伍的行进速度越来越慢。

行军途中，部队的先头和后卫最易遭到敌人阻击或追击，是最危险的位置。这两端总是由吴焕先和徐海东分别指挥。

一天黄昏，下着冷雨，担任后卫的徐海东打马往前赶。跑着跑着，就看到路边有个小战士，走路很慢，还跟跟踉踉跄跄的。他立刻翻身下马，关切地问："小鬼，你是不是病了？"

那小战士见副军长来了，马上强打精神行了个军礼，答道："报告首长，我没有病！"

"没有病？"徐海东微笑着把手伸向那小战士的额头，"烧得烫手，你还说没病！"

见那小战士不吭声，徐海东正告他："第一，有病不报告，应该批评；第二，骑上马，跟部队前进。"

那小战士一听副军长要让马给他骑，一下子慌了，连忙回答："首长，我接受您的批评，坚决执行命令跟部队前进。这马，说什么我也不能骑！"

徐海东知道，在这个问题上，小战士是不会轻易服从的，便解释说："让你骑马，是革命的需要，不然你就会掉队的！"

小战士继续争辩："首长，你指挥战斗，骑马是革命的需要。我这小病，能坚持走路，保证不掉队。"

徐海东爽朗一笑："不掉队？那好吧，我俩先比一比走路，谁输了，谁骑马。"

小战士没想到首长会来这一招，副军长那可是有名的"徐老虎"，打仗厉害，脚底板也不是一般人能比得了的。此刻为了让副军长骑马，他只好硬着头皮回嘴："比就比！"

于是，副军长和小战士的一场走路比赛就开始了。

"目标——前面路边那棵小松树，谁先走到，谁赢。预备——走！"

警卫员口令一落，两人同时迈步前行。但见徐海东面带笑容，大步流星，完全看不到老伤腿的痕迹。

再看那小战士，一开始他就咬紧牙关，强忍着不适，使出全身力气往前冲。奈何，他头昏眼花，四肢无力，移步艰难，根本不是副军长的对手，一出发就被甩在了后面。

担任裁判的警卫员高声宣布："比赛结果，副军长领先！"

徐海东温和地扶着小战士说："小伙子，认输了吧？我走 10 步你就至少落后了 3 步，我走 10 公里你得落后 3 公里，今天要走 30 公里路，你算算要落后多远？"

"首长……"那个小战士还想说什么，被徐海东打断："不用说，服从指挥，快骑上马，赶上队伍！"

骑马，对于一个战士来说，当然不是难事。可是，今天却比做什么都难。骑吧，让首长走路，实在过意不去；不骑吧，眼下又没有理由可讲了。正在为难之时，只见徐海东双手一擎，将小战士举到了高大的枣红马上。

小战士伏在马背上，望着副军长那亲切和蔼的面容，眼泪止不住扑簌簌落了下来……

货郎带路

1934 年 11 月底，红二十五军终于进入伏牛山。习惯山地作战的指战员，见到大山，一片欢腾。

巍巍耸立的伏牛山，山高林密，峰峦逶迤，纵横 400 余公里，进可攻退可守，具有得天独厚的战略优势。国民党军的将领刘镇华、樊钟秀、张钫等人，都是从伏牛山拉杆子起家的。

但入山后，大家发现这里并不适合创建革命根据地。此地人烟稀少、物资匮乏，豫西"内乡王"别廷芳在这里经营多年，反动统治严密，封建色彩浓厚，老百姓长期与世隔绝，不利于红军开展群众工作，发展革命事业。部队进入伏牛山区，在摆脱尾追之敌后仅仅赢得两天的行军时间，敌"豫鄂皖三省追剿纵队"总指挥上官云相，就已由信阳

红二十五军行军途中留下的标语——杀上前去

到达许昌，统率一、二、三支队，总计 5 个旅 10 个团的兵力，跟踪追击到鲁山县城。

敌人黑云般地压到伏牛山，红军又没有当地群众的支持帮助，别说与敌作战，饿都饿垮了！因此，省委预定在伏牛山创建革命根据地的战略意图，这时又不得不及时改变。

独树镇战斗那天，省委书记徐宝珊因为受了风寒，病倒了。到了伏牛山区，病情更加严重，他只好躺在担架上与省委成员商议，做出了新的决策——进入陕西南部，相机创立新的革命根据地。

11 月 30 日，红二十五军以中国工农红军北上抗日先遣队司令部、政治部的名义发出布告，明确宣告"我们调动队伍北上，一方面去打日本帝国主义，一方面来帮助陕西的工农穷苦群众弄吃的，弄穿的，解除一切痛苦"，"欢迎一切不愿做亡国奴的人来参加我们的队伍，欢迎一切军队和围寨和我们订立抗日协定，同我们一路去打日本帝国主义，扫除阻碍我们的反动武装"，"希望一切人都各做各的职业，莫惊莫走，特别欢迎穷人、工人、农人和我们见面谈话开会"。

布告还就红军对于没收地主豪绅、军阀官僚的财产，帮助穷人抗拒苛捐杂税，保证商业自由，以及对白军士兵和民团中的穷苦团丁的优待等作了明确规定。甚至提出，"我们队伍有什么错误，欢迎当地人来报告，立即纠正"。

布告最后宣告："红军此来，是要帮助陕西穷人进行上面的事业，帮助穷人武装起来，推翻豪绅地主的统治，建立陕西的苏维埃政府。"

布告颁发后，红二十五军即星夜兼程，朝陕南方向进发。

12月2日，红二十五军进入当时归属卢氏县的栾川地区。

这里盘踞着号称"十大连"的匪首李腾蛟，他纠集地主武装，防守在庙子镇东面的十八盘，堵击红军队伍过境。军领导得到情报后，立即派手枪团连夜摸上十八盘，探明敌情，然后采取出奇制胜的奇袭手段，从侧翼插入敌人心脏。

这股地主武装以为凭借有利地势无论如何都能阻挡一阵子，没想到红军从天而降，于是纷纷逃命，如鸟兽散。第二天早上，手枪团押着百十名俘虏，胜利而归。

当天，红二十五军进入栾川。昔日比较热闹的街面，变得十分冷清。家家关门闭户，除了少数老弱病残，难见青壮年。部队只好在街头及周围的村庄驻扎宿营。

天黑以后，"内乡王"别廷芳的一杆人马，由匪团长张中奇带着，与李腾蛟残部勾结在一起，四处进行骚扰活动。栾川附近的罗庄、北沟口、九里胡同等地，全部布下了匪兵，准备乘隙袭击红军。

红军初到栾川，得不到群众的帮助，地形又生疏，不便出动反击。一整夜，从军直机关到作战部队，都处于紧张的战备状态。就连躺在担架上的徐宝珊，也是枕戈待旦，盼着天早点亮，部队好继续西行。

12月4日，红二十五军经由石庙、陶湾等地，抵达卢氏县的叫河一带宿营。这时，军领导已经探明了入陕路线，准备直插西南方向的朱阳关，进入陕西商南县境内。这是一条入陕大道，从叫河经朱阳关到商南地界，不过三四十公里山路，一天便可进入陕南。这样，就可以摆脱尾追之敌，在豫陕边站住脚跟。

部队眼看目的地在望，欣喜万分。

然而，入陕大道早已被敌人控制。

蒋介石的眼睛一直在盯着红二十五军的行踪。发觉红二十五军有向陕西进军的意图后，急调第六十师师长陈沛率领全师开赴卢氏一带堵截，企图消灭红军于卢氏一带。

12月1日，陈沛率部抵达朱阳关，随即进行实地侦察，选择险要之地，配备兵力，构筑工事。两天之后，一切部署完毕，并制订了"在朱阳关一带堵剿豫南残匪窜陕计划"，只待红军到来，聚而歼之。

前有敌第六十师迎头截击，后有一路跟踪而来的"追剿"队5个旅10个团的兵力，敌人前堵后追之势已经形成。蒋介石更是早早放出狂言：今之红二十五军，如古之瓦岗旧部，必将于此覆灭！

红二十五军不到3000人的队伍，再次陷入3万敌军的重重包围之中。形势万分严峻！

如果按照计划，经朱阳关进入陕南，无异于自投罗网。可箭在弦上，后退没有出路，怎么办？

红二十五军上上下下都察觉到了危险所在，许多将士做好了殊死一战的准备。多名重伤员联名给军首长写下了请战血书，要求担架队员都归队参加战斗，他们这些走不动的伤员愿集体断后，为二十五军突围流尽最后一滴血。"七仙女"也跟军首长保证，战斗打响后，绝不拖累大部队突围，誓死不当俘虏。年龄最小的红军战士匡书华哭着对军首长说："我没有家，红军就是我的家。突围的时候，我要跟着大哥哥们一起冲锋，就是死也要死在一块儿。"

此时此刻，三千儿郎的生死存亡，就像一块沉重的磨盘，压在了红二十五军领导心上。他们冷静思索，谋划新的出路："既然敌人人多势大，不能正面硬碰，何不联系群众，寻求小路入陕？"

然而，在纵横盘结的伏牛山中，人生地不熟的，另外选择一条入陕之路，不是那么容易的事。当地群众长期受到国民党反动势力的虚假宣传，对共产党存在很大误解，管你什么红军白军，一概称为"刀客"，避之如蛇蝎。红军所到乡村，百姓都奔逃一空。战士们下山寻找向导，发现乡亲们都已躲得不见踪影。

就在大家一筹莫展的时候，一位在乡下卖糕点的货郎出现了，他主动提出："我可以给红军带路！"

原来，此人打小在外谋生，走南闯北，见多识广，知道红军是什么样的队伍，也了解卢氏县城国民党驻军的情况。此时眼见红军遇到难关，他发自内心地要站出来为穷人的队伍做点事。

程子华见到货郎，听到他熟悉的山西口音，当即热情地认了同乡。他双手握着货郎的手，激动万分：

"老乡，你叫什么名字？"

"我叫陈廷贤。"

"快说说你的想法。"

"山间有条牧羊人的小路，可以绕过两关，直达雒南(今洛南)。"

"何日动身为好？"

"最近卢氏县城没有国民党的正规部队，首长们，事不宜迟，咱们赶快走吧！"

"好！"

陈廷贤

12月5日，部队整装待发。军领导先派手枪团到达朱阳关以东7公里处"号房子"，虚张声势，迷惑敌人。从叫河到朱阳关，也就十几公里，稍有风吹草动，敌人准有所闻。这一出其不意的行动，等于给朱阳关的敌第六十师吃了个"定心丸"，将其稳在原地。

与此同时，红二十五军主力则掉头北上，从朱阳关东北20公里处转向西北，沿着一条"七十二道水峪河，二十五里脚不干"的深山峡谷，直奔卢氏县城。

根据手枪团的侦察报告，卢氏县城内敌军兵力空虚，只有地方民团防守。军领导担心的就是县城有重兵把守，那时再要探明一条行军路线可就难啰！

军领导决定趁着夜色穿过卢氏县城。

当夜，红二十五军从卢氏县城南与洛河之间的隘路迅速西进。守城民团闻听红军来了，惊恐万状，把城门封得死紧。城头团丁乡勇，只以灯笼火把壮胆，不敢轻举妄动。

此后，部队经过三天三夜日夜赶

路，途经仓房、官坡、兰草等地，直抵豫陕交界的铁锁关。至此，敌第六十师在朱阳关一带筹谋多日的堵击防线付诸东流；敌"追剿"重兵浩浩荡荡先后追到卢氏县城，但也都望尘莫及。红二十五军又迈出了极为重要的一步。蒋介石怎么也想不到红二十五军会绝处逢生，走出这样一步"活棋"。

与货郎分别之际，程子华让供给部取出 10 块大洋，作为酬谢，没想到货郎深明大义地谢绝了："你们行军路长，留着慢慢用，我不过尽了本分，帮了小忙，不值一提！"

货郎的觉悟令程子华等人深为感动，于是让人特意写了一张字条，盖上鲜红大章，送给货郎以作纪念。

纸条记录了陈廷贤为红军带路、帮红军脱险的义举，并在结尾深情地写道："你是共产党的人！"

附记

抗日战争中，卢氏被日本攻陷，陈廷贤租住的老屋被毁，这张字条不知所终。新中国成立后，陈廷贤成为卢氏县副食品公司的一名售货员。他曾多次讲起为红军带路的往事，但因为没有凭证，人们始终不相信他说的话。其间，刘华清、程子华都曾多次派人寻找他，均未果。1983 年，红二十五军战史编写人员闻悉陈廷贤下落，赶往卢氏，不料陈廷贤因身患重病，不久就离开了人世。在《中国工农红军第二十五军战史》中，记载了陈廷贤帮助红二十五军脱险的史实，陈廷贤以一个普通百姓的身份被载入军史，被称为"军史布衣第一人"。

第三篇

创建新的革命根据地

进入陕南后，中共鄂豫皖省委改为中共鄂豫陕省委。在与中央失去联系的情况下，鄂豫陕省委领导红二十五军独立开展革命斗争，粉碎了国民党军的两次「围剿」，领导当地群众创建了鄂豫陕革命根据地，建立了各级党组织和苏维埃政权，红二十五军得到发展壮大，并想尽办法策应主力红军北上。

放了『杨大善人』

1934 年 12 月 8 日，红二十五军经由铁锁关进入陕南境内，歼灭三要司守敌第四十二师二四八团一个营。第二天，即翻越蟒岭，到达雒南县的庚家河（今属丹凤县）。

这个深山峡谷中的乡镇，一条拐弯小街，也就 30 余户人家，开有几间杂货店铺。这里南通商县的龙驹寨（今属丹凤县），以至湖北境内，北可抵达西安、华县、潼关等地。南来北往的客商，多在此歇脚住宿。每到逢集之日，周围几十公里内的山民都来这里赶集，别有一番山乡风情。

当晚，省委和红二十五军的几位领导，就住在小镇拐弯处的一间中药铺子，店名"春永茂"。

那时，当地老百姓受国民党反动派

的欺骗宣传较多，对红军很是惧怕。一路上，一些乡亲见了红军，如同跑反一般四处躲藏。

"春永茂"药铺掌柜杨春荣，在红军进入小镇之前，同样听信了一些谣言，以为红军都是些"血脸红头发的怪物"，就仓皇躲到附近山林里去了，压根没敢露面。

哪知，当晚杨春荣偏又被红军抓住。此人三十五六岁的样子，头戴一顶皮帽，身着棉袍。战士们一看这装束，都认定他是个大土豪，马上就扣押了起来。

事后，听街民们说："药铺的杨掌柜，是个大善人，好得很咧！"这才弄清此人自小在药店当学徒，懂得一点医道，因为生活所迫，曾挑着一根扁担到潼关等地跑过几年山货买卖，随后在此地开了间中药小铺，为人老实厚道，也没啥政治嫌疑。

政委吴焕先闻听此事，忍不住笑道："开上个中药铺子，也是救死扶伤的慈善事业。我们就住在人家铺子里，还把掌柜的扣押起来，实在不够意思啰。赶快放了，放了，莫把个善人当成大土豪！"

杨春荣被松绑后，吴焕先向其作了一番解释，表示了歉意。

经过这番波折，杨春荣对红军有了一定认识，出于对红军的感激，当时就从家里扛出几斗苞谷，要资助这支远道而来的队伍。

放了一个"杨大善人"，在小镇上引起很大反响。人们奔走相告："红军能把好坏分清，没有冤枉杨掌柜！"

吴焕先却由此想了更多，他觉得这是个宣传红军的好时机。当晚，他就跟省委秘书长郑位三商量，决定由郑位三起草一份传单，借以安定民心，使群众真正了解红军。

第二天一早，《什么是红军》的油印传单，就在街头张贴了出来。几百字的一页传单，把红军的性质、宗旨、任务以及有关政策，都写

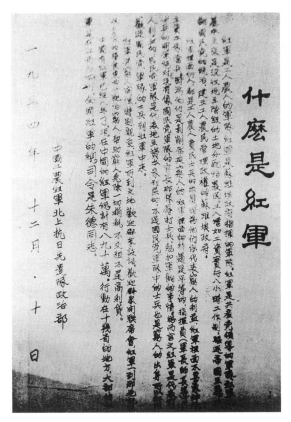

红二十五军长征途中编写的传单——《什么是红军》

得一目了然。传单末尾，红二十五军满怀自豪地宣告：

中国有红军已经八年了。现在中国的红军总计有八九十万……全国红军的总司令是朱德同志。

秋毫无犯

1934 年 12 月的一天，几天前进入陕南的红二十五军，路过一个名叫棣花街的地方。

当天晚上，红军就在棣花街驻扎下来，庙堂与民房，几乎全都住上了队伍。街上的一家小染坊里，也住满了红军。那阵势，可把染匠吓坏了！

染匠李来兴，年过四十，苦熬了半辈子，好不容易在街上开了间小染坊糊口度日。红军队伍进街时，他别的不怕，就担心院子里搭着的十几匹还没晾干的染布。

他看到这支远道而来的红军队伍，有的穿着灰军装，有的穿着黑棉袄，有的还披着蓝色大褂，一个个衣着破烂不整，补丁摞补丁，勉强可以裹住身子。数九寒冬，不少人都是赤脚片儿穿草

红二十五军战士穿过的草鞋

鞋，身上没有棉衣，只披一块毯子御寒。

这么一番情景，使他感到惶惶不安。院子里新染的布匹，全都是他揽下的生意活儿，要是叫这帮人拿去做了衣服，他怎么向主顾交代，这个小染坊不就倒闭了吗？他心慌意乱地在外面躲了整整一天。

第二天早晨，眼见红军过了丹江，向南开去，染匠心急火燎地往家赶。哪知，推门一看，院子被打扫得干干净净，搭在杆子上的各色染布全都被红军收拾了起来，叠得整整齐齐，放在了架板上。他仔细清点了一遍，一根线头都没少！

李来兴长长舒了口气，随后又赶紧跑出门去，询问街坊四邻的情况。

走到街头，看到一堆人围在一起，个个伸长脖子往墙上瞅。他赶紧挤上去，一看，原来墙上贴着一张油印传单。李来兴不识字，就竖着耳朵听别人念：

"《什么是红军》……"

"红军是工人农人的军队。"

"红军的基本主张是没收地主阶级的土地分配给农民。"

"帮助穷人免除一切捐税。"

…………

李来兴越听越激动，情不自禁地大声讲道："耳听是虚，眼见为实。红军嘛……确实是咱穷苦百姓的队伍，嗯……仁义之师，秋毫无犯！"

那几天，染匠李来兴脚不沾地，四下奔走，反复向人讲述自己遇见的红军。

就在这一天，红军在棣花街上二郎庙和关帝庙外面的墙壁上，分别留下两幅斗大的黑字标语，一幅是"建立陕西苏维埃政府"，一幅是"为创建陕西苏维埃政权而战"。

这两幅标语，仿佛一盏明灯，照亮了棣花街乡亲们的心。

南下入川，还是扎根陕南？

到达陕南后，是就地落脚，稳扎稳打，创建新的革命根据地，还是继续行军，另择良地？这是事关红二十五军生存发展的大问题。

自打进入陕南，敌人总是跟在屁股后面追，根本没办法坐下来开会。省委和红二十五军领导曾就这个问题断断续续讨论过，大家意见不一，争论比较激烈。

有人说："陕南是山区，人口少，还缺粮食，红军补给太困难了。"

有人强调："陕西的敌人是盘踞多年的国民党王牌军，实力雄厚，跟他们掰手腕子，太吃亏了！"

还有人担心："我们一路长途行军，连续作战，兵力损耗很大，伤病员很多，凭借自己的力量，哪有可能再开辟出一个根据地来。"

这部分人极力主张入川与红四方面军主力会合，声称："红四方面军是老大哥部队，会合后对我们有利，可以吃现成饭……"

而多数人的意见则是："陕南条件不错，完全可以竖起一杆红旗，打下一片新天地。"

究竟是南下入川，还是在陕南扎根？如果不能尽快统一认识、做出决定，将极大影响接下来的发展方向。

1934 年 12 月 10 日，是红二十五军到达庾家河的第二天。

那天，吃完早饭，省委常委几个人碰在一起，围着木炭火盆，你一言我一语地又聊起这个话题。这一次，大家的想法比较接近。

有人指出："鄂豫陕三省边界地区，自古就是兵家称雄的必争之地，地势险要，山大沟深，丛林茂密，回旋余地大，便于大部队活动，也便于开展游击战争。"

有人强调："哪里有压迫，哪里就有反抗！此地老百姓受压迫深重，苛捐杂税多如牛毛，兵匪战祸连年不断，群众反抗意识强烈。尽管这里党的基层组织尚未恢复，但群众自发的抗捐抗粮等反抗活动此起彼伏，大有愈演愈烈之势哩。"

还有人补充："更不要忘了，这里是受过革命洗礼的。1928 年，渭华起义的部队曾在这一带组织过农民协会；1932 年冬，红四方面军、红三军先后两次过境；陕北红二十六军也曾南下到此。"

更有人指出在此地扎根的深远意义："既可以与川陕红军和陕北红军相互配合，又可以与我们的老部队鄂豫皖红军相互呼应。"

…………

聊着聊着，会就开起来了。

最后，大家初步得出一个结论：鄂豫陕边一带地域，在敌人薄弱的条件上，在群众生活苦容易发动斗争的条件上，在川陕苏维埃运动与红军配合上，在地势的条件上，无论如何是适应我们创造新苏区、新的革命根据地的。

根据大家的提议，会议形成了《关于创造新苏区、新的革命根据地的决议草案》，做出一个重大决定：在鄂豫陕边创建新苏区！提出立即建立中共鄂豫陕省委，即，将中共鄂豫皖省委改为鄂豫陕省委。省委成员不变。

接下来，会议提出红军承担的几项具体任务：

一、首先就要加强红二十五军，建立政治工作系统……坚决转变官僚主义手工业的领导方式，与和平的秩序的工作生活，实行新的活的领导方式与战斗的日常工作（作）风。

二、猛烈的扩大红军……扩大红军是创造新苏区的最首要最根本的任务。这个工作的成绩是决定我们革命事业发展的尺度。

三、党要集中大力量来进行革命的群众工作……每个党员团员、以至动员每个战士进行群众工作……解除民团的武装，消灭境内的国

红二十五军长征中缴获敌人的望远镜

144

民党匪军，建立苏维埃政府……

　　四、彻底执行苏维埃的土地法令、劳动法令、经济政策……

　　…………

　　会议号召，全军同志要坚定意志和胜利信心，反对悲观失望、消极退却的思想，还要反对"死守"拼命的情绪，要在正确开展党内思想斗争和自我批评的条件之下，团结一致。

　　庾家河会议，解决了根据地的选择和任务方针等一系列重大问题，对鄂豫陕根据地的创建和红二十五军的发展壮大，具有重要意义。

殊死血战庾家河

正当庾家河会议进行之时，突然从东山坳口方向传来激烈的枪声，而且声音越来越大。

这次来袭的是国民党军第六十师。

该师前几天在朱阳关、五里川一带堵截红二十五军。他们认为红二十五军插翅难逃，对这次围堵志在必得，梦想着可以向南京邀功请赏了。哪里想到，红二十五军给他们来了个声东击西，手枪团大张旗鼓"号房子"迷惑他们，而主力已经从小道"暗度陈仓"。

得知红二十五军已进入陕南的消息，敌第六十师师长陈沛气恼不已，很不甘心。按理说，陕西是杨虎城的势力范围，没有杨的同意，河南的驻军是不能入陕的。但陈沛报仇心切，不顾一切越过省界，率部从鸡头关方向奔袭而

吴焕先（左）、徐海东（右）

来，并从七里荫的山路迂回至庾家河东山坳口。

红二十五军在东山坳口的排哨首先发现敌情，当即向敌人开火。但战斗一开始，敌三六〇团就抢占了有利地形。陈先瑞带红二十五军手枪团旋即赶到，投入战斗，并派人向省委送信。

省委得信后，立即中断会议，军领导迅速上山指挥战斗。徐海东奋勇当先，率领主力二二三团，跑步前去增援。

此时，敌三六〇团已经攻占了东山坳口，并凭借着有利地形，向红二十五军发动猛烈攻击。如果挡不住这波进攻，红二十五军就会被压在山沟里，有全军覆灭的危险！

"同志们，给我往死里打！"

徐海东指挥二二三团殊死奋战，艰难地夺回了坳口。

程子华、吴焕先率领的二二四团、二二五团随即赶到，迅速占领坳口的南北两侧高地，协同二二三团把敌人打退。

反攻过程中，司号长程玉林跟在徐海东身旁，一边扔手榴弹，一边吹冲锋号。突然，唰的一声，一颗子弹飞来，一下击中他的下颌。他满脸是血，无法再吹军号，但他没有停止战斗，利用一座小庙作掩护，忍着剧痛，投出一枚又一枚手榴弹，打退敌人多次冲锋，战至生命最后一刻。

激战中，一颗子弹从徐海东的脸颊穿过，他当即昏了过去。

正举着望远镜观察敌情的程子华，也被射来的子弹打穿双手，动脉血管顿时破裂，鲜血直冒，十分危险！

程子华、徐海东倒下后，政委吴焕先继续指挥战斗。

午后，敌三五五团、三五七团紧跟着增援上来，轮番向红军发起冲锋。双方展开激烈争夺，一次又一次的冲锋与反冲锋，如同拉锯。

此时，红二十五军从军长到炊事兵，全部投入了战斗。全体指战员在吴焕先的指挥下，以大刀、刺刀、手榴弹，与敌拼杀，殊死奋战。

红二二四团七连的一挺轻机枪，在与敌人的火力对射中连续牺牲3名射手，但这挺机枪始终没有停止射击，战士们前赴后继，最终把敌人的火力压制了下去。

二二四团团长叶光宏，率领部队与敌肉搏时，一条腿被敌人打断，但他仍然坚持指挥战斗，直至昏迷过去。

战至黄昏，经过20多次反复冲杀，敌人终于被打垮，向卢氏方向撤退而去。

这场战斗，共毙敌伤敌800余人。红二十五军伤亡200余人，多名团营干部挂了彩。

庾家河反击战，是红二十五军入陕后的一场殊死战斗。它结束了红二十五军历时20余天、长驱900余公里挺进陕南的战斗历程，有力打击了敌人的嚣张气焰，使红二十五军暂时摆脱了困境，站住了脚跟，赢得了开辟革命根据地的时机和条件。

程子华的手

庚家河一战，让年仅30岁的程子华从此落下了一双"爪子似的伤残的手"。

子弹飞过来时，程子华正以双手托着望远镜观察战场态势，指挥部队向敌人发起反击。流弹袭来，击中双手，望远镜应声落地。

两只手都伤到了骨头，左手腕动脉血管破裂，鲜血汩汩直流。程子华疼痛难忍，几欲昏厥。

为快速止血，医护人员不得不采取应急措施，用一根牛皮绳将其左臂紧紧扎住，铁圈似的箍了一道又一道，把动脉血管紧紧压住。

由于流血过多，程子华被抬下火线时，已发起高烧，双手也红肿起来。为防止细菌侵入骨髓，医护人员当即采取消毒和夹板固定的办法，及时用上了消炎药和退烧药。直到天黑战斗结束，程子华仍在抢救之中。

说起来，这血肉模糊的左手，已经不是第一次挨枪了。

1928 年 3 月，在保卫海陆丰苏维埃政权的惠来战斗中，程子华与敌人展开白刃格斗。一个敌兵端着刺刀向他刺来，程子华眼疾手快，猛一转身，顺势用左手握住敌人的枪口，躲过了近在眼前的刺刀。谁知敌人枪膛里压着子弹，一声枪响，将他的左手打得血肉模糊，惨不忍睹。此时，幸亏一个战士将敌击毙，他才得以脱险。伤愈后，程子华左手的四个指头既伸不直也难以弯曲，变成了"爪子"状。

1930 年 6 月，程子华率部攻打瑞昌县城，左手腕又被敌人打伤，转到上海住院治疗。程子华的晋南解州口音很重，为了隐蔽身份，他冒充杨虎城部的一名连长，住进德国人开办的上海宝隆医院。住院期间，程子华结识了外科医生钱信忠。

1934 年 11 月，程子华从中央苏区辗转来到鄂豫皖苏区。行军路上，他和已是红二十五军随军医院院长的钱信忠再次相遇，二人都惊喜万分、感慨万千。

程子华、徐海东负伤后，都躺在担架上随军转战。钱信忠竭尽全力为他们医治。在此紧要关头，孤军征战的红二十五军，怎能没有军长和副军长！

躺在担架上的程子华，想到红二十五军长征出发时，自己刚到军部任职，根本来不及了解和熟悉部队，对三个步兵团和手枪团的领导成员连姓名都叫不上，临战指挥很不方便。入陕途中，每遭敌人围追堵截，大都由徐海东、吴焕先分头指挥部队行动。这才刚进入陕南第三天就挂了彩，身为一军之长，却只能被人一路抬着行军打仗……

每想起这些，程子华就万分懊恼，恨不得立刻好起来，快快与大家并肩战斗。

可是，程子华的伤实在太重了，无论如何都不能离开担架。

斗争环境极度艰苦，部队行动飘忽不定，他总是怀有一种难以言喻的愧疚，不止一次地向人感叹："我这手伤成这个样子，好也好不了，实在是拖累部队……"

为减轻抬担架人员的劳累，程子华叫马夫牵来大黑骡，试着骑了两回，但都被钱信忠制止了。因为他的双手不能活动，上下骡子都得有人搀扶，连缰绳都牵不住，即使身边有人照应，也难以保证安全，万一骡子受惊，弄不好就是个"倒栽葱"。

程子华躺在担架上动弹不得，连身子都无法翻过来。平常的饮食起居，小解大便，根本无法自理，全靠警卫人员精心照料。他本来身体很壮实，负伤后一天天瘦成了皮包骨头，脸上没有一丝血色。尤其是左手和左手腕子，较之前两次伤得更重。伤口里面留有死肉，反复感染出血、化脓，布满了大小疮口。由于缺少药物，每次换药包扎，钱信忠只能用盐水简单消毒，以白布代替纱布，剪成细布条儿，从疮口塞进去又拉出来，每次都疼得程子华大汗淋漓。

"钱院长，你还是给我截肢吧！"程子华再三央求。

钱信忠说什么也不答应。他是不肯轻易为伤员截肢的，人一旦丧失四肢的某个部位，日后怎么生活与战斗？何况程子华又是一军之长，若被截肢，不堪设想。他本想为程子华进行第二次手术，然而不是战事吃紧顾不上，就是条件太差，难以实施，就一直没有做成。直到到达陕北，钱信忠才抓住机会，为程子华做了第二次手术。

这样一双严重伤残的手，伸不能伸，拿不能拿，握不能握，抓不能抓，在艰苦的战争岁月，一举一动于程子华来说都是那么的艰难。

长征途中，部队停下休息时，不少指战员喜欢在阳光下光着膀子捉虱子，把虱子捉到指甲盖上，一个一个地"镇压"，嘎巴嘎巴直响。

每看到这场景，程子华都会无奈地笑笑说："我呀，身上痒得像触电，真想像你们那样脱下衣服捉虱子，哪怕用手搔搔痒也好。可惜呀，这点儿乐趣都无法实现喽……"

徐海东醒来

庚家河战斗中，徐海东中弹，满头是血，被抬下了战场。

绰号"徐老虎"的徐海东，打仗从来都是不要命的。他曾数次中弹，两条胳膊两条腿，以及肩膀、胸口、屁股，浑身上下，伤痕累累。尤其是这次战斗，伤得最重。

红二十五军医院院长钱信忠擦去徐海东脸上的血迹，这才发现子弹打穿了他的脸颊，流血甚多。钱信忠边冲洗伤口，边向护士周少兰介绍伤情，嘱咐她精心照顾好副军长。

周少兰，这位不到 18 岁的姑娘，个子不高，却聪明伶俐、泼辣能干。她一边协助院长给徐海东上药、包扎伤口，一边坚定地说："院长，你放心吧！只要我活着，就保证首长不会出差错。"

这时，钱信忠发现徐海东的喉头好像还被血和痰堵着，呼吸困难，若不尽快排出，极有可能造成窒息。医生们急得团团转。

周少兰思索了一下，突然说："让我试试。"

她俯身下去，嘴巴贴在徐海东胡子拉碴的嘴上，一口一口地吮吸着血和痰液。

不一会儿，徐海东急促的呼吸就变得均匀了。

吴焕先匆忙赶来。他先询问了程子华、徐海东的伤情，然后对钱信忠吩咐道："今晚我军要离开庚家河，你们用担架抬着程军长、徐副军长随军出发，我派1个营的兵力进行掩护！"

吴焕先走后，周少兰和医生、护士们把程子华、徐海东抬上担架，用被子把他俩盖得严严实实，以防冻伤。

深夜，天气奇寒，战士们抬着两位军首长冒着风雪出发了。一路翻山越岭，周少兰和她的姐妹们不停地为程子华、徐海东盖好被子。

到达蔡川时，周少兰她们的双腿沉重，身子像散了架似的。尽管这样，她们还是分别把两位首长安排在老乡家中的炕上，找来柴火为他们生火取暖，一丝不苟地照料着。

当时，医院条件很差，药品严重匮乏，再加上没有一个安静的环境进行静养，伤病员的治疗护理受到极大限制。徐海东昏迷了4个昼夜，周少兰也守护在他身边4个昼夜，到了第5天，徐海东终于醒过来了。

徐海东醒来第一眼看到的，是一个女护士守在自己身边。细细端详之后，他似乎记起了这是军医院一个名叫周少兰的护士，就问她："现在几点了？部队该出发了吧？"

周少兰见首长能开口说话了，万分欣喜，一连声地说："太好

1900年，徐海东出生于湖北省黄陂县徐家桥村（今属大悟县）。这是20世纪90年代重修的徐家老屋，门前这棵皂角树是徐海东小时候亲手所植

了！太好了……"

"队伍该出发了吧？"徐海东又问。

"哎呀！首长你只知道出发打仗，不晓得自己差点……你昏睡了四天四夜，真把人急死了！"

徐海东却以轻松的口气说："我可没着急啊，不是睡了一个好觉嘛！"

周少兰知道徐海东元气大伤，身体虚弱，便阻止他说话。徐海东一要说什么，她便对他摆摆手。他洗脸、服药、吃东西，都由她代办。

交谈中，徐海东才知道军长程子华也负了重伤，多名团营干部挂了彩，一共伤亡了 200 余人。

了解到这些，徐海东脸色凝重，陷入沉默。他暗自思量：红二十五军的处境艰难啊！部队已经走了 1 个多月，还没有找到一个落脚地，现在又伤亡了这么多人，往后怎么办呢？

"去把政委请来。"

"政委早就说了，要你安心养伤，不要……"

"你是共产党员吗？"

"是啊。"周少兰不明白徐海东为什么问这个。

"误了军情大事，要开除党籍哩！"徐海东吓唬她说，"快去，请政委来！"

周少兰懂得此事重要，也正好要向政委报告徐海东的情况，就一溜烟地跑去找政委。

政委吴焕先一听徐海东能讲话了，高兴极了，赶紧拉着省委书记徐宝珊来到徐海东的病榻前。

徐海东一见他俩，顾不上说自己的伤痛，又急着问军情。他们见他精神不错，便你一言我一语开始说起在陕南立脚的事来。

"这一带地理条件好。"吴焕先说，"北靠秦岭，南有汉水，要山有山，要水有水。"

"群众条件也不错哩。"徐宝珊插话，"反动派整年派夫、抓丁，苛捐杂税几十种，穷苦人的生活暗无天日，早就盼星星盼月亮地盼着共产党和红军来。"

徐海东边听边点头，插话道："人没个家不成，鸟没个窝不行，我看我们不如就在这一带搞个根据地吧？"

徐宝珊和吴焕先郑重地点头："我们想到一块儿了！"

徐海东想到自己和军长都负了伤，省委书记也病着，这千斤重担全压在政委吴焕先一人肩上，不禁歉疚地抓住政委的手说："焕先，你不能垮了呀！"

"我不会垮！"吴焕先拍拍自己的胸口说，"你只管放心养伤！"

"宝珊，你身体不好，要保重啊！"徐海东又一把抓住徐宝珊的手说。

"我是老毛病了。"徐宝珊笑了笑说，"你放心吧！"

探完病，徐宝珊和吴焕先往门外走，周少兰将他们送到门口，两人嘱咐她："好好看护徐副军长。"

周少兰点点头，又有点为难地说："徐副军长脾气犟，不乐意整天躺着。他不听医生、护士的话，反过来，医生、护士都得听他的！"

"那怎么行！"徐宝珊说，"伤病员哪能不服从医生、护士！"

"就是嘛！"吴焕先也笑着对周少兰说，"我把他交给你了，你得好好地管着他。"

时间一天天过去了，徐海东的伤口总不能完全愈合，而且不知从哪天开始，他左耳也有些失灵。那段时间，部队每天行踪飘忽，到处打游击，又时逢寒冬，稍一着凉，他就发烧、咳嗽，伤口也跟着发炎。

整天躺在担架上，不能像过去行动如风、虎虎生威，他心情极为不快，动不动就发脾气，有时甚至摔东西。尤其是听到红军处境不利的消息，他更是暴跳如雷。

每当这时，医生和警卫员都吓得不敢吱声，只好悄悄躲到门外，唯独周少兰敢走过去，微笑着站在他的床前，眼睁睁地看着他摔、听着他骂。等他摔够了、骂完了，这才不慌不忙、细声细气地对他耐心开导、反复劝慰，声声入情，句句在理。

说来也怪，爱发火的徐海东，在这个瘦弱的小姑娘面前，渐渐变得没了一点儿脾气。到后来，还会不好意思地冲周少兰一笑，憨厚的脸上露出一对圆圆的小酒窝。

时间长了，徐海东觉得这位小护士挺有能耐，变得很愿意和她唠嗑。于是，渐渐地，他们成了知心的战友。

破了『不许吃鸡』的戒

1933 年 3 月，郭家河战斗之后，在省委领导的倡导下，红二十五军很快形成一条"不许吃鸡"的不成文规定，从此部队人人都不敢吃鸡。

军医院的医生、护士因为每天都跟伤病员打交道，吃鸡不吃鸡的问题就格外突出。

1934 年冬，钱信忠带领红军医院转移到老君山地区，驻扎在一个已经变成废墟的小山村。村子里只剩下一个没有逃离的老妈妈，孤苦伶仃地守着两间残破茅屋。她养着一公一母两只鸡，还有攒下的几个鸡蛋。看到亲人红军来了，她把鸡连同鸡蛋都拿来慰问红军伤病员。

钱信忠说什么都不肯接受。

老妈妈说，红军来了不吃鸡，可

白军一来，鸡根本留不下。与其让白军糟蹋，不如趁早送给红军伤员吃！

最终，钱信忠勉强收下了几个鸡蛋，却坚持把两只鸡抱回去还给了老妈妈。钱信忠知道，大家不是不想吃鸡，而是不愿违反不吃鸡的纪律。

庾家河战斗后，军长程子华和副军长徐海东都负了重伤，只能躺在担架上一边随军转战，一边养伤。部队每天行踪不定，晚间宿营后也只能喝点苞谷面糊糊。对于危重伤员来说，这点东西只能续命，根本无助于身体的恢复。

正、副军长的饮食问题使军医院的医护人员左右为难，他们想买上两只鸡，但谁都不敢开这个先例。

有一次，钱信忠在给程子华换药包扎时，忍不住问道："军长，你是从中央苏区来的，中央红军吃不吃鸡？"

程子华听了不觉一怔："吃呀！怎么不吃？当然了，有鸡才吃，没有鸡也就不吃。"

钱信忠又问："吃了鸡，违反不违反纪律？"

程子华想了一会儿说："那得看鸡是怎么来的。如果是公买公卖，就不违反纪律；假若随便抓老乡的鸡吃，那就违反了群众纪律。"

钱信忠又问："中央红军有没有不准吃鸡的纪律规定？"

程子华脱口而出："没有。红军有三大纪律八项注意，没有不准吃鸡的规定。"

程子华见他问个没完没了，便不由反问了一句："钱院长，你一再追问鸡的问题，是不是有啥难处？"

钱信忠讲了有关"不许吃鸡"的不成文规定，说："徐副军长面部受伤，每天吃饭很困难，只能给他喂点流食，喝点苞谷面糊糊，伤口恢复很慢。"

"给他买只鸡吃呀！"程子华毫无顾忌地说，"吃不成鸡肉不要紧，可以多喝鸡汤，用鸡汤炖豆腐吃。"

钱信忠笑了："部队每路过一个乡镇，我都叫人收购鸡蛋，就是不敢买鸡吃……"

"红军能买猪吃，怎就不能买鸡吃？你们放心去买，这事我负责！"程子华一锤定音，终于破了"不吃鸡"的惯例。

1935年1月9日，红军攻占镇安县城后，军医院破天荒地购买了几只鸡。当徐海东吃到鸡汤炖豆腐时，只喝了一小勺鸡汤，就感到味道不寻常，惊奇地问道："这是什么肉汤？真香！"

听小护士讲明情况后，徐海东先是一愣，随之便哈哈大笑起来："哈哈，哈哈！开戒了，开戒了！"

『活神兵』来了

庚家河之战后，军长程子华、副军长徐海东都躺在担架上，随军转战，省委书记徐宝珊的病则一天比一天严重。吴焕先肩上的担子更重了。

1934 年 12 月 11 日，部队到达雒南蔡川，省委对红二十五军进行了整编。撤销二二四团，人员分别编入二二三团、二二五团，加上手枪团，全军共 2500 余人。省委原秘书长郑位三任军政治部主任。

吴焕先率领这样一支伤员众多、疲惫不堪的队伍，尽量绕开敌军，以飘忽式的游击行动，南下郧西，北返雒南，东出卢氏，西转蓝田。

一路上，自动投奔而来的"红枪会"首领刘实通和岳新明，紧紧跟在吴焕先身边，协助开展地方工作。

　　许多不了解内情的红军战士，看这两位熟门熟路的样子，都想起了在桐柏山遇到的张星江，不禁悄悄议论："政委真神！又找到了两个地下党帮忙。"

　　部队每到一地，吴焕先除观察地形、安排宿营、料理军务之外，只要能够抽出身来，就领着刘实通、岳新明两人走访老百姓。哪怕是一个小山村，一家独户居民，也要亲自去走一走、问一问，顺便唠上几句，讲一些革命道理。

　　12月20日，红二十五军到达鄂陕边界以后，以中国工农红军北上抗日先遣队司令部、政治部的名义，印发了《关于商业政策问题》的布告，提出一系列条款，初步勾画出了一幅新的苏区蓝图。

　　部队所到之处，严格执行群众纪律，镇压土豪恶霸，将没收的大批财物分配给贫苦百姓。一些"吃饭照影影，睡觉看星星"的贫苦群众，分得了粮食，解决了饥寒。许多衣不遮体、"白天钻草窝，晚上去干活"的人家，也分得了衣物。

　　商县孙家山有个名叫狗娃子的农民，穷得叮当响，全家几口人连一条裤子都没有。红军救济之后，全家终于有衣穿了，群众都传着说："红军来了，狗娃子一家能出门见人了！"

　　由于长期受地主恶霸的欺压，有些群众惧怕地主反动势力的报复，不敢参加革命，也不敢来领取红军打土豪所分的财物，有的甚至把分到的财物又送回土豪家中，有的分到手的粮食不敢吃、衣服不敢穿。

　　红二十五军改变方法，趁着天黑夜静把粮食送到群众家中，藏在他们的床下。这一招很灵，群众不再送回粮食，可以放心地吃了。

　　"红军是活神兵！"乡亲们这样夸赞红军。

　　商洛山区的贫苦群众，从水深火热之中逐渐觉醒，认识到红军是自己的队伍，是为劳苦大众打天下的，都打心眼儿里支持拥护。

有一次，两名红军战士在激战中负伤掉队，半个月都音信全无，就在大家伤心地以为他们再也回不来了时，两名战士却在当地老百姓的护送下返回了连队。原来是好心群众勇敢地收留了他们，并悉心照料，养好了他们的伤。

红军爱百姓，百姓拥戴红军、支持红军，一场创建新革命根据地的运动，就这样在军民密切配合中轰轰烈烈开展了起来。

陈先瑞的新任务

1934 年 12 月下旬，在刺骨的寒风中，红二十五军摆脱敌人尾追，长途奔袭，从湖北郧西翻越崇山峻岭，一路向北挺进，到达陕西镇安县九甲湾（现属山阳县）。

一天，二二三团政治处主任陈先瑞突然接到军部命令，让他立即到军部报到，军政委吴焕先要找他谈话。

陈先瑞当时只有 20 岁，长征入陕经过卢氏县城时，脚上负了枪伤，还没有痊愈，走路一瘸一拐的。接到命令，他立即向军部赶去。

军部在离九甲湾不远的一个山沟里。陈先瑞一进门，就看到吴焕先手上拿着《什么是红军》《关于商业政策问题》的布告，站在那里像是在思考什么。当时，红军为发动群众，到处在张贴这两份布告。

"报告！"陈先瑞高声喊。

吴焕先回过神来，用手指指桌边的木椅子："先瑞同志，快过来坐。"

他把一张布告摊在了陈先瑞面前，开门见山地说："组织上决定把你留下，就留在这一带打游击，你有没有把握？"

一听说要把自己留下，陈先瑞心里咯噔一声，好大会儿没吭声。他想起自己从大别山出来，到卢氏县负伤，有两次都差点儿被留下了，现在伤势好转，可以带部队工作了，怎么又要留下？

陈先瑞愣了一会儿，才支支吾吾地说："我二二三团的工作咋办……"

吴焕先回答："就因为这个原因，才决定让你带领二二三团七连，就地留下。"

陈先瑞见支应不过去，又赶紧说："我腿上的伤快好了，能跟上部队行军打仗的……"

吴焕先笑了："这我知道。正因为你可以行军打仗，才决定把你留下。考虑到你还带着伤，军部决定给你派一个大个子警卫员，万一遇到什么紧急情

陈先瑞

况，背起你就走……你放心，绝不会把你丢给敌人的。"

陈先瑞暗想：看来，这几条理由政委都考虑到了，我还能说什么呢？于是，便试探着问："我们留下的具体任务是……"

一听这个，吴焕先高兴了。他知道，一问具体任务，就说明在考虑如何干了。

吴焕先向陈先瑞讲述了省委创建新根据地的战略意图，说："你带一个连下去，就近在镇安、山阳、郧西一带，开展群众工作，部队名称就叫鄂陕游击师，你担任师长。"

他继续说道："决定让你留下，我们心中是有数的，知道你能够单独完成任务。不过，就地开展游击战争不是件容易的事，你要有充分的思想准备。"

接着，吴焕先又一口气提出四项任务：第一，要了解边界地区的民情、地形，尽快熟悉和掌握地方情况；第二，要以"五抗"（抗捐、抗夫、抗粮、抗丁、抗债）为斗争口号，广泛发动群众，镇压土豪劣绅，摧毁地方反动势力，建立苏维埃政权；第三，要不断发展和扩大游击武装，建立起当地的武装组织，开展游击战争，配合主力红军的行动；第四，要与红军主力保持联系，将单独活动情况和敌情动态及时向上级报告。

交代完这些，吴焕先拍拍陈先瑞的肩膀："在这人生地不熟的边界地区创建新根据地，是一项艰巨的任务，会遇到不少挫折和麻烦的。但要记住，不要怕失败，不能灰心丧气，即使受点损失也没关系。这两年，我们在大别山遭受的挫折、失败也够多的了，怎么办呢？重整旗鼓，东山再起，接着干呗。干革命啊，就是这个样子！"

吴焕先这番话，说得陈先瑞心里热乎乎的，好像燃起了一把火。

他当即表示："一定完成任务！只要是革命斗争需要，我坚决服从组织决定。请军领导放心，我决不辜负党对我的信任！"

吴焕先赞赏地点头，又补充道："我们现在的主要任务是发动群众，建立红色政权，站稳脚跟。派你们留下，是军领导经过再三研究的。大部队要准备北上，在更广泛的范围内活动。你们是撒下去的火种，要在这里生根开花。你们把脚跟站稳了，政权建立起来了，根据地巩固了，就为大部队的活动创造了条件。任务还是很重的。"

接着，吴焕先又跟陈先瑞讲了许多开展工作的具体方法。

陈先瑞在心中认真记下政委的交代。他打心眼儿里爱戴这位军政委，不愿意下地方工作，也有不舍得离开政委的想法。他总觉得无论碰到什么困难，只要政委在，就没有克服不了的。

吴焕先仿佛猜透了陈先瑞的心思，拍拍他的肩膀说："放心吧，我们还会经常见面的！"

陈先瑞听了，不好意思地笑了，同时心里也踏实了许多。

自此，陈先瑞便离开了主力红军，开始了鄂豫陕边的游击战争生涯。

1935 年 9 月，鄂陕游击师各路武装力量合编成红七十四师。红七十四师在郑位三任书记的鄂豫陕特委领导下，继承和发扬红二十五军的优良作风，不畏强敌，不怕艰苦，靠集体的智慧和力量，以灵活机动的游击战术和坚定正确的斗争策略，同几十倍于己的敌人进行生死较量。首战青铜关，奇袭宁陕县，攻占佛坪城，又在西（安）汉（中）公路上炸公路、毁桥梁、割电线、打军车，转战鄂豫陕边区 24 个县，经历大小战斗上百次，攻占两座县城，歼灭敌人正规部队和地方反动武装 4000 余人，缴获各种枪械 3000 余支，自身不断发展壮大，先后打破了国民党军三次"围剿"，牵制了敌人，配合了红军主力在西北的行动。

几年后，在陕北，毛泽东曾问过陈先瑞等人及红七十四师的活动情况，赞扬道：红军主力在西边行动，你们在东边闹华山，配合得好啊！

「少队长」

1934 年 12 月，中共商洛特别委员会和陕南抗捐第一军宣布成立，由红二十五军手枪团政委宋兴国任特委书记兼抗捐第一军政委，军政治部干事张勤、程启文等为特委委员，当地"红枪会"首领刘实通、岳新明分别任抗捐军司令和副司令。

在特委领导下，抗捐第一军一成立，便在雒南东部地区红红火火地开展对敌斗争，打击土豪劣绅等封建势力，不断扩大红军的影响。

然而，斗争形势总是瞬息万变。1935 年 1 月 5 日，抗捐军在雒南县景村东南深山突然遭到陕军一二六旅和雒南、商县民团 2000 余人的袭击，两三百人的队伍，一下子被敌人打得七零八落，损失惨重。司令刘实通、副司令岳新明先后壮烈牺牲。只有红军小分队 30 多人，在宋兴国的带领下杀开一条血路，突出重围。

小分队安全转移出来后，宋兴国看到队伍被敌人打散，作为特委的主要领导，他内心极其愧疚，深感无法向省委和军领导交代，就趁着大家不备，开枪自杀了。

宋兴国死后，一时群龙无首，大伙儿情绪都很低落，不知该如何是好。当时，张勤也在那场战斗中牺牲，特委的领导成员只剩下年仅 20 岁的程启文一人。他如果退缩，这支队伍可能就此解散。

在此危难之时，程启文挺身而出，他把队伍召集起来，对大家说："同志们，我们千里迢迢，来到商县这个地方，就是要建立一块立足之地。我们虽然吃了败仗，受了挫折，可困难是暂时的，是可以克服的，大家都不要灰心丧气！"

政委宋兴国开枪自杀一事，在小分队中引起很大震动。为了统一大家的认识，程启文以一种与自己年龄不相称的成熟口吻说："宋兴国政委的做法，是错误的，我们都要记住这个教训！现在，我们最重要的是打起精神，坚持斗争！"

听了他斗志昂扬的话语，大家深受鼓舞，重新鼓起斗争勇气，并一致推举程启文担任小分队的队长。

其实，在此之前，程启文就已是红二十五军小有名气的人物。长征出发时，他在军政治部工作，爱说爱唱，担任少年宣传队队长。长征路上，他除带着少年宣传队散发传单、书写标语以及到连队教唱歌曲之外，每路过一个村镇，就地搭台子演上几个小节目，也是他的拿手好戏，时间长了，大家都亲切地喊他"少队长"。当地群众听队员这么叫，还以为他姓"邵"，就称他为"邵队长"。

程启文当上小分队队长后，很快就带领这几十号人马游击至孙家

红二十五军在陕南时书写的标语

山一带，帮助贫苦百姓闹翻身。孙家山这个地方，属商洛镇民团管辖，民团经常派团丁进山催收粮草、摊派捐款，老百姓苦不堪言。

红军小分队来到孙家山后，"少队长"带着队伍首先把群众发动起来，实行抗粮抗捐，闹得热火朝天。有一次，他们捉住了一个"进山查处"的民团副头目，队员们愤怒之下，一刀劈下去，这个家伙当场殒命。民团头子闻讯，气得咬牙切齿，放言与小分队势不两立。

"少队长"可不吃这一套。随后，在一位地下党的帮助下，他只身深入龙驹寨与民团头子进行谈判。民团头子看他一副无所畏惧的样子，知道吓不住他，只好做了让步。双方划定了地盘，口头确立了个互不侵犯条约。这样，红军小分队得以在孙家山一带站住脚跟，继续坚持武装斗争。

有勇有谋的"少队长"经常带着小分队神出鬼没。

有一次，为了打听红军主力的行踪，"少队长"甚至扮成哑巴，混入商州城内去侦察了一番。

还有一次，"少队长"带领小分队突然出现在卢氏边界，他们愣是冒充敌军施计收缴了黄柏岔民团数十条枪支。

这一个又一个带有传奇色彩的故事，被当地群众口口相传，几乎家喻户晓。人们争相传颂："红军是神兵下凡！"

有一天，当地有个年近花甲的刘老汉，带着小孙女过来找队长程启文，说为图个吉利，祈求"神兵"保佑，非要让孩子认"少队长"做"干爹"不可。年纪轻轻的"少队长"，居然做了人家的"干爹"！这件事传开后，很多人见了他都要开一开玩笑……

1935 年 4 月，红二十五军打下了雒南县城，"少队长"和他带领的小分队像投入母亲怀抱一样回到了主力部队，从此跟着大部队东征西战，再也没有离开。

又一块革命根据地诞生了

民国二十三，红军到镇安。

老财心胆战，穷人都喜欢。

1935 年 1 月 9 日，红二十五军在吴焕先率领下，高举红旗，从镇安县境内的虹化山上洪水一般冲下来。

"共匪来啦！"

山下守卫的是一个班的民团。他们没想到红军这么快就打了过来，一下被那排山倒海的气势吓住了，没来得及抵挡，便纷纷溃散而逃。

这时，山对面的民团听到了动静，随即架起机枪扫射了过来。红军马上还击，只半天时间，对方就哑了火，弃城而逃。这样，红二十五军轻易就夺下了镇安县城。

这是红二十五军长征入陕后占领的

第一座县城。

红军入城后，打开国民党县政府的监狱，救出在押的七八十名"抗捐犯"，镇压了一批土豪劣绅，并在城隍庙召开群众大会，将没收来的粮食、油盐、衣物，当场分给贫苦群众。同时，还没收了城内几家大商号的棉花布匹，为红军将士做了冬衣。

入城的当天，红军发布了军政治部主任郑位三起草的《中国工农红二十五军为占领镇安县告群众书》（下称《告群众书》）。这个言简意赅、通俗易懂的《告群众书》，亮出了红二十五军的旗帜，号召群众团结起来，打倒国民党反动派：

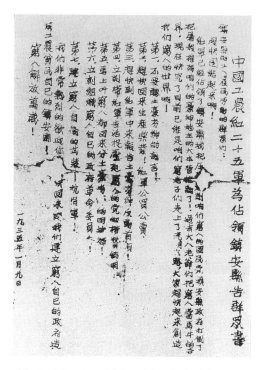

《中国工农红二十五军为占领镇安县告群众书》

镇安县的工人农民劳动的群众们：

赶快团结起来啊！

红军已经占领了镇安县城，把压迫剥削咱们穷人的国民党镇安县政府打倒了，把屠杀摧残咱们的豪绅地主的大本营推翻了！过去大人老爷们把穷人当马牛的世界，现在快完了，目前已经是咱们穷老子们走上了光明大路，大家赶快起来，创造我们穷人的世界啊！

第一、不要听土豪劣绅的谣言！

第二、赶快回来生产乐业！红军公买公卖。

第三、赶快到红军中来报告土豪劣绅反动首领！

第四、立刻带红军去活捉压迫穷人的党幼楷（时为镇安县保安大队队长）、赞锦明（系"湛锦明"之误，时为镇安县民团团总）！

第五、马上叫穷人都回来分土豪劣绅的田地种！

第六、立刻组织穷人自己的政府革命委员会！

第七、建立穷人自卫的武装——抗捐军！

我们非常热烈地欢迎你们快回来，同我们建立穷人自己的政府，造成工农贫民自己的镇安县！

穷人解放万岁！

一九三五年一月九日

《告群众书》在老百姓中间引起强烈反响。

红二十五军到达镇安时，天寒地冻，战士们个个衣衫破旧，面黄肌瘦。可老百姓很快就发现，这支缺吃少穿的队伍却总是把缴获的粮食、猪肉和衣物首先分发给乡亲们。

此时，他们看到这个《告群众书》，深感红军讲的句句都是大实话，句句都讲到了他们心窝子里。

攻占镇安县城后，陈先瑞领导的鄂陕游击师，当即与红军主力取得了联系。

吴焕先根据陈先瑞提供的情况，马上把红军主力拉出镇安县城，抵达以东、以南的山阳、郧西、旬阳界，以摧枯拉朽之势，横扫地方民团和反动政权，大张旗鼓宣传"五抗"，发动和组织群众，镇压土豪劣绅。

1月底，镇安县的大、小米粮川，店垭子，茅坪一带，郧西县的大、小新川，四峡口，丁家坪等地，建立起了第一批区、乡、村苏维埃政权。

鄂陕边界的第一块革命根据地、第一个红色政权，就这样创建出来了。

赤匪于佳（9）日午后到镇安，苏（光璧）县长抵抗不支，退守该县西区……

红二十五军占领镇安的消息，当天便由安康传到西安，杨虎城极为震惊，"深堪顾虑"，忙从陕北方面抽调兵力，进行增防。同时，向蒋介石发电，请求派兵支援。

蒋介石收到电报后，迅速做出决定，令驻河南的第四十军派出一一五旅两个团进入陕西南部，驻湖北均县的第四十四师一三〇旅三个团推进到上津、白河一带，统一归杨虎城指挥，配合陕军一二六旅、警备二旅、警卫团等，对红二十五军发起第一次大规模"围剿"。

在新生的红色土地上，不到3000人的红二十五军，将与国民党军的大兵团展开生死较量……

打下葛牌镇

夜已静，星儿近，红军进了葛牌镇。

打开背包就地睡，不声不响不扰民。

1935 年 2 月 3 日，红二十五军到达蓝田县葛牌镇。

2 月 1 日，红二十五军刚在柞水县蔡玉窑击溃敌两个营、歼敌一个营，士气高昂。

开赴葛牌镇之前，红二十五军派出几名侦察员，装扮成赶集的小商贩和打花鼓卖唱的，混在人群中，摸清了敌情和地形。

吴焕先率领部队，闪电行动，突然降临，包围了蓝田县葛牌镇街，打响了奇袭第一枪。

那天，葛牌镇敌民团分队长宁平安正在家里过年，忽然听到山里传来枪响，不知底细，带领30多个团丁就往山上跑去。他们刚爬到镇东边的牛家梁山腰，就被山顶冲下来的红军打了个稀里哗啦。宁平安不甘心，还想抵抗，当即被活捉了。

红军进驻了葛牌镇。

入陕将近两个月，部队一直疲于奔走，不停作战，急需进行休整。吴焕先决定让大家在此缓口气儿，趁机过个新年。

那天，下着大雪，红军战士大多身着单衣、脚穿草鞋，冻得直打哆嗦，但没有一个人进老乡家里取暖，部队在空场院或者房檐下铺草宿营，围着一堆柴火挨到了天明。

天一亮，部队在镇上的一座戏楼前召开群众大会，宣传讲演，把没收地主的粮食、钱财，分给穷苦百姓。红军战士端来米饭、肉和烩菜，送给老乡吃，大家一起过了个年。

2月5日，部队接到情报，陕军一二六旅两个团分三路跟踪而来，正气势汹汹扑向葛牌镇。

葛牌镇距离关中平原仅20多公里路程，如果被敌人驱离出山，在无所依凭的平原作战，形势会非常不利！

为争取主动，部队顶风冒雪、快速前进，抢先占据了葛牌镇与九间房交界处的文公岭，利用大雪做掩护，很快构筑出一道防线，随即便投入战斗。

激战中，敌军两个营借助强大的火力掩护，冲上一个山丘，疯狂反击。一时间，战斗呈胶着状态。此时，敌后卫团也即将到来，战场形势变得十分危险。

关键时刻，一直卧床养伤的徐海东，由几个人搀着爬到了军部指挥所的山头，忍着伤痛，协同吴焕先指挥部队。他们改变策略，诱使

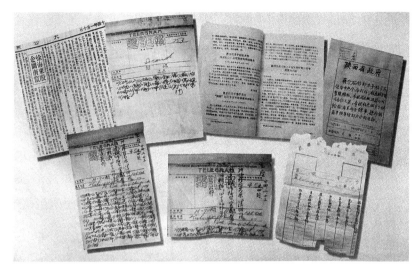

1935年，蒋介石与陕西省军政当局关于"围剿"红二十五军的往来电报以及《大公报》关于红二十五军动向的报道

敌人离开有利地形，而后乘其不备迎面痛击，一下子扭转了战局。

战斗从早上一直打到傍晚，红二十五军击溃了敌军两个团，歼灭了两个多营。红军的伤亡很小，原先准备运送伤员的担架，有不少又空着抬了回来。

蔡玉窑、文公岭两次战斗，陕军一二六旅折损近半，元气大伤，士气低落，退守在九间房一带，不敢再轻易发动进攻。

当天，红二十五军重新发布《关于商业政策问题》的布告，亮出中国工农红军第二十五军的旗帜。当地的士绅、商户看到"保证贸易自由，反对奸商，取消一切苛捐杂税"等一条条利好政策时，无不欢欣鼓舞。

进驻葛牌镇第三天，部队压制住了地头蛇民团，击溃了企图"围剿"的国民党军，取得节节胜利。鄂豫陕省委决定抓住时机，尽快在此建立苏维埃政权。

2月7日，部队在戏楼前召开大会，宣布成立葛牌镇区苏维埃政府，下辖葛牌、草坪、玉川、蓝桥、红门寺、秦岭口、西牛槽、万灯寺 8 个乡 296 个自然村，5.34 万余人，耕地 8.76 万亩。

会上，吴焕先高声宣布："田银斗，当选区苏维埃政府主席——也就是穷人主席！张步赢、杨印堂等人当选苏维埃政府委员！"

乡亲们把戏楼围了个水泄不通，议论纷纷："这是咱们穷人自己的政府哇！"

"'穷人主席'，就是帮咱穷人说话的官啊！"

葛牌镇区苏维埃政府成立后，首先向横行乡里、垄断市场的恶霸开刀，将没收的粮食全部倒在广场上，由苏维埃政府主持，分配给贫苦群众。

邻村葛牌沟有个穷汉王老六，这天来葛牌镇街上卖柴，回去时，肩上平白多了一担苞谷，高兴坏了，逢人便说："穷人有了政府，咱穷人饿不着啦！"

葛牌镇会议旧址

为解除群众疾苦，鼓舞群众革命斗志，苏维埃政府广泛宣传红二十五军的抗捐、抗夫、抗债、抗粮、抗丁"五抗"口号，组织发动群众，打土豪、分田地，镇压了当地一批欺压百姓、恶行累累的伪政权官员和劣绅。百姓们拍手称快、群情激奋，纷纷高呼："跟着苏维埃政府闹翻身！"

葛牌镇区苏维埃政府成立后不久，柞水的红岩寺、曹家坪，山阳的小河口、袁家沟口、杜家沟等地，也纷纷建立起了区、乡苏维埃政权。又一块革命根据地初步建立起来了。

为保卫来之不易的革命根据地，巩固刚刚建立起来的红色政权，各区、乡苏维埃政府利用红军交给的枪支弹药，成立游击队、抗捐军，建立起民众的革命武装队伍。广大穷苦群众纷纷要求加入，队伍很快发展起来。

如火如荼的群众斗争，以燎原之势燃烧起来，映红了鄂陕边的天空。

牧童从军

红二十五军进入陕南后，当地群众看到红军纪律严明，连打胜仗，纷纷要求参军。

一天，一伙放牛娃连夜翻了几架大山，蹚了几条小河，跑了二三十公里弯弯曲曲的路，天亮时来到柞水县红岩寺镇。

他们聚集在戏楼前面，七嘴八舌地喊着："我们都要当红军，都要当红军！"

领头的是个十八九岁的青年，名叫明道和。他很有主意，竟然找到军部门口，当着哨兵的面喊道："我们投奔红军来了，快叫我们进去！"

红军哨兵看到这么一伙野里野气的小子，一时摸不着头脑，怕发生什么意外，不敢放他们进去。

明道和也不是好惹的，把两手往腰上一扠，气呼呼地说："我要找吴焕先，你敢不叫我进去！"

正吵闹着，军政委吴焕先闻声从屋里走了出来，随口问道："小兄弟，你找吴焕先有什么事？你……认识他？"

明道和抬头看了一眼面前的军官，并没有认出是谁，却很笃定地回答："我们早就认识咧！三四年前，吴焕先在红七十三师当过政委……"

哨兵在一旁哧哧发笑，明道和感到十分蹊跷。

愣了半晌，明道和终于认出面前的人来，喜出望外地喊："你……就是吴政委，我认得你！"

可是，吴焕先搔了一阵脑壳，怎么也想不起来这孩子是谁。

明道和急了："吴政委，你不记得我了？我是明道和呀，是红七十三师的，听你在队前讲过话呢！你说过……嗯，我们红军队伍，好比一把紧紧扎成的扫把，把敌人扫个落花流水。你还说……还说每一个红军战士，都是一根又青又翠的竹子，只有扎成扫把，对敌斗争才有力量！"

闻听此言，吴焕先眼眶一下子湿了，情不自禁地摸了摸明道和的脑袋："好兄弟，我记起你来了。你……怎么流落到这个地方，咋回事呀？"

明道和猛地一下扑到吴焕先怀里，放声痛哭起来。半天才平静下来，抽抽搭搭地讲起自己这几年的经历。

明道和老家在皖西地区。早在 1931 年 10 月，红二十五军在六安麻埠成立时，他就参加了红军，编在第七十三师当战士。吴焕先是这个师的政委，常在队前做动员讲话。战士们对政委的一言一语，都记得十分清楚。

红二十五军使用过的背包  红二十五军使用过的草帽

1932 年冬，明道和随同红四方面军主力一起，从鄂豫皖苏区转战到商洛山中。他因病走不了道，就掉了队，随后流落到柞水县。为了生存下来，他扮成逃荒人，拄一根木头棍子，一瘸一拐一路讨饭，走到了张家坪附近的石槽沟口。村民何兴泰见他蓬头垢面，又黄又瘦，两条腿肿得跟棒槌似的，就收留了他，当干儿子养了起来。明道和每天赶两头黄牛上山放牧，跟附近几条山沟的放牛娃们混得很熟。

离开了部队，明道和依然很有纪律性，他参加过红军的经历，对谁都没讲过，伙伴们都以为他就是个逃难的。少年老成的明道和，就这样在石槽沟口居住下来，一待就是两个年头。

这年腊月间，明道和偶然间听说红军队伍到了红岩寺，一下子涌出一个强烈的愿望：我要归队！

有了这个想法后，他才跟小伙伴们亮明了身份，骄傲地宣布："大家听说了没有，红军到了红岩寺啦。我这只离了群的孤雁，就要远走高飞，归队去啦！"

小伙伴们很惊讶，也很好奇："红军是啥样的人？"

"红军是劫富济贫的队伍，专为天下穷苦百姓谋好处。红军首长说话和气，平等待人，不打骂士兵，像兄弟一般亲热呢！"

经他这么一说，伙伴们也心生了向往。

眼下，他归心似箭，等不得过罢新年，就要去找红军。伙伴们商量了好几天，最后决定跟明道和一块儿去投奔红军。

经过一番秘密谋划，这十几个小牧童，由明道和领着，连夜奔出家门⋯⋯

吴焕先了解了事情的前后经过，感动得紧紧抱住明道和，扳起他的脸摸了又摸，看了又看："我的好同志，这两年你受苦了。"

明道和哭得跟个泪人儿似的，半天都抬不起头。

"好同志，别哭别哭，你是革命的坚决分子！你给人当了两年干儿子，还没忘记自己是个红军战士，真是一根又青又翠的竹子！"吴焕先一边好言相劝，一边替他揩眼泪。

拥在门外的放牛娃们，这时都兴冲冲地跑了进来。吴焕先挨个儿把他们打量了一番，点了点人数，总共十五六个。他拍了拍明道和的肩膀，呵呵笑道："你这根孤孤单单的竹子，又扎成一把小扫把，领来了一个班啊！"

明道和与他的牧童伙伴，刚好组成一个班，由他担任班长，被编到学兵连去受训。很快，他们就分别加入了战斗连队。

伴随着鄂豫陕革命根据地的建立，越来越多的青壮年踊跃参军，短短几个月，部队就发展到了3700多人，地方游击师、抗捐军发展到2000多人，红二十五军的队伍、新根据地的革命力量，一天天壮大起来！

袁家沟口举战旗

革命根据地的开辟，对国民党在该地区的统治造成了很大威胁。敌人加紧向葛牌镇进攻。为掌握主动权，红二十五军决定离开葛牌镇，向南进发。

1935 年 2 月 8 日，吴焕先率部队出发，经由商县东岳庙、杨家斜、黑山街等地，一路南下。

2 月 12 日，部队到达陕西省山阳县的袁家沟口。这是个山大沟深的穷苦之地，位置偏僻，交通闭塞。

早在几年前，这里就兴起过一支自发的农民武装。他们以锄头棍棒为武器，反抗国民党政府的苛捐杂税，号称"万户蜂"，取"万户之众愤怒的蜂"之意。县府衙门知道这个"马蜂窝"捅不得，很少敢来此地催粮、逼捐、收税。

1933 年，山阳县民团头子唐靖曾

带队包抄过"万户蜂",结果中了群众的埋伏,被打得屁滚尿流,慌忙退回了县城。这一仗,据说还缴了几条长枪。当地百姓都拍手称快:"唐靖犯了姓名了,糖(唐)叫蜂给吃了!"

随后,"万户蜂"又以"抗粮抗款"为宗旨,组成一支"大刀会",推举庙沟村的阮英臣为首领。阮英臣曾在国民党杂牌军中当过副官,因对国民党欺压民众不满,脱队返回家中。他常为穷人打抱不平,穷人都听他的招呼,好几次抗捐抗税行动都是由他组织的。

这天,阮英臣来到红二十五军军部,声称要见军首长。政委吴焕先接待了他。

这个人自报家门后,对吴焕先讲述来意:"我们这一地区很穷,国民党的苛捐杂税很重,加上地主的租粮和高利贷的压榨,穷人没有出头之日,我愿意拉起抗捐的队伍。我来就是穷哥们儿推举的。"

"你为穷人做事,是个好人哪!"吴焕先听完阮英臣的讲述,非常高兴,向他讲明红军的革命宗旨和任务,动员他们以"五抗"为斗争口号,发动当地

袁家沟口区苏维埃政府旧址

的农民群众，与国民党反动派做斗争。

阮英臣深受鼓舞："有红军的帮助和支持，我和弟兄们会尽快把'大刀会'重新拉起来。"

"好啊！你们把队伍带来，红军给你们发枪，派人带着你们闹革命！"

当天下午，吴焕先就把夏云飞、吴华昌（后改名吴振挺）、王义庆三人找到军部，向他们介绍了阮英臣的情况，说组织决定把他们留下，开展群众工作，掌握这支武装。三人领受任务后，遂组成中共山阳西区工委，夏云飞为书记，负责武装斗争，吴华昌和王义庆负责政权建设。

三天后，阮英臣领着一支近百人的农民队伍，来到了袁家沟口。在一片宽阔的河滩上，举行了命名大会。

吴焕先热烈祝贺这支地方武装的成立，他激昂陈词："官逼民反，民不得不反！官府衙门的苛捐杂税太重，多如牛毛，压得老百姓喘不过气儿，直不起腰来，就得组织起来造反！要反，就反他个底朝天，建立劳苦大众的革命政权！"

当天，这支队伍被命名为陕南第四路游击师战斗营，阮英臣为第四路游击师师长兼战斗营营长，委派夏云飞为战斗营政委。同时，还把红军作战中缴获的3挺轻机枪、80多支步枪、近千发子弹和上百颗手榴弹，配发给这支新队伍。陕南第四路游击师战斗营，就这样威风凛凛地武装了起来。

从此，这支地方部队就以袁家沟口为中心区域，活动于山阳、镇安、柞水、蓝田、商县边界地区，发动群众打土豪分田地，坚持对敌武装斗争。他们先后歼灭二道沟税警队和牛耳川、色河铺、金井河等地民团，摧毁了几处伪乡政权，声势越来越大，队伍也越来越强壮！

截邮差

为开辟鄂豫陕边区革命根据地，红二十五军决定由郑位三率领二二五团八连，到雒南、商县、商南、卢氏等几县边区开展游击战争，配合主力部队作战。

八连在郑位三指挥下，消灭反动民团武装，发动群众建立农会，打土豪分田地，在条件成熟的地方建立乡村苏维埃政府，很快就打开了局面。

一天，八连来到离商南县40多公里的一个叫梨园岔的村庄。连队刚刚安置就绪，被大家亲切称为"位老"的郑位三，就把八连连长张海波叫去，说：

"张连长，你带一个排出去，完成一项任务。"

听到"任务"二字，张海波很兴奋，没等郑位三说完，就急着问："是敲保安团，还是端保安队？"

"哈哈，半个月没打仗，手就发痒啦？"郑位三笑着说，"这一回，不许随便开枪，你们要截个邮差！"

"截——邮——差？"张海波疑惑不解地重复着这三个字。

郑位三看出了张海波的心思，进一步交代："你们截住邮差以后，要把所有报纸各取一份，有关国民党政府、军队之间的信件统统拿来。别的东西一件也不能要！"

最后，他还再三嘱咐："邮差也是穷人，要给他们一点钱。所取的报纸和信件，都要开个收条。不要因为我们拿了报纸使他交不了差，砸了饭碗！"

吃完早饭，太阳刚刚爬上山梁，张海波便带领一排到达公路附近的山坡上，悄悄埋伏了下来。

初夏的陕南，风景秀丽，气候宜人。一排人隐蔽在草木丛中，注视着公路上的来往行人。

下午3点多钟，果然有两个身着绿色制服的邮差，挑着两大担邮件从商县方向走了过来。张海波当即命令一班长和两个战士随他上去拦截，一排长带其余人原地掩护。

突然被几个人迎面拦住去路，两个邮差以为遇到土匪抢劫，吓得脸色都变了。张海波赶紧向他俩解释："我们是工农红军，是共产党领导的队伍，是专打国民党反动派的，你们不要害怕。"

邮差听说是工农红军，见他们说话和气，不打不骂不抢，这才放下心来。矮个子邮差带着一种江湖口气问道："诸位好汉在此等候，想必有啥事情需要我们帮忙吧？"

张海波说："请你们把邮包打开，我们只要几份报纸和政府、军队的信件，别的什么也不要。"

邮差听了点点头，立即把邮包打开，随他们挑选。他们将五六种报纸各拿了一份，把国民党政府间、军队间的信件也都挑了出来。而后，分别给写了收条，落款是"中国工农红军"。临了，又给每位邮差两块大洋。

郑位三看到截获回来的报纸和信件，十分高兴，立即一件一件翻阅起来。他一边看着报纸，一边询问张海波截邮差的情况，连声赞扬说："好！好！任务完成得很好！"

晚上，张海波来到郑位三的住处，见他正在油灯下聚精会神地阅读，还不时在字里行间画些道道和圈圈，就走近问道："位老，这些报纸都是国民党反动派办的，看它有什么用啊？"

"用处可不少哩！"郑位三放下手中的报纸，抬起头来说，"报纸上登有各方面的消息，有中国的，有世界的，有国民党内部的，也有我们共产党方面的。看了报纸，就可以知道很多新近发生的情况，帮助我们了解整个社会的局势，尤其是敌我双方的斗争情况。"

郑位三边说边掏出旱烟袋，装了满满一锅烟。张海波赶紧划了根火柴，帮他点着。郑位三深深吸了一口，接着说："当然，反动派的报纸不会讲我们的好话，也不会宣传我们的真实情况，这就要求我们必须从反面去理解，认真分析研究，从中找到我们所要了解的情况，掌握斗争动向。这就可以变废为宝了！"

他顺手拿起一张报纸，指着上面的一条消息说："你看，这是一篇华阳地区的消息，说在这一带的区、乡、村、镇，都增设了保安团、保安队。虽然讲的是反动武装的事，但它从反面告诉我们，一定是我们的华阳游击队在这一带活动得厉害，领导群众抗捐抗税，要不国民党反动派也不会增派保安队，养这些'看家狗'的。"

这天晚上，郑位三和张海波一直谈到深夜。郑位三不仅谈了从反面利用敌人报纸的意义，而且还给张海波讲了马克思、恩格斯创办《新莱茵报》，列宁创办《星火报》宣传革命道理、指导无产阶级斗争的故事。

当时，张海波识字不多，不会看报，更不懂得报纸的意义和作用，经过"位老"的指教，第一次懂得报纸的重要。从那以后，八连就把搜集报纸也当作战斗任务之一，有机会就搜集一些，提供给郑位三参考。

这些大多由国民党反动派主办的报纸，对陕南大山里消息闭塞的游击队，了解外部敌情动向、斗争局势等发挥了重要作用。

撑起一座革命的『香炉』

1935 年 2 月 19 日，一路南下的红二十五军，到达湖北郧西县。

庚家河战斗后，红二十五军伤亡较大，在凭一己之力能否创建新苏区这个问题上，省委有少数同志又产生了动摇。随着敌人围攻的开始，特别是春荒的到来，这种思想一天天蔓延，有人又开始频频散布南下入川找红四方面军的言论。

为进一步统一思想行动，坚定反"围剿"斗争和创建新苏区的决心，省委利用部队短暂休整时间，在郧西二天门召开第二十次常委会，总结入陕两个多月来的斗争情况，并就红二十五军能否在鄂豫陕边区单独创建根据地的问题，再次展开了一场严肃的讨论。

在这次会议上，吴焕先旗帜鲜明、

立场坚定，坚决反对入川的消极主张。他苦口婆心地向大家分析：

"在鄂豫陕边创建新的根据地，对配合川陕和陕北两个苏区红军的行动，仍是能够实现的，是有意义的，在发展前途上可以打通两个苏区，联系两地红军。特别是现在敌人集中力量进攻川陕苏区，我们对敌人的牵制，对红军的配合，更为重要迫切。

"同志们哪！这个地区的战略地位相当重要。呃……打个比方吧，商洛山就好比一只'香炉脚'，川陕和陕北两片苏区是另两只'脚'，这三只'脚'呀，互为犄角，完全可以撑起一座革命的'香炉'！我们立足这个地方，把革命的香火烧得旺旺的，将来与川陕和陕北打成一片，可以照红中国的半边天哩！可是，我们要是进入四川的话，就没有这只'香炉脚'了，三只'脚'少了一只。同志们说说，我们要想撑起一座革命的'香炉'，是少一只'脚'好呢，还是多一只'脚'保险、牢靠？"

徐宝珊、程子华、徐海东都赞同吴焕先的分析，徐海东更是掰着指头一条条反驳消极意见：

"陕南山区虽艰苦，但困难都是完全可以克服的，而且正因为生活艰苦，群众才容易发动起来闹革命。现在，咱们已经有了两块革命根据地，大家都看到了，那里的穷苦百姓多欢迎咱红军哪！"

"盘踞陕西的敌人实力虽雄厚，但他们的统治很不牢固，特别是缺乏山区作战经验，这正有利于我军发扬长处、击敌短处。"

"杨虎城与蒋介石矛盾很深，这对我们有利，有空子可钻。"

吴焕先补充道："群众的觉悟正一天天提高，只要帮助贫苦群众建立了政权，我们就能站稳脚跟。"

程子华也加上一条："要是在陕南建立了根据地，就可以牵制敌东北军、西北军，对东南西北各地区的斗争，都可以起到配合的作

1935年2月，徐海东同志率红二十五军西征路过佛坪沙窝住宿房舍

用，尤其是可以策应中央红军的行动。"

听完他们的发言，省委常委其他同志也一一发言，多数人都表示："要克服怕苦畏难的落后情绪，看到胜利的有利条件，看到工作已经取得的巨大成绩，看清必然胜利的前途！"

经过一番辩论，省委和红二十五军做出结论："省委庾家河之决定不变！"

会议一致通过了《为完全打破敌人进攻，争取春荒斗争的彻底胜利，创造新苏区的决议案》（下称《决议案》），总结了入陕两个多月来取得的成绩，同时也指出，"离着新苏区实际的造成，相差得如何的远"。为此，会议再次提出：要大量扩大红军，大大发展群众的武装斗争，开展广泛的游击战争；要建立地方武装，有计划地消灭反动武装，推翻当地的反动统治，建立苏维埃政权；要立刻解决土地问题，把地主豪绅的田地、粮食、物件分配给贫苦群众；要建立赤区，至少建立 3 个县城的行动根据地；要在赤区建立地方党的领导，利用当地乡绅掩护我们党的秘密工作；要重视少数民族的工作，首先做好根据地内回族群众的工作。

鉴于当时根据地的春荒严重，会议对"春荒问题"做了详尽的讨论。省委领导一针见血地指出："春荒不是'天灾'，不是'命运'，是豪绅地主压迫剥削的结果。他们存在一天，灾荒'只有厉害一天'的。"

《决议案》激情洋溢地号召："全党像一个人一样地起来执行这一决议，完全打破敌人的进攻，争取春荒斗争中的彻底胜利，实现新的苏维埃区域。"

为求得部队的发展和物资的补充，减轻人民群众的负担，《决议案》还要求："提出打到富足地方去的口号，扩大斗争的区域。"

郧西会议维护了庚家河会议的决定，制定了切合实际的工作方针，使创建革命根据地的斗争同解决群众当前生活困难紧密结合在了一起，进一步动员了人民群众，推动根据地的苏维埃运动打开一个新的局面。

设伏石塔寺

红军红军顶呱呱，翻山越岭真利刹。

好似神兵从天降，打得白军回老家。

红军打伏是能手，牵着白军鼻子走。

石塔河，张嘴口，敌军都成落水狗。

郧西会议后，鄂豫陕省委得到了两个消息：一个是毛泽东和朱德率红一方面军，经过贵州向金沙江前进；另一个是红四方面军发动陕南战役，前锋已抵汉中以西。

对于边走边打，每天都为往哪里进发而费思量的红二十五军来说，这两个从天而降的消息太重要了。省委当即决定：为配合红四方面军的行动，贯彻郧西会议的精神，部队由郧西出发，向西进军。

1935 年 3 月 8 日，红二十五军在

红二十五军长征中使用过的部分武器

连克宁陕、佛坪两座县城之后，从佛坪西岔河进入洋县金水的碗牛坝，后经过罗曲院、洋河、茅坪街、板凳垭，到达洋县华阳镇。

当地恶霸听说红军来了，纷纷望风而逃。于是，红二十五军就将部队驻扎在了镇上几个大恶霸家中。

红军安营后，军政治部宣传科科长刘华清带着宣传战士，在街上刷标语，四处张贴《什么是红军》和《告国民党士兵书》，挨个村庄向群众宣传红军的主张。群众见红军纪律严明、态度和蔼，纷纷走出家门，热烈欢迎部队。

此时，由郧西而来的国民党陕军警备二旅张飞生部，正从商洛一路尾追而来。

这位张飞生，素有"生张飞"之称，性格狡黠粗暴又勇猛胆大。在贵州时，张飞生为救长官，曾孤胆深入雷区，打死刺客，引爆手雷，冒死背出长官。此后，张飞生官运亨通。

1934 年年初，张飞生所辖陕军警备二旅 3 个团，曾从镇安、宁陕拦截过红二十五军。在镇安钻天岭，张飞生凭要隘与红军交锋，红军主动绕道撤退，他为此很是得意："共匪怕我张飞生！"

这次在宁陕关口镇，张飞生与红二十五军第二次交锋，红军又主动撤退，向四亩地、佛坪、茅坪一带转移，沿途故意丢下一些破烂物品。张飞生不识红军策略，更加自鸣得意，扬言要再鼓勇气，继续追击，务将徐海东部队打垮为止。

这次沿途追赶，张飞生骄气愈盛，一路不断补充给养，日夜行军，急欲一口气吃掉红二十五军。

红二十五军决心斩断身后这条"尾巴"。

军政委吴焕先、伤情未愈的副军长徐海东等带人观察地形后，决定在华阳镇东南的石塔寺一带摆兵布阵，唱一出"请君入瓮"的好戏。

石塔寺所在地，距华阳镇七八公里，地形极为险要，山高林密，两边是悬崖峭壁，中间是河道，河水多年冲刷，形成了一块椭圆形的开阔地，周围呈"品"字形矗立着三个山头，只有一处叫"九搭处"的地方，可以通往华阳。这种地形极适合打伏击。

3月10日拂晓，红二十五军二二三团一营，在石塔寺两侧的三个山头和山沟两侧的丛林中布下了埋伏。徐海东爬上山头，随时准备

红二十五军军部旧址——华阳镇红石窑村余家大院

发出指令。

此时，二二三团团长张绍东命令团部通信排三班班长黄仕儒，带领10名战士，前出打探敌情。他们装扮成山民，来到石塔寺，对庙里的和尚谎称是红军的逃兵，说红军大部队已经走远，问能否在寺庙找点活儿干。和尚指点说，旱坝有几个财东，可去那里干活儿。

于是，通信班沿着小路向旱坝方向行进。到了渡口，看见有两人边走边东张西望，逢人就打听红军去向。众人交换眼色，眼疾手快，眨眼之间，十几支手枪齐刷刷对准了敌探的脑袋，敌探一五一十交代了张飞生的部署。

中午时分，敌警备二旅的先头部队赶到了石塔寺。他们听和尚说红军早走远了，不敢轻信，一抬眼，看到山坡上有山民正在砍柴，就大声喊道："看见红军了吗？"

山民答："走远了。"

敌人不知，这山民正是乔装的红军。

人困马乏的张飞生部，没再多疑，气喘吁吁，一步步开进那片开阔地，妥妥地进入了红二十五军张开的口袋里。

敌军一入网，山上枪声顿起，军号随之骤响，红军将士从山沟两侧高处的丛林中洪水般猛冲下来。霎时，弹如雨下，杀声震天，山鸣谷应。枪声隆隆中红军大声劝降："士兵们，不要跑，不要打枪，缴枪吧！我们是穷人，穷人是不打穷人的。"

遭到红军的突然袭击，敌军惊慌失措，阵势大乱，很快便被截为数段。由于陷入绝地，无路可逃，一时间被打死的、跳崖的、从山上滚下来跌到河里的，不计其数，尸横遍野，血流成河，其状甚惨！

激战中，一直走在队伍中间的旅长张飞生骑马赶到。一颗子弹应声飞来，击中他的左臂，马夫李海山立即把他推到土坎下。刚推下张飞生，李海山也中了弹，顺土坎倒下，跌在了张飞生身上。保命心切的张飞生，顺势抓了一把李海山的血，抹在自己脸上，又将李海山的尸体盖在身上，装起死来。

从中午一直打到日落西山，枪声才渐渐停止。

红军打扫战场时，有战士冲着满脸是血的张飞生踢了几下，见他一动不动，以为他已死，又见此人身体肥胖，以为是一个军需部门的官儿，未加详细检查便离去了。

张飞生挨到夜晚，摸上了大路，从山上退下来的残兵将其扶持一路，逃回茅坪，算是捡回了一条命。

石塔寺一战，红二十五军共击溃国民党陕西警备二旅超过 5 个营，毙伤敌 200 多人，俘虏团长以下 400 多人，缴获长短枪 500 多支，马刀 1000 余把，枪支弹药不计其数，取得了红军入陕以来收获颇丰且无重大伤亡的一次胜利。

战后，红二十五军在三官庙戏楼坝召开群众大会，庆祝石塔寺战斗的胜利。当地群众编唱歌谣，歌颂红军和红色政权，给红军送粮食、做饭、打草鞋、缝补衣服。

几天后，华阳、石塔寺、商家坝、瓦子沟、红石窑、小华阳、吊坝河 7 个乡的革命政权纷纷建立，将地主恶霸的 3000 多亩土地分配给贫苦农民。接着，红二十五军又派出几十名骨干到地方，分别组建了华阳、茅坪两支游击队和数百人的抗捐军。至此，鄂豫陕有了第三块革命根据地。

华阳人民有了自己的政权，群众欢欣鼓舞，到处传唱：

二月初六炮声响，警备二旅垮个光；

华阳建起苏维埃，土豪恶霸一扫光；

分田分财又分粮，穷人开始把家当；

吃饭莫忘红廿五，翻身全靠共产党。

到『老虎窝』里捉『老虎』

华阳根据地的建立，不仅扩大了红二十五军在鄂豫陕边的回旋区域，而且对开展汉中以北、太白山以南山区的游击战争也非常有利。鄂豫陕省委把它作为与红四方面军联系的桥梁，计划以此为依托打通与川陕苏区的联系。

华阳游击队初建时，红二十五军抽调二二五团十连副连长张进浪担任游击队队长，魏文建和洪玉科分别担任副队长和指导员。3个领导成员，其中两个都不满20岁。此外，还有一名文书和留下的9名伤病员，总共13名战斗骨干，加上军部补充的30名新兵和15条枪、近百发子弹，便组成了华阳游击队的全部"家底"。

红二十五军主力转移之后，华阳游击队根据军政委吴焕先的指示，着手扩大队伍。华阳一带虽然比较富足，但由于国民党苛捐杂税太重，老百姓的日子苦不堪言，青黄不接的时节，只能到处挖野菜充饥。游击队每到一地，把"打富济贫"的主张一宣传，每天都有不少人来参加游击队，只几天的时间，队伍就发展到100多人。

队伍扩大了，人员多了，枪支弹药不足就成了最大的问题。队长张进浪听老乡们说，石塔寺战斗打垮警备二旅以后，敌人丢下不少武器弹药，部队因没来得及好好打扫战场，被老百姓捡去了一些。于是，游击队立刻决定用打土豪得来的洋钱，向群众购买枪支弹药。经过动员，不少捡到枪支弹药的老乡，都很痛快地卖给了他们。

因为缺少短枪，特务班化装侦察时很不方便，游击队就想了个土办法，把长枪筒伸进水里，打上一枪，枪筒就在露出水面的地方断成两截。然后再把枪托修理一下，就变成一支小巧轻便的小马枪，别在腰里也挺神气。

4月，天气渐渐热了，但部队仍旧穿着棉衣，没有单衣可换。游击队员们心里都清楚，根据地群众生活很苦，不能向群众摊派。因此，还是得以打土豪筹款的办法解决服装问题。可是，附近的土豪老财，都打得差不多了，所剩寥寥无几。经过研究，他们决定深入敌人占领区域，向小河口民团开刀！

小河口有个大土豪名叫费礼，他仗着儿子费文炎担任民团团长，在小河口一带任意收捐刮税，勒索群众。每逢过年过节，附近群众都得给他送礼，谁不送礼就要被"扫地出门"。当地群众对这个恶霸富豪，恨之入骨！

在群众帮助下，游击队把费礼的住处以及周围地形摸排清楚后，在一天晚上秘密包围了他的家。队员们冲了进去，活捉了大土豪费礼。

1935年，徐海东在陕南

游击队提出，向他借1万块大洋做军费，老家伙满口答应下来，并马上给儿子写了信，让他派人送到河口镇，并约定第二天到茅坪西吴家庄交钱。

第二天下午，费文炎果然送来了14副挑子，全是白花花的大洋。游击队在一座大庙里面，把这些大洋堆在桌子上，一面七手八脚地数着，一面兴高采烈地谈论着。

这个说："这一下可解决了服装问题！"

那个说："不能今日有酒今日醉，明日无酒喝凉水。还是应该节省一点，拿出一部分救济穷苦乡亲。"

没等把钱数完，游击队就把费礼放走了。谁知他一走出庙门，四面便响起了枪声。原来费文炎带了民团的两个中队，暗地里包围了村子，一挺机枪正对着庙门扫射。

游击队经过几次猛冲，穿过密集的火力，从西北角突围了出来。

可惜的是，部队虽然成功突围，但那 1 万块大洋，除司务长和通信员背出一部分，绝大部分都丢了。

到嘴的鸭子又飞了，真不应该！回到华阳以后，游击队开会反思总结。

队长张进浪说："主要还是我们思想上麻痹大意，部署也不够严密。"

指导员洪玉科说："军首长指示的'要战胜敌人，不仅要靠勇敢，而且要有智谋'，这次算是明白了啥意思。"

魏文建也说："我们的智谋还很不够，所以吃了亏。"

游击队接受了这次教训，更加坚定了斗争意志和胜利信心。

这次行动虽然出了岔子，但也充分展示了这支游击队的威力。从此以后，费礼父子再也不敢像以前那样胡作非为，欺压百姓。群众纷纷赞扬游击队："敢到'老虎窝'里捉'老虎'，给老百姓出了口气！"

可是，游击队的服装问题该怎么解决呢？

不几天，又有老乡报告说，近来从城固到汉中的公路上，经常有敌人的运输队过往。

游击队跑到公路附近一侦察，果然如此。敌人运输军需物资的挑子队，几乎每天都从这一带路过。

游击队决定，伏击敌人的运输队！

这天，魏文建带着特务班和一分队奔到公路边的一面小山坡上，埋伏了下来。

队伍刚隐蔽好，就发现一支由几十副挑子组成的运输队，由 10 多个吊儿郎当的士兵看押着，稀稀拉拉地走了过来。

魏文建心里一阵高兴，立即下令向敌射击。啪啪啪，只打了一个排枪，敌人便丢下挑夫，兔子一样逃跑了。

挑夫们听见枪响，全都把挑子丢在地上，一动不动地等着。他们似乎并不慌张，反而有点兴奋地说："我们早就听说过华阳游击队打富济贫咧！"

游击队员打开挑子一看，里面全是军装、胶鞋、袜子，还有手电筒。

大家都高兴得不得了，一个个笑得合不拢嘴。

他们带着挑夫把30多担物资挑到了华阳，临走时，给了挑夫每人两块大洋的脚力钱。

经过几次行动，部队的装备大为改善，游击队员们的情绪更加高涨了。敌人到处传：华阳游击队是红二十五军留下的"特务营"，厉害得很！

攻克雒南

1935年4月初，红二十五军从华阳东返到商洛地区，第二次进驻蓝田县葛牌镇。

与此同时，陕军警备三旅一路上紧紧尾追而来，部队再次进退维谷。

为摆脱困境，红二十五军英勇作战。4月9日，在九间房将敌警备三旅大部歼灭。至此，终于粉碎了陕军的第一次"围剿"！

九间房战斗后，省委抓住这一有利时机，在葛牌镇召开扩大会议，进一步统一思想，坚定了创建鄂豫陕苏区的决心。

会后，红二十五军根据会议提出的"准备粉碎敌人第二次'围剿'"，"抓紧建设根据地"，长途奔袭，向雒南挺进。

雒南地处秦岭以南，靠近关中平原，土地肥沃，物产丰富，商业发达。如能拿下此地，将对扩大红军的政治影响非常有利。

4月18日，红二十五军逼近县城西郊。

得知红军要入城，守城敌军大肆造谣，说红军要"屠城"，搞得城内群众人心惶惶，守城的两个大队惊恐万分，不等红军兵临城下，就挟伪县长弃城而逃。县保安团副团长石德功指挥布防，仓促应战。

红军从南、北、西三面对县城发起攻击。保安团抵挡一阵，很快弃城逃窜。其中，二中队队长万善书逃至杨川白龙庙，被追赶的红军围住，走投无路之下，拔枪自杀。

不到半天，守城敌军就死伤过半，被俘几十人，红二十五军的战旗高高插上了城楼！

当晚，部队在街道屋檐下露宿过夜，没有惊动当地百姓。

入城后，为稳定人心，省委要求指战员严格遵守城市政策和群众纪律，派宣传队把《关于商业政策问题》的油印布告贴上街头。随即，打开监狱，释放出在押的"抗捐犯"以及无辜群众150余人。有的"抗捐犯"出来后，当下就在街头砸开镣铐，高高兴兴地参加了红军。

军政治部根据事先了解的情况，将由反动资本家、土豪劣绅、民团头目开办的几家商号，予以查封没收，对正当经营的百十户大小商户，都妥善保护。其中，有10多户平时守规矩的商店老板，因为不了解红军，在红二十五军攻城前丢下店铺，闻风而逃。红军不但没有动其财产，还派上哨兵严加守护，防止有人趁火打劫。

攻克雒南后的半个月之内，有600余名群众加入了红二十五军，其中，雒南县城附近几座小煤窑有不少窑工也都报名参加了红军。此时，全军总兵力增至3700余人。地方游击师、抗捐军发展到2000余人。

至此，红二十五军在鄂陕、豫陕和华阳地区，先后创建了4块比较巩固的革命根据地，成立了鄂陕边区苏维埃政府和 10 个区、46 个乡、314 个村的苏维埃政权，苏区人口近 50 万，耕地面积 90 多万亩，初步建成了鄂豫陕革命根据地，独立支撑起一只革命的"香炉脚"。

红二十五军在艰苦卓绝的长征途中，以英勇无畏的斗争，凭自己的力量开创出一块新苏区，创造了伟大的奇迹！红二十五军西征入陕的伟大胜利，大大牵制了敌人进攻的兵力，支援了敌人进攻的后方，有力配合了南北红军的胜利。

查徐匪数月以来，猖獗流窜，实属可悲，希速派队追剿……

红二十五军反"围剿"斗争的胜利和根据地建设取得的巨大成绩，极大地震惊了蒋介石。

1935年4月20日，蒋介石命令原进攻鄂豫皖苏区的东北军王以哲第六十七军3个师、驻郑州的唐俊德第九十五师开入陕南，同第四十军、第四十四师和陕军一部，共30多个团的兵力，统一由杨虎城指挥，向红二十五军发动第二次"围剿"，并限令在3个月内歼灭红军。

5月上旬，国民党军开始发动"围剿"：东北军第六十七军9个团和第九十五师3个团，在雒南县城以东、以

北向南进攻；第四十四师 4 个团，由郧西上津向北进攻；第四十军 5
个团和陕军 10 个团，由南向北依次配置于安康、镇安、柞水、蓝田
一线，在西面堵截红军，形成三面围攻之势。

红二十五军察明敌人企图后，迅速投入反"围剿"作战，计划首
先攻山阳县城，开辟第二次反"围剿"战场。

14 日，红军从三面攻城，山阳县伪政府官员已先一步逃跑，但
山阳守敌陕军 1 个营和 1 个保安团盘踞城东北苍龙山据点，固守待援。
红二十五军进攻未果，遂果断撤围山阳，南下郧西。

5 天前，一直被肺病缠身的省委书记徐宝珊，在商县龙驹寨
病逝。

庾家河战斗以来，军长程子华、副军长徐海东伤重难愈，政委吴
焕先一人扛下所有大事难事，殚精竭虑、日夜操劳，徐宝珊离世后，
他又接下鄂豫陕省委书记一职，肩上的担子更重了。

重兵合围，敌众我寡、力量悬殊，仗该怎么打？靠什么才能取
胜？吴焕先苦苦思索着。

5 月中下旬，在郧西驻地，吴焕先先后主持召开了两次省委执委
会议。第一次会议通过了《关于完全粉碎敌人二次进攻，为开创新苏

徐海东长征时所戴的八角帽

徐海东长征时所穿的红军军服

区而斗争的决议》，向全军讲明了这次反"围剿"斗争的残酷性和重要意义："敌人这次进攻兵力是加大了，布置是周密了。敌人这次进攻不简单是'追击堵剿'红军，而是企图最后消灭红军的，同样要来摧残我们初开创的新苏区与新起的群众斗争。因此，二次战争比一次战争是残酷些、长久些。二次战争就是决定开创新苏区根据地的任务能否完成的决斗，不完全消灭二次进攻的敌人，即不能开创新苏区伟大的政治任务，而红军成了无根据地的游击集团，这是每个同志要认识清楚的。"

第二次执委会重点研究在敌强我弱的情况下，如何进行反"围剿"作战。军长程子华因为伤重，没有参加这次会议。会上，大家七嘴八舌，各抒己见：

"正面硬打对我们不利，拼消耗，就等于自取灭亡。"

"敌人可以 10 个打我们 1 个，我们拼光了，敌人还多着呢！"

…………

吴焕先把目光投向他一向万分信任的副军长徐海东，强烈要求他提出一个作战计划，让大家来讨论。

"先疲后打！"苦思多日的徐海东说出自己的想法。

"'先疲后打'这个想法，可不是我发明的哟。"徐海东娓娓讲述这个打法的缘起。

原来，从大别山一路走来的路上，程子华不断跟军领导讲述中央红军的情况，讲得最多的是一至三次反"围剿"斗争中，毛泽东和朱德善于运用"先拖后打"的方针，诱敌深入、声东击西，总能以少胜多，打得漂亮、打得过瘾。程子华讲的这些案例，深深印在徐海东心中，让他大受启发。这些天，面对敌重兵布阵，他苦苦思索，不断琢磨研究中央红军的经验，渐渐产生了新的想法。

"具体说就是，敌动我先不动，部队进行动员，准备草鞋、干粮，待敌人两路或三路接近时，我们向敌人空虚的地方突出去，把敌人甩在后头，拖着转圈子，拖到一定的程度，哪一路积极，就先打哪一路。将东北军歼灭一两个师，或者将杨虎城部消灭一两个旅，粉碎敌人的'围剿'计划。"

省委和红二十五军经过鄂豫皖革命根据地反"围剿"斗争，积累了不少这方面的经验教训，中央革命根据地反"围剿"斗争胜利的经验，也给他们以深刻启示。大家经过讨论，认为徐海东的建议符合敌情我情，既有新意又非常可行。

最终，省委采纳了徐海东的建议。决定利用陕南地形造成的敌人机动和补给困难，乘东北军立足未稳，红二十五军主力首先北上，争取歼其一部，然后再诱敌深入，先拖后打，寻机歼敌一两个师，以运动战和游击战相结合的战法，打乱敌人的"围剿"计划。

此时，国民党军正迅速向郧西地区集中，东北军第六十七军已在丹江岸边展开部署，企图围歼红二十五军于鄂陕边界。

省委果断决定，主力撤离郧西地区，北上商县、雒南，打乱敌人的部署。基于对东北军这个老对手的了解，省委和军领导深信，只要歼其一部，就可以扭转战斗局面。

6月初，红二十五军由郧西二天门出发，向北直插商县，在夜村和商洛镇附近攻敌薄弱处，将东北军的防线撕开了一个大口子，毙伤敌200余人，缴获轻机枪4挺，步枪100余支，并迂回到了东北军的背后。此战，还俘获了敌军1名团副，从他那儿得到了国民党军的作战意图。

于是，红军将计就计，拖着敌人走。东北军不得不掉头追击，派出3个师从三个方向赶来。红二十五军遂继续向外线出击，进一步调动、分散和拖垮敌人,在运动中寻找战机。

10日,红二十五军从庚家河出发,向东南前进。13日,包围商南县城,第二天占领富水关,接着进占青山街,俘敌第四十四师官兵170多人。

红二十五军的外线活动,吸引了向北跟踪之敌,他们不得不改变方向,向东南追击。当敌人密集追来时,红二十五军又继续向东南方向行动,远程奔袭荆紫关,并派二二五团在地势险要的马蹄店阻击敌人。

就这样,红军牵着敌人的鼻子,忽东忽西、忽南忽北,今天走40公里,明天走50公里,高兴了来个60公里。敌人跟武装大游行似的,日夜跟在红军后边,被搞得晕头转向。同样是两条腿,敌军根本赛不过红军。红军战士行军四五十公里驻扎后,又跳又唱,敌人连着走十几公里就累趴下了。

为保守秘密,不到时机,作战方针不下达。开始,战士们不理解这种"先疲后打"的方针,颇有怨言。

有的说:"敌人一条命,我们命一条,为什么不和他们拼!"

有的说:"我们红二十五军从来没打过败仗,敌人跟着屁股不打,我们的枪是打兔子的?"

这时,军各级政治工作干部都深入连队去做动员解释工作,军政委吴焕先有的时候一天要参加好几个支部的会。他耐心地对基层干部和战士们解释:"多跑几天路,脚上多磨几个泡,算不得什么,跑到一定的时候,谁再想跑也不让跑了。"

大家看到政委谈笑风生、胸有成竹,又看到副军长徐海东不顾老伤腿,和大部队一起每天奔走几十公里,知道接下来必有好戏唱,也就不再抱怨,按照指令,马不停蹄,继续前行……

奇袭荆紫关

打开荆紫关，白布堆成山。

在拖着敌军东奔西走中，为了补充给养和枪支弹药，红二十五军决定袭击敌军给养基地——河南省淅川县境内的荆紫关镇。

荆紫关是鄂豫陕三省边界要地，也是陕军第四十四师后方补给站，守敌约1个营。

这里依山傍水，易守难攻，不宜强攻，只能智取。军首长派侦察班先行侦察。

侦察班接到命令，立即骑上缴获的战马，向荆紫关飞驰而去。临近荆紫关时，侦察员分为两组，一组化装成陕军第四十四师官兵，到荆紫关镇以西隔丹江相望的魏村摸敌情。

侦察员进入魏村后，该村保长魏凌云见来了正规军，格外殷勤，中午热情设宴款待。席间，红军侦察员以分析敌情为名，摸清了镇上驻军的军事部署以及渡口码头防务情况。

另一组侦察员，则化装成陕军第四十四师营级以下军官及随从，直奔镇公所。镇长刘伯显见状，毕恭毕敬，热情款待。

侦察员看火候已到，遂提出："我师正在追击红军，明天上午要路过荆紫关，望提前备好茶水。"

刘伯显等人信以为真："好好好，一定照吩咐办、照吩咐办！"

午饭后，两组侦察员觉得已达目的，便以军务紧急为由，随即离开荆紫关，策马回军部汇报。

荆紫关战斗旧址

吴焕先等人一起分析了侦察员提供的情报后，十分兴奋："没有重兵把守，真是天赐良机，打他个措手不及！"

15日下午，副军长徐海东率二二三团和手枪团，从富水急行军向荆紫关进发，夜宿距离荆紫关10公里的梳洗楼。

16日凌晨，徐海东让手枪团团长杜本润带手枪团向荆紫关进发。为迷惑敌人，团尖兵排30多名指战员化装成陕军第四十四师官兵。

一阵急行军之后，手枪团来到距荆紫关镇5公里处的金豆沟口。这里是荆紫关北外围防御阵地，驻守着一个警戒连。

在敌阵地前，杜本润向警戒连大声喊话："我们是第四十四师的，红军马上就要来了，这里由我们防守，你们马上集合队伍撤回！"

警戒连连长刘汉章信以为真，忙集合好队伍，准备欢迎"战斗归来的弟兄们"。见此情形，红军指战员不再佯装，迅速把枪口对准他们："我们是红军，缴枪不杀！"

就这样，红军不费一枪一弹，将敌人缴械，顺利通过防守外围，进抵城下。

此时，城内守敌发觉上当，立刻紧闭城门，向红军开火。手枪团没有重武器，无法组织还击，被敌人火力压在城下。正在危急关头，徐海东率二二三团跑步赶到，搭起人梯强行入关。

入关后，"冲啊！杀啊！"红军一路高喊一路冲杀。

驻守的敌人被枪声、喊杀声吓得晕头转向，慌乱逃窜。民团团长任泰升吓得双腿直打哆嗦，被戏班一个武生从后门救出，带着几个护兵仓皇逃离。镇长刘伯显逃到县城后如惊弓之鸟，说什么都不愿干了，请求辞职。

经过两个多小时的战斗，红军歼守军一个多连，活捉了敌第四十四师的军需处长。

打下荆紫关，红二十五军发了一笔大财！不仅缴获了大批军用物资，还缴获了几百匹上好的棉布。因没法驮运带走，全部剪成八尺一幅的衣料、丈六一幅的被单，分交全体指战员驮运。整袋整袋的大米、面粉、白糖，牲口驮不完，人也背不了多少，不少战士脱下长裤，把两只裤腿紧紧一扎，装成个硬叉叉，搭在肩上行走。

进入荆紫关后，部队不顾疲劳和盛夏酷热，立刻书写标语、张贴布告、散发传单、召开群众大会，宣传共产党的政策，号召劳苦大众团结起来，打倒土豪劣绅，建立苏维埃政权。部队打开土豪劣绅的仓库，把布匹、衣服、粮食等物资分给穷人。还处决了作恶多端、民愤极大的劣绅史麻子、地痞马淘气、民团排长党青山等10余人，为当地百姓除了大害。

远程奔袭荆紫关，是红二十五军在新根据地第二次反"围剿"斗争中取得的第一次大胜利。国民党军遭此打击，各部"追剿"兵力不得不向荆紫关奔来，敌人的"围剿"部署被打乱，部队被拖得非常疲倦，士气低落，逃亡和疾病又使其减员严重。尤其是追击部队第四十四师，从出发到现在就没有停歇过，没日没夜地追，"肥的拖瘦，瘦的拖死"，多数连队减员在三分之一以上，有的连队只剩下三四十个人。

再看看红二十五军的指战员们，他们撒开双腿，牵着敌人的鼻子到处跑，还趁机打了个胜仗，个个精神饱满、士气高昂！

袁家沟口大捷

攻破荆紫关后，省委和红二十五军领导看到转战外线已取得成效，决定挥师西进，继续分散敌人，诱敌深入到根据地的中心区小河口、袁家沟口一带，然后选择有利战场，歼其一部。

1935年6月17日，红二十五军离开荆紫关，向西行进。

长途行军，特别是山道崎岖，路窄林深，日晒雨淋，增加了行军困难。但部队在荆紫关得到了休息，又有了充足的大米、白面，战士们士气高昂："现在到了我们揍敌人的时候了！"

有个别指战员求战心切，对再次开拔有点不太理解，私下议论："刚端了敌人的补给站，又甩膀子磨脚板，这是要跑到哪里去？为什么不跟敌人好好拼上一场？"

吴焕先一路奔前跑后，不断给指战员加油鼓劲："多走几天山路，脚上多磨几个泡，算什么嘛！跑到一定的时候，把敌人拖疲了、拖垮了，再杀个回马枪！哈哈……好戏还在后头呢，等着瞧吧！"

25 日，部队到达根据地边沿的黑山街。

杨虎城得知红军西进后，急令各部追击，要求控制竹林关、商坝店、龙驹寨、山阳一线，防止红军北进，并命第三十八军和第四十军一部进到漫川关、上津一带，堵击红军。

红二十五军最擅长的就是山地行军，国民党这些部队哪里是对手！各路敌人均被远远地甩在了后面，距离最近的陕军警备一旅，也有 4 天路程。

"不走了，等等看，哪一股敌人先到，就吃掉哪一股。"吴焕先下达命令。

红二十五军初步选定山阳小河口地区为伏击战场，以逸待劳。

在自己的根据地作战，红二十五军占尽天时、地利、人和，就看哪个倒霉蛋先送上门来了。

6 月 29 日，敌警备一旅爬了上来。旅长唐嗣桐，黄埔军校毕业，参加"围剿"红二十五军以来，傲气十足，发誓与红军势不两立。先前，在蓝田县葛牌镇的一次军事会议上，他气焰很盛，大吹大擂："红军是从南方流窜过来的一股残匪，已经溃不成军，不堪一击。我是不畏强敌的，你们不敢摸徐海东，我摸！你们不敢追徐海东，我追！"

这次，在陕军警备二旅、警备三旅接连受到重创之后，唐嗣桐仍想冒险立功，不听别人劝阻，一路孤军追来。

袁家沟口及其以西到桃园岭一带，是一条长七八公里的山沟，如同一条现成的"口袋"，两侧山高林密，便于部队隐蔽，是打伏击的好地方。

6月30日，敌警备一旅追到小河口，红二十五军为诱敌进入预伏地域，向西北红岩寺撤去。

7月1日下午，警备一旅追到了袁家沟口。

当晚，红二十五军主力连夜从30多公里外的红岩寺返回桃园岭一带，神不知鬼不觉地展开兵力。

二二三团占领袁家沟口北面一线高地，二二五团两个营占领袁家沟口西南的东沟、李家沟南侧高地，另一个营由桃园岭向袁家沟口方向阻击敌人。同时，第三、第四路游击师在袁家沟口以南高地，控制沟口，断敌退路，并担任警戒。

7月2日拂晓，晨雾弥漫中，敌人在袁家沟口村西集合向西出发。开始，敌人还胆怯地搜索前进，一路不断询问老百姓。群众心向红军，不说真话，故意迷惑敌人。于是，敌人渐渐麻痹起来，唐嗣桐命令部队长驱直入，开进袁家沟口。

上午10点左右，敌警备一旅大摇大摆地开了进来。他们有的袒胸露怀，倒背着枪，边走边摇扇子；有的累得气喘吁吁，走路跟跟跄跄。有几个家伙，看样子实在热得受不了，脱去衣服就跳进河里冲凉。

红二十五军眼见敌人进了"口袋"，便做好了冲锋的准备。

11时许，军指挥所响起了冲锋号。顿时，各种轻重火器一齐吼叫，向敌群猛烈射击。

二二三团从北面发起冲击，猛扑敌人。敌遭此突然打击，一下子乱作一团，慌忙向西南山上逃窜，又遇二二五团迎头截击，进退两难。

这时，群山号响，满谷杀声，红军指战员像一把把尖刀插向敌群，同敌人展开白刃格斗。

经过一番激战，敌大部被歼。旅长唐嗣桐率残部向南突围，遭到二二五团和第三路游击师阻击后，占据一个小寨子顽抗。红军多次猛攻，最终敌人被全部歼灭，唐嗣桐也被活捉。

战斗结束。袁家沟口一仗，毙伤敌 300 余人，俘敌 1400 余人，缴获各种枪支千余支。红二十五军仅伤亡 80 余人。

这一仗打完，部队情绪高涨起来，大家兴高采烈地说："咱们的路没白跑！""现在明白了，跑，不是怕敌人！"

战斗结束后，按照惯例，徐海东带着手枪排亲自从俘虏中找"大官"。

胡子拉碴的唐嗣桐，被押到了徐海东面前。

"唐旅长，这些天你辛苦了！"徐海东客客气气地说。

"红军辛苦，红军辛苦……"唐嗣桐不知如何回答，更不知面前的就是徐海东。再问他一些军情，他就装聋作哑，支支吾吾，不肯回答。

徐海东恼了："不老实，会有你的好果子吃！带下去！"

唐嗣桐有些慌了，连声说："请带我去见你们的徐将军！"

在庚家河之战中聋了一只耳朵的徐海东没听清，扭回脸又问："你要见谁？"

"见、见……徐海东将军。"

徐海东亲自审问过不少俘虏，还是头一次听人称他为"将军"。他暗觉好笑，决定戏弄一下唐嗣桐，就说："你见不到他了，他早被你们消灭了。"

说着他从兜里掏出一张国民党的传单，向唐嗣桐晃了几下说："你们这张纸上印着，红军的头子都死了，红军早已是一群没头领的乌合之众……"

唐嗣桐似乎听明白了什么，垂下脑袋，一时不知该说什么。

225

　　敌警备一旅被全歼，唐嗣桐被俘，震动了陕南，震惊了敌东北军和西北军。战斗中，杨虎城获悉他的警备一旅被包围，危在旦夕，曾四次急电东北军第六十七军军长王以哲，请求其派遣离战场不到20公里的东北军第一一〇师前往救援。王以哲接到杨虎城的电令后，多次发电报给第一一〇师师长何立中，要求他从速救援唐嗣桐旅，到最后，几乎是恳请的口气了。然而，直到战斗结束，第一一〇师都没敢前进一步。

　　至此，敌人的第二次"围剿"破产了。

苏维埃政府主席的嘱托

在袁家沟口战斗中，鄂陕边区苏维埃政府主席程家盛身先士卒，抬担架、救护伤员，为部队送水送饭，受到广大红军指战员的好评。

1935 年 7 月，打下袁家沟口后，红二十五军主力乘胜打出终南山，西征北上，鄂陕第四路游击师大部也随主力开拔，留下地方干部和部分武装继续坚持斗争。

得知主力撤离的消息后，各处的地方反动民团，都一窝蜂地朝袁家沟口猛扑而来，声言"掘地三尺"也要彻底摧毁这个"红军窝子"。

在此严峻时刻，程家盛这个为劳苦群众掌握印把子的苏维埃政府主席，仍然表现出一个共产党员应有的革命精神，与敌进行不屈不挠的斗争。他首先把红军留在根据地的枪支秘密转移或掩埋，接着又把分散在各地的红军伤病员都妥善安置。敌人进攻袁家沟口时，他就带领地方游击队上山，出没于高山峻岭、丛林岩洞之中，与敌人兜圈子，打游击。然而，毕竟寡不敌众，根据地很快又被敌人占领了。

敌人重新占领袁家沟口后，这一带的山村，几乎是十室九空，石板屋内长起了野草，地里的庄稼也喂了敌人的骡马。红军战士的家属，大都逃了出去，流落他乡。

1935年11月10日晚，在山洞里躲藏了几个月的程家盛被叛徒出卖。国民党商县六社保卫团在杨家河石岩洞抓捕了他。敌人将他视作要犯，押往西安。经过多次审讯逼供、严刑拷打，程家盛始终坚贞不屈、视死如归。无奈，敌人只好将程家盛又押解回山阳县。

1936年3月15日，程家盛被押送回小河口国民党保公所。附近穷苦农民得知这一消息后，纷纷前来探望。

3月16日清晨，小河口国民党团总陈守信及刽子手，担心激愤的群众偷偷将程家盛劫走，遂提前下了毒手，将程家盛押至小河口河滩枪杀。程家盛牺牲时年仅35岁。与程家盛同时被杀的还有五六位苏维埃政府成员和游击队员。

对党忠心耿耿的程家盛，早已做好了为革命献身的准备。在被捕之前，他将鄂豫陕省委苏维埃政府颁发的一枚刻有"鄂陕边区苏维埃政府"字样的方形铜质印章，连同几份文件、表册、布告等，包进一个粗布包里，交给妻子倪世莲，并千叮咛万嘱咐："这是苏维埃政府的无价之宝，你要以生命妥为保管，绝对不能丢失，更不能落到敌人手里，有朝一日红军回来时，我们还要东山再起，领导穷苦百姓闹革命！"

程家盛牺牲之后，他的妻子倪世莲多次遭受敌人的严刑逼供，却始终对丈夫抱着一颗忠贞不渝的心，始终不忘丈夫的嘱咐，任凭敌人把她折磨得遍体鳞伤，都没有供出一个字。敌人把她的家抄了一次又一次，查过一回又一回，都没能得到这个粗布包。

为了保存苏维埃政府留下的宝物，她费尽了心思。开始时收藏在家里，怕敌人搜查出来，随后又转移到屋子外面，用石板加以覆盖掩埋。敌人像疯狗似的到处挖掘，搜查程家盛埋下的枪支，她担心粗布包不安全，就又偷偷地转移出去，藏在崖顶的石缝里面……

1953年，陕西省来人征集革命文物，倪世莲才把这个保存了17年之久的粗布包献了出来。打开布包，所有物品完好无损，那颗方形铜质印章，莹莹闪光，神韵依旧。

威逼西安

六月十三，红军出山。

1935 年 7 月 13 日，即农历六月十三。这天，红二十五军以极其突然的行动，经由商县杨家斜、蓝田县石嘴子等地，北出终南山，威逼西安。

红二十五军突然出山，是一场精心谋划的行动。

红二十五军长期转战于山区，兵源、给养都遇到很多困难。为解决物资供应问题和扩充部队，也为了扩大红二十五军的政治影响，袁家沟口战斗后，红二十五军决定一鼓作气，乘胜前进。于是，向东进击，佯攻商县，企图调动敌人。然而，半年多来，敌各路"围剿"军不断和红二十五军交手，都已被打怕了，均不敢再贸然应战。为继续掌握主动，把敌人调出根据地，并相机歼灭敌人，补充兵力和物资，省委决定红二十五军走出终南山，再次转到外线行动。

这天，恰是焦岱、引驾回两地逢集之日，来自四面八方的农夫山民，提篮子的、挑担子的、推小车的，络绎不绝，潮水般拥向集镇。

红二十五军从商洛山中出来后，马不停蹄，早晨到达焦岱，午时赶到引驾回。当地群众目睹此景，奔走相告："红军出了终南山，一天赶了两个县的大集，咱老百姓开了眼了！"

红军主力到达引驾回时，集市还没完全散去。作为先头部队的手枪团，化装成各式打扮的赶集人，混在熙来攘往的人群里，神不知鬼不觉地把区公所、厘金局、烟赏局以及民团驻地，严密控制起来。

随后，大部队赶到，没费一枪一弹，就将数十名反动武装收拾得一干二净。民团头子倪性初，被手枪团当场捉住。烟赏局头子姬福堂的家产，以及"永顺成"等几户地主豪绅经营的商号，全被查封没收。那些安分守己、公买公卖的商户和小店铺，则受到保护，秋毫无犯。

菜市场上，聚集着好几百群众。部队将没收的粮食面粉、棉布绸缎、衣物家具，全都搬了过来。吴焕先等趁机向群众进行政治宣传，发动群众分粮分盐分衣物，动员青年参加红军。

被俘的陕军旅长唐嗣桐，这时也被押来游街示众，准备公审后处决。红军战士在他背上插了一块白纸招牌，上写：白军旅长唐嗣桐。

在集市的最显眼处，红军都贴上告示：

陕军的长官兄弟们，你们不要上老蒋的当！与工农红军作战，决没有你们的好下场。

红二十五军只在引驾回停留了大半天，当天晚上，全部人马沿着终南山脚下的小路，向西面的子午镇开去。

子午镇在终南山子午峪北口，是进出终南山的必经之地，那些奔走于西安、汉中、安康以至四川境内的商客脚夫，大都取道于此，多在镇上歇脚住宿。人多嘴杂，南来北往的奇闻趣事，常常在此不胫而走，广为流传。

红二十五军自从离开大别山，一直没能与党中央取得联系。长期困守商洛山中，消息极为闭塞，对时局变化、敌情动态和外界各种新闻，几无了解。因此，部队一到引驾回，吴焕先就叫政治部的几位"秀才"，注意收集各种报纸。这一站奔子午镇而来，除继续敲山震虎、向西安示威之外，还有一个重要目的，就是看看能否打探到中央红军和其他各地红军哪怕一鳞半爪的消息。

红二十五军出山三天来，又是打民团，又是镇压土豪劣绅、发动群众开仓济贫，还押着陕军旅长唐嗣桐游街示众，一连串出其不意的行动，极大震动了在老巢西安的西北军。很快，西安城南门戒严，城内人心惶惶。许多资本家闻风丧胆，纷纷收拾金银细软，准备东出潼关去跑反。

当时，从河北省撤退而来的东北军第五十一军于学忠部，正准备西进陕甘边界堵截长征北上的中央红军，获悉红二十五军这一举动后，不得不停下来，以应不测。深入陕南苏区的国民党"围剿"部队也被迫回撤，待命保卫西安。

1935年8月1日，《大公报》对红二十五军这一行动进行了报道：

徐海东于七月中旬率悍匪三千余众，由商县、雒南、镇安、柞水等县突围而去，是役追击徐匪之警备第一旅唐嗣桐旅有两团覆灭，唐旅长被俘，终以身殉。其后匪部即过蓝田，出雒南山口，窜长安县境之引驾回镇，另有一股由子午口窜出，两地距省城均四五十里之谱。

红二十五军进逼西安的行动造成了很大的影响。巧的是，到达哈达铺的中央红军（又称红军陕甘支队）也注意到了这个报道，从这里得到了红二十五军和陕北红军的消息，得知在陕北有一块相当大的革命根据地。据此，中共中央做出了北上陕甘与红二十五军、红二十六军会合的决定。时任中共中央总负责的张闻天写下了读报日记：

> 不论敌人怎样拼命，然而他们无法消灭，甚至防止苏维埃革命运动的发展。西北各省的苏维埃革命运动更是在大踏步的前进中……能够解决产生中国革命其根本矛盾的力量，只有中国共产党与它所领导的苏维埃政权。我们将踢掉这些障碍物，肃清自己前进的道路，为创造川陕甘新苏区而斗争！

红二十五军进逼西安的作战行动，调动了敌人，彻底打破了敌人的第二次"围剿"，宣告了蒋介石3个月消灭红二十五军计划的破产。这一行动，也为红二十五军后来的西征北上创造了契机。

第四篇

胜利会师

1935年7月，红二十五军离开鄂豫陕革命根据地，西征北上，克服千难万险，到达陕西永坪镇，与陕甘红军胜利会师，成为红军长征中第一支到达陕北的队伍，帮助中央红军打开了通往陕北的途径，为迎接中共中央和中央红军的到来创造了条件。

《大公报》披露的重要信息

1935 年 7 月中旬，红二十五军进逼西安那几天，徐海东带着军手枪团，来到距西安 20 公里左右的引驾回。

据说，这个"引驾回"，又名"接驾回"，是从前皇帝出巡回来，京都文武百官等候迎驾的地方。

徐海东一向喜欢打听这类历史传闻，如今满脑子想的都是西安敌军的动向，也就没去多问当年那些人是怎么"接驾"的了。他带着这支先头部队，占领了镇上敌人一个区公所。

很快，手枪团团长杜本润就向他报告说，捉到一个区长。

"押进来，我问问他。"

徐海东在区公所一张桌前坐下，抬眼一看，墙上还挂着电话机。他拿起话筒听听，里面传出嗡嗡嗡的声音，想必线路还通着哩。

这时团长杜本润把那区长押了进来。那家伙手里捏着一顶礼帽，一进门，就点头哈腰，连连向徐海东行礼。

徐海东问了他几句，掏不出什么军情，便指着电话机说："你打个电话给西安，就说红军到了引驾回，要他们出来接驾。"

"不敢，不敢！"那区长连连摆手，急红了脸。

杜本润理解首长的用意，就说："让你打电话，你就快打嘛！"

"不敢，不敢！"区长头摇得更快了。

徐海东眼一瞪，手一挥，拍着桌子，吼道："快打！给于学忠打电话！"

此时，徐海东想的是利用区长报急，把西安的敌人调出一部分，半路打他个埋伏。

区长无奈，拿起电话打给了西安城防司令部，大声呼叫："红军到了引驾回……快派兵来！"

没想到对方的回答却是："于学忠、毛炳文的队伍都向西开了，无兵可派了。"

徐海东反复琢磨着这个回答里的意思，很快就理出头绪来：于学忠、毛炳文两个军都向西开，很可能是那边发现了红军。如果真有红军，那又是哪一路呢？

他正想要接着打探这一情况，一个参谋找来了一份《大公报》。这天的报上登着这样一条消息：

松潘西南连日有激战，共军一、四方面军正向松潘方向流窜……

看到这句话，徐海东高兴得一拍大腿："有了！"

很快，吴焕先和郭述申就都看到了这份报纸。他们连忙奔到程子华的住处，喜出望外地喊道："军长，最大的好消息！中央红军和红四方面军已在四川西部会师，看情况有北上动向！"

"真的？快让我看看……"程子华忙从担架上坐了起来。他那双被枪弹打穿的手，动不动就感染化脓，用纱布缠得严严实实，像两个弹花槌似的吊在脖颈上。眼下，就连握一张报纸，都无法做到。

吴焕先将报纸摊开在程子华面前，把那条消息指给他看。多么难得而又振奋人心的消息啊！程子华激动万分："已经三天啦，我们不可在此久留，得尽快决定下一步的行动。"

吴焕先神色凝重："情况总是若明若暗的，实在难办！自从撤离鄂豫皖以后，已经七八个月了，我们一次也没有接到过中央的指示……"

5个月前，在陕南的华阳地区，就曾听到消息说，徐向前率领红四方面军发动了陕南战役，队伍已经越过大巴山。为配合红四方面军行动，徐海东率领先头部队到了城固县小河口附近，却得知红四方面军已从陕南折回四川北部去了。1个多月前，他们还试图与红四方面军和川陕革命根据地建立交通联系，吴焕先还为此专门给红四方面军的领导写了一封密信，最后，信没能送到，联系行动再次失败……

吴焕先越想越感慨："孤军奋战的红二十五军哪，就像一只断了线的风筝，稍有不慎，遭遇一场狂风暴雨，就会栽跟头……"

程子华的内心也潮水般翻腾着："作为一军之长，一路行军转战，长途跋涉，却只能躺在担架上。唉！即便做个参谋长，也只能动动嘴巴，无法亲自动手……"

此时，盼星星盼月亮、盼着党中央指示的红二十五军的两位领导人，无论如何也不会想到，一位化名为"石先生"的党的地下交通员，带着几份中央文件，一路星夜兼程，已经来到了子午镇……

『石先生』送来党中央的信

1935 年 7 月 15 日，一位打扮像香客又像郎中的陌生人，突然出现在子午镇街头。

这位陌生人不顾一路风尘仆仆，径直找到了红二十五军的临时驻地。

"政委，你看是谁来了！"军政治部的程坦、刘华清，领着客人走进屋来。

吴焕先一见来人，万分惊喜，不由"啊"了一声，扑上前去，抓着对方的肩膀直摇晃："石健民！哈哈，看你这么一副先生打扮，是哪一门子'先生'哪？快说快说，是什么风把你给刮来了、刮来了呀！"

"热风，盛夏时节的热风！"交通员石健民看到老领导，也十分开心，咧着嘴巴直笑。

"健民同志，我们又在这里见面

喽！"程子华欣喜万分地过来打招呼。

石健民迎上前，伸出手正要跟程子华相握，不由吃了一惊："子华同志，你的手……受伤了？"

程子华下意识地笑了笑说："打仗负伤，也是兵家常事……"

"咦？你怎么也认识他？"吴焕先又问刘华清。

十八九岁的刘华清，一张圆乎乎的脸盘儿，还带着几分稚气和腼腆。他满面绯红地回答："早就认识哩！两年前我们都在鄂东北游击总司令部工作，他那会儿是参谋主任。"

"唔，是位三同志的军事顾问哪！嘿嘿，都是老相识了，难得难得，赶快坐……"吴焕先忙张罗起来。

石健民的到来对红二十五军如同久旱逢甘霖，吴焕先又高兴又激动。已经七八个月没有得到过中央的指示，在商洛山区转战，外面发生了什么事都不知道，简直成了聋子、瞎子。现在，见到了党的交通员，似乎一下子看到了胜利的曙光。这一切来得实在太突然了，简直像在做梦！

程子华受伤后，生活不能自理，一直躺在担架上随军行动，身体很虚弱，心情也比较郁闷。他虽然言语不多，但对石健民的到来，同样是感到由衷的高兴，急着想听听来自中央的消息。

石健民刚一坐下，就脱掉了那双看起来明显不大可脚的鞋子，神秘地笑着说："我带来的货物，就缝在鞋子里面。呵呵，切莫见笑……"

他边说边从肩头取下一把半新不旧的油纸伞，递给吴焕先说："伞把子里面，还有两份密码呢！"

吴焕先喜出望外，笑着说："此地农民有句俗话，'人到着急时，总有个出奇处'，你呀，这一回来得太及时了、太巧了！我们就像一群没娘的孩子，这回可有了盼头！"

"天气炎热，就怕远水解不了近渴哦！"石健民风趣地笑着，讲起了他寻找红二十五军的经过。

这个原鄂豫皖省委的老交通员，从上海出发，历尽艰险，追随着红二十五军的转战路线，先是赶到西安，试图进入商洛山中，与红二十五军建立交通联系。恰在这个时候，又听说红二十五军出了终南山，向省城西安周边去了。于是，他马上果断行动，冒着极大危险从敌军的老巢里奔了出来，一路打探，终于找到了红二十五军。

可惜的是，石健民带来的中央文件，全都是 4 月间发出的，其间不论是中央红军还是红二十五军，情况都发生了极大变化。1935年 1 月，中央政治局在长征途中召开了具有历史意义的遵义会议，结束了王明"左"倾教条主义在党内的错误领导，事实上确立了毛泽东在党中央和红军的领导地位。6 月中旬，党中央和中央红军历经艰辛，到达四川西部的懋功地区，与红四方面军会师。这些情况的确切消息红二十五军都无从获悉。

石健民随身还带有甲乙两组密码呼号，可红二十五军的电信器材残缺不全，根本无法与党中央取得联系。他们在俘虏中找到了一个报务员，使用新拿到的密码，呼叫了中央电台两次，都未接到回答。

"唉，活捉了一个唐嗣桐，却没有缴获一部好电台！"吴焕先苦于没有电台联络，不禁发出感叹。

先前，吴焕先多次讲，"消灭敌人一个团，不如弄个无线电"。眼下的情况，又一次验证了他的话。

即使如此，石健民的到来仍然十分难得。他在外界所了解到的敌军正在向川、陕、甘边调动集结的情况，加上红二十五军从各种报纸上获悉的消息，完全证实了中央红军与红四方面军已在川西会合，并继续北上的动向。这对于红二十五军来说，真是雪中送炭！

吴焕先情绪高涨地对程子华说："好呀好呀，两支主力红军已经会合，我们陕南陕北两支红军队伍，也完全可以携起手来，集成一股力量，打开新的斗争局面！"

在场的所有人都是那么高兴、那么振奋、那么迫不及待、那么跃跃欲试！

吴焕先当机立断："海东同志带领的先头部队，今晚扎在丰峪口。咱们马上也赶到丰峪口去，召集省委成员开个会，研究下一步的行动计划！"

"好，说走就走！"程子华兴奋地说。

吴焕先不由一笑："你呀，还是坐上担架……"

程子华似乎忘了伤痛："难得今晚月色很好，走走也好……"

当天晚上，石健民不顾远途劳顿，与两位军领导一起赶到了丰峪口。

继续北上

1935 年 7 月 15 日，吴焕先、程子华和石健民一行连夜赶到长安县丰峪口。省委常委顾不上休息，立即召开了紧急会议。

根据石健民带来的确切消息，省委通观全局分析了形势，达成了统一认识：配合主力红军北上行动，是当前红二十五军最为紧迫的战斗任务。

会议决定，红二十五军主力立即北上，到陕北同红二十六军会合，集中成一个大的力量，有力地去消灭敌人，以便"配合主力红军在西北的行动，迅速创造西北新的伟大的巩固的革命根据地"，"创造新的伟大红军"。

会议还决定合并鄂陕、豫陕两特委，组成鄂豫陕特委，由郑位三和陈先瑞等人负责领导留下的武装力量，继续坚持鄂豫陕革命根据地的斗争。

省委会西征北上的决定让部队群情激奋、热血沸腾。吴焕先一只手挥动着，宣誓般庄严地说："我们一定要以实际行动去迎接党中央！"

伤情痊愈的徐海东虎威重现，握着拳头说："即使我们这3000多人都牺牲了，也要把党中央和红一、红四方面军迎接过来！"

7月16日，红二十五军主力即从丰峪口出发，沿秦岭北麓，冒雨向汉中方向挺进。

这支由大别山转战而来的劲旅，告别千辛万苦建立起来的鄂豫陕革命根据地，满怀着会见党中央的热切期盼，又一次踏上了新的征途。红二十五军的长征，由此掀开新的一页。

"健民同志，你也得随军行动，辛苦上一程。走，一块儿出发！"吴焕先把石健民紧紧带在身边，并肩向前走去。

这一对来自倒水河边、屋宅相距只有三四公里的同乡，在大别山同甘共苦的革命同志，而今又肩并肩地走在同一条道上。

吴焕先不无感慨地对石健民说："已经七八个月了，我们一次也没有接到过党中央的文件、得到过党中央的指示。不瞒你讲……唔，有一次，部队从商洛山里的竹林关路过……那地方是个花鼓戏窝子，那里的花鼓戏是早年间从湖北流传过来的。当时，有不少湖北战士，都想听听家乡的花鼓戏，我们就请了两个老艺人，唱了那么几段，记得有这样两句，'流浪的孩儿想爹娘，阴处的野草盼阳光'。不知战士们当时有何感想，我听了呀，心里实在不是滋味儿。我们这支远离家乡的红军队伍，简直就像一群没爹没娘的孩子。那时我就想补上这样两句，'孤军奋战的红二十五军，渴望着引路的党中央'，可是……"

吴焕先停顿了一下，接着说："可是，我这个军政委、党的代表，只能把这两句词儿埋在心里。如果让这样的词儿在部队中唱起来，说不定会动摇军心、影响士气呢！我想，总有那么一天，我们会见到中央领导同志，再把这几句词儿从心里掏出来，唱给党中央……"

"焕先同志，你就放心好了。我是党的交通员，有责任把红二十五军的艰难处境向中央报告！"石健民比吴焕先年长两岁，他以兄长般的语气安慰对方。

吴焕先马上接话："机不可失呢！我应当给中央写出书面报告，请求中央审查我们的一切做法，并给以明确指示！"

过了一会儿，吴焕先又说："唉，眼下有许多工作要做，实在顾不上，你得跟随部队走上两天……"

7月17日，红二十五军到达周至县境内。

当时，陕西各个敌军司令部，都认为红二十五军的目的是渡过渭水与北方的刘志丹会合。因此，敌人的主要兵力都部署在西安至宝鸡的渭河两岸，形成一道严密的封锁线。

17日和21日，红二十五军两次打退陕军骑兵，毙伤敌人一部。敌第五十一军第一一三师又紧追而来，先头部队距红军只有15公里左右。为摆脱敌人纠缠，红二十五军向南由辛口子进入秦岭山中。

17日晚，在周至县店子头附近的一座古庙里，吴焕先借着一盏微弱的灯光，向党中央写了一份《关于红二十五军的行动、个别策略及省委工作情况的报告》。他就红二十五军的作战行动、有关斗争策略以及省委工作中的进步和缺点，实事求是地做了反映。

报告长达8000余字，末尾落笔："七月十七日夜，下三点半。"

第二天，吴焕先把报告连同省委关于创建鄂豫陕革命根据地的几份决议案，都交由石健民带到中央。

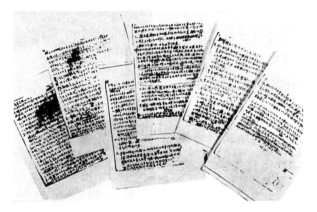

1935年7月17日，红二十五军政委吴焕先写给中共中央的报告，记述了红二十五军有关战斗情况

临别之际，吴焕先依依不舍地嘱咐："健民同志，敌情已很严重，我也不能把你老拖在身边，现在就打发你启程……一路上要多加小心，保重！"

石健民望着吴焕先那双熬得通红的眼睛，含着泪花道别："焕先同志，只要我还活着，就一定把你们的心愿准时报给中央！"

"好，好。"吴焕先微笑着回答，不知不觉已泪湿眼眶。

石健民在手枪团的护送下，沿着一条坎坷的小路，匆匆出发远去……

红二十五军为隐藏行动意图、迷惑敌人，进入秦岭之后，紧接着又翻越太白山。这正是红四方面军当年进入四川走过的一条老路。

西安的许多报纸不明红军行动意图，纷纷猜测起来："随红四方面军远征到四川的红军战斗员的子弟，要进入四川与他们的父兄会见……"

附记

抗日战争初期，石健民曾两次到过陕北。1939年，他在新四军工作期间，护送张云逸的爱人及其儿子前往安徽庐江县，途中不幸被敌人逮捕。不久，在立煌县（今金寨县）英勇就义。

"石先生"，这个当时鲜为人知的党的地下交通员，在那艰苦卓绝的战争岁月里，不仅是党中央联结红二十五军的一条纽带，而且在红二十五军先后两次实行战略转移的关键时刻，都起到极为重要的作用。今天，在中共鄂豫皖、鄂豫陕省委写给中共中央、中央军委的有关历史文献中，仍可看到"石健民""石同志""石先生"之类的记载。历史忠实地记录下了这位忠心耿耿的党的交通员的革命足迹。

迎接党中央

红二十五军这次踏上征途，将士们的情绪和离开大别山的时候大不一样。那时为了"打远游击"，边走边寻找落脚点，大家普遍比较迷茫。如今目的十分明确：迎接党中央，与主力红军会合！人人感到胜利在望，浑身充满力量。

出发前，红二十五军向全军提出了一个响亮的口号："积极前进，迎接党中央，迎接一、四方面军。"

上路后，战士们纷纷打听：

"党中央到了哪里？"

"毛主席也来了吗？"

"咱们什么时候能见到兄弟部队？"

吴焕先等军领导，更想念党中央、盼望毛主席。他们现在到了什么地方，哪一天能会面，军领导和大家一样，心里都没数，只好不停地向大家说："过几天就会见到毛主席了。"

将士们听说就要见到毛主席了，情绪空前高涨。不少人的脚底板上常年大泡加小泡，但都大步流星往前走，越走越有劲，谁都不愿掉队。有的人鞋子破了，干脆赤着脚走。部队一会儿翻山，一会儿过河，草鞋湿了又干，干了又湿。天气炎热，毒辣辣的太阳像在喷火，每个人的衣服上，都叠印出一圈圈地图般的白色汗渍。

部队出山那几天，扩充了 800 多名新兵，搞到了很多粮食，继续行动有了不错的条件，部队便连日向西挺进。

7 月 27 日，红二十五军抵达留坝县的江口镇。连续 10 多天的行军作战，部队十分疲劳，决定在此休整两天，进行西征北上的思想动员和物资准备工作。

吴焕先挨个团召开会议，对指战员进行政治动员，提出了"迎接党中央"和"迎接主力红军"的战斗口号。

全军指战员情绪饱满，从交通队（警卫连）、政治保卫队、少年宣传队、补充学兵连、随军野战医院，以及后勤供给部的挑夫队、担架队、骡马大队、军械修理所、被服工厂，到手枪团和两个步兵团的每个连队，到处都是奋发激昂的口号声：

"配合两大主力红军北上行动！"

"迎接朱毛红军北上陕甘！"

"欢迎红军总司令朱德同志！"

这两天，红二十五军对部队再次进行了整编，将跟随主力部队一起行动的第四路游击师约 280 人分别编入作战部队。从此，这支来自山阳县袁家沟口"万户蜂"的子弟兵，就正式编入了红二十五军的序列之中。

红二十五军政治部书写的宣传标语

此时，华阳游击队也获悉了红二十五军的动向，他们奋力冲破民团的重重追堵，连续行军三天三夜，及时追赶上了主力部队。在江口镇，这支威震一时的"特务营"就地加入红二十五军，跟着大部队一起去迎接党中央和中央红军。

至此，红二十五军总兵力达到近4000人。

吴焕先还利用休整时机，以省委的名义亲笔写了两封指示信，送给留在陕南的郑位三、陈先瑞等人。信中，除了叙述当前斗争形势和红二十五军西进陕甘的战略任务，着重就坚持和发展鄂豫陕边的游击战争、巩固这块新创建的革命根据地问题，做了具体指示。在此关键时刻，红二十五军并没有轻易放弃这块千辛万苦建立起来的革命根据地，万分珍惜这来之不易的红色政权。

7月31日，西安绥靖公署向所属军、师、旅、团发出一份密电，其中写道：

> 徐海东股匪主力已窜至留坝、佛坪间之江口镇、黄柏楼、二郎坝附近，有进犯汉中或向凤县、天水一带窜扰，以牵制我军，策应朱、毛及徐向前各股之势……
>
> 本部为预防朱、毛、徐等股侵入陇南或汉中方面时，得以全力迎击起见，决于朱、毛、徐股匪未侵入陕甘地境之前，以最大努力，于最短时间，先将徐海东股粉碎而歼灭之，以除后患。倘匪万一向东回窜或北窜时，则派队穷追，不灭不止。并派有力部队于陕甘边境及汉水流域各地严防固守。对于商洛一带，则划区搜剿，以清散匪……

敌电令所部东自商洛山中，西至陕甘边境，南到汉江两岸，北连渭水沿线，实行围追堵截，企图从四面八方布下天罗地网，置红二十五军于死地。

然而，就在8月1日这天，红二十五军二二三团一营以迅雷不及掩耳之势，轻装奔袭10公里，攻占了川陕公路要地双石铺，一举歼灭胡宗南部4个连。

当天傍晚，一营三连设在双石铺东北数公里处的警戒排哨，又截得一顶滑竿。滑竿上坐着一个衣冠楚楚的家伙。此人中等身材，白白胖胖，身着白绸大褂，头戴凉帽，手中摇着一把蒲扇，外表不像军人，腰间却佩着一柄短剑，上刻蒋介石题的"不成功则成仁"几个字。此人见红军战士拦截盘问，以为是地方民团，就挥着扇子大声喊道："弟兄们，请不要误会，请不要误会，都是自家人嘛……"

　　三连一位排长张天云感觉此人大有来头，马上就派了一班战士，将其押送到双石铺。

　　徐海东亲自审问了他。原来此人竟是敌军的一位少将参议，他供出：红军一、四方面军会师之后，先头部队已经到达松潘地区，且继续向陕甘边境前进。

　　这个消息让徐海东很是兴奋。为了进一步确认口供真假，他吩咐大家仔细翻检双石铺缴获的文件、报纸，从中找寻"朱毛红军"和"徐向前"等人的名字，进一步分析中央红军的确切动向。有人还真的从一堆《大公报》里，找到了相关报道。

　　7月16日有报道："松潘西南连日有激战……"

　　7月22日，又有报道："朱、毛部已越过六千公尺的巴朗山，向北进行……似有窥甘青交界之洮州、岷县、西固等处……"

　　看着报纸上的这几句话，又结合俘虏的口供，徐海东判断，红军两大主力正在北上。他兴奋极了，连声大叫："好！好！"让人赶紧把报纸送给政委、军长看。

　　看到这消息，吴焕先和程子华自然是十分高兴、大为振奋！

　　日思夜想的党中央、急切盼望的两大主力红军就要过来了，这是多么难得而又鼓舞人心的消息啊！

　　在双石铺，吴焕先又一次主持召开省委紧急会议。会上，他代表省委坚决果断地做出新的战略决定，铿锵有力地对大家说："现在，我们红二十五军的战略行动，就是要千方百计牵制敌人，拖住陕甘边敌人的行动，策应两大主力红军顺利北上。到了紧急关头，我们也没有什么可犹豫、可观望的，应当以我们的作战行动，尽快把敌人吸引到我们身边，减轻主力红军的压力。现在就得这样行动！"

　　程子华、徐海东等人以热烈的掌声表示赞同。

当晚，红二十五军全体将士枕戈待旦，天刚亮便起身，精神抖擞地向甘肃天水方向进发……

北渡渭河

8月3日，吴焕先派手枪团和军部交通队一部，化装潜入两当县城，配合先头部队攻占了该城，俘虏国民党保安队数十人。

这是红二十五军进入甘肃攻占的第一座县城。部队随即开仓放粮，发动群众，镇压反动官吏，张贴标语，然后离开两当县城，翻越麦积山，直逼天水。

9日晚，徐海东带领二二三团二营，攻占天水县城北关，歼敌一部，缴获大批军用物资。

红二十五军的行动，使前方的敌人非常惊恐，急调在武山、甘谷一带防堵中央红军的第三军第十二师一部回援。渭河北岸的国民党军第五十一军第一一四师，亦有进抵天水增防的征兆。

随时可能处于敌人夹击之中，天水

红二十五军遗留在两当的衣箱　　　　红二十五军遗留在两当的铜吊壶

附近难以立足，红二十五军决定转向西边的新阳镇一带，计划从这里北渡渭河。

8月11日，红二十五军兵临渭河岸边。

浑浊而湍急的渭河水，沿陇山峪峡谷由西向东奔流而下。天公作美，当天，没有暴雨，也没有山洪冲下。吴焕先派人先下去试探水情，发现最深处只淹到人的肩头。此时，后面尾追之敌未到，对岸也无敌兵防堵，部队决定抓紧时间于当日渡河。

当时，全军只搞到一只小木船，每次只能上去二三十人。军领导要求，女同志和伤病员乘船摆渡，其余人员涉水而过。过河时，战士们有的骑着牲口，有的拽着牲口尾巴，有的手牵手，从河中洇渡而过。有些连队在河面上拉了几条绳索，战士们把枪支弹药顶在头上，牵绳而过；一些年长体弱者，也拉着绳子过去。就这样，全军4000多人马，只用了半天时间，就顺利地渡过了渭河。

特别难得的是，红二十五军过渭河的部分场景，被定格在了一架照相机的镜头中。

拍照的是两个找上门来的照相师傅。他们是叔侄俩，当时因为生意不太景气，他们在双石铺找到了红二十五军，要给红军照相。军参谋长戴季英决定将他们收留下来，随同军部一同行动，条件是管吃

红二十五军部分指战员在两当的合影（前排左起为吴焕先、郭述申、徐海东、戴季英、赵凌波）

住，照相开给工钱，所需成本另计。这两位师傅一直跟到了陕北，沿途拍下了多幅珍贵的历史画面。在两当，他们拍下了一幅吴焕先、徐海东、郭述申、戴季英、赵凌波与詹大南等警卫人员的合影，这张照片后来被收入了《斯诺眼中的中国》一书。他们还拍下了一幅"七仙女"乘坐木船渡河的照片，后来被陈列在中国人民革命军事博物馆，画面中的人物表情至今依稀可辨……

北过渭河，这是红二十五军出奇制胜的行动。过了渭河，红二十五军完全掌握了主动权，既可以乘机转入陕北，与陕甘红军会师，又可以扼住西（安）兰（州）公路，策应主力红军的北上行动，可谓一箭双雕。

吴焕先意味深长地说："过了渭河，我们就像一枚过了河的卒子啦，只能朝前进攻，不能往后退了！"

过渭河之后，吴焕先、徐海东开始考虑下一步的行动方案。

红二十五军北渡渭河

徐海东说："如果能在这里接到中央红军，那是上策；接不到中央红军，进陕北，去与刘志丹会合，是中策；返回陕南，就是下策！"

"回陕南，为什么是下策？"吴焕先问。

"渭河是个大害！"徐海东说，"背水作战，总是不利的。太平天国石达开在大渡河兵败，就是吃了背水作战的亏！"

吴焕先听了，连连点头："这个教训必须汲取！"

渡过渭河后，红军很快进占秦安县城。

12日，部队继续向甘肃纵深前进，14日逼近静宁县城，截断横贯陕甘两省的交通大动脉西兰公路。红二十五军一连串电闪雷鸣般的行动，打乱了敌人的部署，减轻了中央红军的正面压力，很好地策应、配合了中央红军的行动。

红军和回民是一家人

　　1935 年 8 月 15 日，红二十五军进入静宁县城以北的单家集、兴隆镇等地，做短暂休整。

　　兴隆镇，在静宁县城以北 25 公里的葫芦河谷，是回族群众聚居区。由于历代反动统治阶级的残酷压迫，加之反动军阀军队的屠杀掠夺，民族纠纷时有发生，回汉之间隔阂很深。同时，长期受国民党反动派的毒化宣传，当地官民反共思想相当严重。

　　"我们就要到兴隆镇了，这一带是回民区。"吴焕先找徐海东商量说，"我想应该特别强调做好群众工作。"

　　徐海东连连点头。他听说过回民的一些风俗习惯，不但不吃猪肉，在回民面前，连"猪"字都不准提及，就说："过去我们有过不许吃鸡的不成文规定，现在必须改一下，就是不准在回民地区吃大荤，也绝对不准把剩余的大荤食物，偷偷摸摸带入回民地区。哪个违反纪律，罚！"

吴焕先说："回民的风俗习惯，不光是不吃猪肉的问题，这个民族很讲究卫生，信仰很虔诚，他们的清真寺不准外人进去，也不许女人进去。回民性格强悍，对红军戒备心也很重，我们一定要以实际行动，感化教育群众。"

徐海东听吴焕先这么讲，就建议搞几条规定。

吴焕先回应："郑位三同志以前爱说'兵马未动，政策先行'。我建议这次到了镇里，咱们开个会，讨论讨论怎么搞好回民工作。"

还没进镇，走在先头队伍里的徐海东，就按照和吴焕先预先商量的内容，发出一道口令："不准进驻清真寺，不准讲带'猪'字眼的话，更不准吃猪肉。"

行进路上，队伍每天都会收到军部的口令，听到今天的口令，好多战士又纳闷又觉得好笑，议论纷纷：

"这又是哪个胡参谋的主意哟，为什么不让吃猪肉？"

"稀奇，稀奇，真稀奇呀！"

议论归议论，大家心里都清楚，军令如山，谁都不敢违反。部队在进入回民区之前，自觉地清理掉一些剩余的猪肉猪油，还把带有荤腥油味的炊具冲洗干净。

15日下午，部队相继进入兴隆镇。这个数百户人家的陇原小镇，中间是一条狭斜的小街，两旁的土屋瓦房栉比相邻，有不少是商店小铺。然而，街面上冷冷清清，少见人影。商店大都关门闭窗，一副残破萧条的样子。南面街头上，有一座很大的清真寺，门前也是冷冷落落，行人稀少。不用说，这"空城计"是红军进来后出现的光景。

为争取回族群众信任，吴焕先在动员大会上宣布了"三大禁令、四项注意"：禁止驻扎清真寺，禁止打回族中的土豪，禁止在回民家中吃大荤；严格要求部队注意尊重回族人民的风俗习惯，注意用回民水桶在井里打水，注意回避青年妇女，注意实行公买公卖，不准在回民面前说"猪"骂"猪"等。

先头进入兴隆镇的宣传队，连夜在清真寺门前和街道两旁贴上了各种传单、标语：

"尊重伊斯兰教的信仰习惯！"

"红军和回民是一家人！"

"回汉人民团结起来，打倒卖国贼头子蒋介石！"

红军大部队开入镇内，许多没有外出跑反的男女老少，都躲在自家屋里，扒着门窗缝朝外张望，好奇地窥探这支远道而来的队伍。

他们看到，这支红军队伍大都是些身强力壮的年轻人，还有为数不少的娃娃兵，个个生龙活虎，人人喜笑颜开。街面上，一杆杆红旗迎风飘扬，还不时传来阵阵歌声。

当天下午，吴焕先就派刘华清带领政工干部，把清真寺的阿訇以及颇有名望的绅士，邀请到军部驻地做客。吴焕先按照当地回族的礼俗，特意让供给部购买了一些名为"三炮台"的盖碗茶具，亲自在每个茶碗里泡上冰糖，表示红军怀有冰糖一般洁白透明的心，真心实意地接待他们。

座谈会上，吴焕先发现这些请上门的来客，有的愁眉苦脸，有的坐立不安，有的长吁短叹，大都心怀顾虑，就开门见山地讲道："我军进兴隆镇，一不向你们催粮草，二不向你们派捐款，三不拉你们的民夫壮丁。大家都不要担心害怕，红军是工农群众的队伍，决不会骚扰老百姓。我们也不会在此久驻，稍作休整之后，很快就走！"

随后，他又讲了共产党的抗日救国主张和红军的政策纪律，特别

单家集清真寺

提到"三大禁令、四项注意",说:"我们红军说到做到,不放空炮。如有疏忽不到之处,还请各位实行监督。"

客人们听了吴焕先这番话,特别是得知红军为团结回民群众还专门制定了如此严格的政策规定,逐渐打消了顾虑,露出了笑容。

第二天,吴焕先、程子华、徐海东等军领导特地到清真寺去拜访,并赠送了绣着"德高望重"四个大字的锦缎匾额,还用12张桌子抬过去6个大元宝、6头肥羊,表达红军对回族人民的尊重。

阿訇们又惊又喜,连忙向吴焕先鞠躬。几位胡须花白的长者,捋着胡子,不禁称赞:"从清朝到民国,我们的胡子都白了,还是头一回见到这样的仁义之师!"

过后,清真寺的阿訇、地方乡绅和回民群众来军部回拜,他们送来了一群染成红颜色的大肥羊,并向军部献了一面锦旗,上写"仁义之师",表明回族人民对红军的信任和慰问。

红军将"三大禁令、四项注意"的布告贴上兴隆镇的街头后,看了这些布告,多名回族青年报名参加了红军。其中一个十七八岁、名叫马青年的回族小伙儿，参加红军以后，就分在军政治部宣传科，从事群众工作。

看到红军这么友善且纪律严明，群众纷纷走出家门，镇上几十家大大小小的铺子，全部开门营业，街道上人来人往，热闹如常。许多逃跑在外的青壮年，这时也都牵着牲口、赶着羊，陆陆续续返回家园。有不少地主乡绅，看了"三大禁令、四项注意"，疑虑顿消，箪食壶浆以迎红军。一时间，偏僻而又闭塞的兴隆镇，呈现出一幅前所未有的兴隆景象。

部队严格执行群众纪律，普遍开展群众工作，不少战士走进老乡家里，帮助挑水、扫院、除草等，把个小镇打扫得干干净净。

军医院院长钱信忠和几名女护士走进一家中药铺，恰好看到有个肚子鼓得像西瓜似的回民老乡，骑着毛驴赶来抓药。当得知钱信忠是位红军"医官"，药铺掌柜就叨唠了几句，说这病人也不知抓过多少药，半年多了，都不见好转。钱信忠听后当即为其诊断，原来是个腹

在兴隆镇，红二十五军留下锦旗"回汉兄弟亲如一家"

胀病患者，肚子里鼓着水呢！当下就叫患者躺在一条长凳上，让护士协助按着他的肚皮扎了两个针管。在针管的吸抽下，一股又一股带着臭味的液体，源源不断地被吸了出来。约莫一顿饭的工夫，患者的肚皮就渐渐塌了下去，脸上慢慢有了血色。

这么一件手到擒来的平常事儿，却在镇上引起了很大震动。许多人闻讯赶来，带着一种惊异的目光，把红军"医官"看了又看，瞧了又瞧，久久围着，不肯散去。

"真是神医！神医！"他们啧啧称赞。

第三天，红二十五军就离开了兴隆镇。临走时，镇上的男女老幼齐集街头，并在路边摆了香案，堆着点心油果，敲锣打鼓，鸣放鞭炮，依依不舍地为红军送行。马青年等回族新战士走在队伍里面，与父老乡亲们挥手告别。他们随同军政治部一起行军，负责沿途回民地区的联络工作，向群众宣传红军政策，扩大红军影响。

一路上，红军所到之地，"红军好"的消息不胫而走，很快传遍了陇东高原……

1 个多月后，1935 年 10 月，毛泽东率中央红军路过单家集，回族群众举行了隆重的欢迎仪式。毛泽东与阿訇马德海长谈后，方知红二十五军早前经过，为红军赢得了"仁义之师"的美名，不禁十分感动。后来，在陕北见到徐海东、程子华时，毛泽东特意表扬红二十五军路过兴隆镇时所做的工作，称赞他们政策水平高，民族政策执行得好。

马鸿宾领教娃娃兵的厉害

1935 年 8 月 17 日，红二十五军从兴隆镇出发，沿西兰公路东进，攻克隆德县城，歼守敌 1 个营大部，并活捉伪县长、保安团团长等人，缴获大批物资。

此时，敌第六师十七旅由兰州分乘 70 多辆汽车，沿公路向东驰援，中途遭到红军伏击，不能前进。为得到中央红军的消息，红二十五军还派人截获了当地一辆邮车。

黄昏时分，红二十五军继续前进，连夜翻过六盘山，进逼平凉县城。

18 日，进至瓦亭附近时，与固原赶来的堵截之敌军第三十五师一部不期而遇。经过激战，将敌人击退，并相继占领瓦亭、三关口、蒿店等地。

第二天，红二十五军直逼平凉城下，部队大都集结在平凉以西 15 公里的安国镇，就地休息待命。

徐海东审问过两个俘虏，得知平凉守敌为第三十五师一〇四旅。第三十五师原属于马鸿逵部，参加过对鄂豫皖苏区的第四次"围剿"。1933年3月4日，重建后的红二十五军首战告捷，将敌第三十五师一〇三旅二〇五团、一〇四旅二〇七团，全部歼灭于郭家河，毙伤俘敌官兵2000余名。亲自参加指挥郭家河战斗的吴焕先和徐海东，对于这两个团的覆灭经过记忆深刻。后来，这支敌军番号几经变动，现在的具体情况他们并不十分清楚。

吴焕先和程子华、徐海东研究后决定，不去围攻平凉，不跟这支敌军较量。

徐海东分析："马鸿宾守在平凉城内，正在四处调兵增援，我们不宜在这儿停留，还是争取时间开拔，早日实现我们的战略意图。"

吴焕先风趣地说："这个手下败将，真是忘恩负义，不够意思！当初，郭家河战斗后，我们释放了他们全部俘虏，还散发了好几百块现大洋……现在，又堵在我们面前，一点面子都不给。那个一〇四旅嘛，让他们守他们的城，我们行我们的军，井水不犯河水。冤家相遇，咱们赏他一点面子，绕道而过。"

程子华接话："我看，不如把那几个俘虏放回平凉城去，好给马鸿宾捎个口信，让他放老实一些！"

"对，叫他不要忘了郭家河的失败下场！"徐海东补充。

吴焕先表示赞同："好，就这么办！"

马鸿宾从被红军放回的俘虏口中得知，红军大多身体瘦弱，且多是尚未成年的娃娃兵，加之其赶去增援的骑兵一下子冲过了三关口，并未受到红军有力阻拦，于是对红军的战斗力产生了错误估计，认为红军力量不强，可以战胜。除此之外，他还错误地判断瓦亭战败是部下怯敌怕战的结果。于是，马鸿宾命令马应图立即率部尾追红军，他自己则带着20多名随从，坐着一辆"万国牌"大汽车前往督战。

在下达命令时，他不无骄狂地对部下说："你们是天上的老鹰，红军是地上跑的小兔子，好抓着哩！"

这时，正在四十里铺休整的红军，得知敌军追踪而来，遂报告给吴焕先和徐海东。二人闻讯，都坚定地说："这个马鸿宾果然不给面子，那就打吧！打痛他，再给他吃一顿教训！"

按照他们的部署，指战员们立即行进至马莲铺东面设好伏击圈，从公路右侧占领南山打虎沟高地，并派出一部分轻机枪兵进占打虎沟山上的一座小庙。进至白水镇的红二十五军前卫部队，也迅速返回打虎沟参加战斗。

8月20日傍晚，天正落雨，马应图部进至距马莲铺两三公里的一个小村庄后，即下令攻击占领马莲铺西南山头的红军，结果没开几炮，就被红军打了个落花流水。

1935年8月20日，《大公报》关于红二十五军进军陇南的报道

马应图随即又令部队向红军正面仰攻，红军居高临下一阵猛打，他们根本无法前进。无奈之下，马应图只好抽出两个连兵力，企图从打虎沟西面上山，攻占山上小庙，继而从高处压迫红军左侧翼。哪知他们刚爬到小庙附近，就遭到庙内红军的强力射击，即刻溃退了下来。眼见部队溃散而逃，马应图不敢恋战，只身逃入村里一个农家躲藏了起来。

后面赶来督战的马鸿宾，尚不知部队已被红军打垮，继续驱车前行。刚到村东巷口，就遭到红军机枪扫射。

起初，他还认为是自己部队发生了误会，待认清是红军时，已经无处可逃，只得命令随行卫兵进行抵抗，他自己则带了儿子和一两名随从，转入附近一个场院内隐蔽。红军战士见状，隔着一道土墙不断向场院内投掷手榴弹。

战斗持续到夜间 9 时许，马鸿宾险些被红军生擒。

红军后卫部队完成伏击任务后，陆续撤去。

此次战斗，红二十五军将追敌全部打垮，并歼其 1 个多营。马鸿宾领教了娃娃兵的厉害，他乘坐的汽车也被红军打坏。

战斗结束后，红二十五军趁着夜色从容进入白水镇宿营。

吴焕先血洒四坡村

1935 年 8 月 21 日拂晓，红二十五军由白水镇东进，急行军 20 多公里，到达泾川县城附近的王村。

红二十五军到达泾川的前一天，马鸿宾第三十五师一〇四旅二〇八团，已经到达泾川，待命堵击红军。

前有堵截，后有追兵，红二十五军处境险恶。而此时，因连日暴雨，泾河水猛涨，部队想渡泾河已很困难。公路南侧是数十公里宽的高塬，回旋余地很小，如摆脱不掉敌人，部队可能会有灭顶之灾！

吴焕先和徐海东等商量后决定，部队离开泥泞的公路，翻越王母宫塬，徒涉泾河支流汭河，实施声东击西战术，佯攻灵台，实则进逼崇信县城，继续切断西兰公路，探听主力红军消息。

王母宫塬，是一座地势突兀的高原，位于泾河和汭河之间，在两河的汇合处，形成一座圆锥形状的高岭，岭上有一座建于北魏时期的王母宫石窟。翻过王母宫塬，崖下就是汭河。平时深不过膝的汭河水，在连日大雨之后虽显平静，但已涨了不少。

吴焕先亲自指挥渡河，他衣服湿透，满脸滚着水珠，面孔铁青，在河岸边奔前跑后，大声呐喊。雨像鞭子一样抽打着大家，又急又猛。最先过河的是手枪团和二二五团，他们占领了汭河南岸高地，并向泾川方向警戒。

随后，军直属机关分队过河。这时，突然传来雷鸣般的吼声，山洪暴发了！陡涨的河水如同脱缰的野马，巨浪翻滚，劈头盖脸横压过来，几个正在渡河的战士当即被洪峰冲走。大家惊叫起来。吴焕先马上命令停止渡河，抢救落水战士。可是，哪里还能见到人影！

大雨不停，渡河中断。此时，全军的辎重行李、骡马、担架、药品和医疗器材，以及随军行动的伤病人员，全被阻于汭河北岸，拥挤不堪。部队过不了河，身后高塬上担任掩护任务的二二三团指战员也就不能撤下来。

敌人越来越近，时间紧迫。大家的目光都集中到吴焕先身上。必须抢渡！吴焕先想出了点子，命令部队将供给部带的布匹扭成绳索，选几个水性好的战士试渡。试渡战士每人骑一匹大骡子，各牵一条布索，等山洪前峰过去，便跳入激流。不多一会儿，他们顺利过河，将布匹牢牢拴在对岸两棵大树上。接着，就有几个战士抓住浮在水面的布索，扑扑腾腾地汆了过去。试渡成功，部队欢呼起来，继续渡河。

下午，部队多数人都已过河。这时，塬顶上突然响起枪声，敌人追上来了！

先头部队已经过去，一时难以回援，徐海东对守卫在塬顶四坡村东北角的后卫二二三团团长和政委喊话："你们做好准备,背水死战!"

二二三团三营当即投入战斗,凭借房屋土墙,以班排为单位与敌展开激战。重机枪连连长戴德归把机枪架在一座农家窑洞上,迎着蜂拥而来的敌人猛烈扫射,压住了敌人的气焰。

徐海东指挥二二三团一营、二营,从西南方向实行反击。吴焕先则带领交通队和学兵连的百余人,从一条隐蔽的小路奔上塬顶,插到敌人尾部,从侧后发起攻击,切断了敌人的后路。只顾向前攻击的国民党军,没想到背后杀出一队红军,顿时慌作一团。

见此阵势,吴焕先大声向指战员们喊话:"同志们,压住敌人就是胜利,决不能让敌人逼近河边!一定要坚决地打!"

吴焕先伏在机枪旁,举着望远镜一边观察,一边指挥两挺机枪向敌阵射击。敌人一次又一次冲锋,一次又一次被打退。

战士们看到军政委来了,士气大振,不顾敌众我寡、路滑泥泞,迅速抢占了塬上制高点,与敌进行厮杀。

吴焕先的警卫员廖辉跟随政委冲在前面。大雨中,当他们跑过一条旱河沟,正向前跃进时,廖辉突然发现沟那边100多米处就是敌人。"政委,卧倒!前边有敌人!"他大声呼喊着,来不及上前扑倒政委。一颗子弹飞来,击中了吴焕先。顿时,血流如注,吴焕先仰面倒在泥泞之中。廖辉和一名姓赵的战士赶紧扑上去抱住吴焕先。

交通队战士也赶了过来,大家一起把政委往山下抬。雨下得很大,山高路陡,脚下泥泞,战士们抬着政委,坐在泥水里,像坐滑梯一样向山下滑去。军医院院长钱信忠闻讯从河边赶来,紧急抢救……

得知吴焕先受重伤的徐海东,心情万分焦急。

"同志们,坚决配合二二三团把敌人消灭掉,为吴政委报仇!我

四坡村红二十五军指挥所旧址

们要以牙还牙，彻底消灭这股敌人！"

徐海东话音刚落，"坚决消灭敌人，为吴政委报仇"的口号声响彻阵地上空。愤怒的火焰在每个人心中炽烈燃烧，一梭梭仇恨的子弹向敌人射去。

徐海东见全线出击的时机已到，便命司号员吹起了冲锋号。顿时，口号声、冲杀声响成一片。战士们手中的各式轻重武器更加愤怒地吼叫起来。一时间，敌人死的死、伤的伤，人仰马翻。敌团长马开基见势不妙，慌忙从地上爬起，欲骑马逃跑。二二三团二营通信班班长周世忠见状，手起枪响，马开基当场一命呜呼。

敌军见团长被击毙，纷纷抢马逃命。有的马失去控制，撒开蹄子四处奔跑。人和马拥挤着、互相践踏着。红军一边追一边打，重机枪充分发挥威力，敌军逃到哪儿，机枪子弹就像炒豆似的噼噼啪啪跟到哪儿。

在红军猛烈的火力扫射下，敌军逃进一条深沟。这条沟30多米深、60多米宽、几公里长，一头通往塬上，一头通到汭河边。敌军妄图避开火力，顺着沟向汭河方向逃跑。可是进了沟，他们就陷入了灭顶之灾。沟里积了水，马蹄陷在泥里拔不出来；想弃马逃跑，但泥很黏，跑不动。敌军连滚带爬，弄得浑身上下都是泥浆，狼狈至极！

红军将士飞奔而来，冲到沟沿上，用机枪封锁住两头，敌军插翅难逃。个别敌人并不甘心，躲在马肚子底下负隅顽抗。这时，徐海东赶了上来，咬着牙大喊："狠狠打！"

子弹、手榴弹像雨一样往沟里飞，不少人一边往里扔手榴弹，一边喊着："叫你尝尝红军的厉害！"

一阵激战过后，敌军全部被歼！

徐海东挂念着负伤的政委，战斗一结束，就急匆匆往四坡村方向跑。刚进村，还没见到人，就听到一片恸哭声。

一群军干部围在一个院子里，哭着、喊着。徐海东不相信眼前的情景，奔进屋里。只见吴焕先静静躺着，像是极度疲劳，沉沉地睡过去了。

"焕先！焕先！"徐海东摇晃着那双体温已失的手，大声呼喊，泪水扑簌簌滚落下来。

夜幕降临了，大家都没有心思吃饭睡觉，到处都是啜泣声。在红二十五军，吴焕先有极高的威信，在众人心目中，他就是"军魂"所在。他的壮烈牺牲，让所有人都陷入巨大的悲痛之中。

徐海东悲痛欲绝，双眼红肿。这个使敌闻风丧胆、无比刚强的军事指挥员，在鄂豫皖革命根据地游击战争最困难的时期，在长征路上全军被困、战斗最惨烈时，在自己多次负重伤甚至危及生命的时候，都未曾掉过眼泪，甚至当得知家族中几十口人被反动派杀害，他也只是暗中落泪。而今，自己最亲爱的战友吴焕先猝然牺牲，他再也无法控制自己的悲伤，肝肠寸断，失声痛哭。

徐海东虽比吴焕先大 7 岁，但他敬重政委的人品和才能，视他如兄长。打仗用兵的事，吴焕先多是听徐海东的；属于政治上的事，徐海东习惯说"请政委决定"。两人都是急性子，徐海东还有个暴脾气，可他们长期搭档，却很少红脸。战士们背后评价道："他俩谁也离不开谁，简直比亲兄弟还亲！" 3 年来，他们和省委其他领导，带着红二十五军东征西战、出生入死，同心协力支撑着这支队伍。吴焕先是那么渴望见到党中央和毛主席，就在前几天，他还对徐海东说："见了毛主席，恐怕咱们还不认识哩！"

吴焕先于 1907 年 7 月出生于湖北省黄安县四角曹门村（今属河南省新县箭厂河乡）一个富裕的地主家庭，16 岁时考入麻城乙种蚕业学校，开始接受革命思想，1924 年在学校加入中国社会主义青年团。1925 年从麻城乙种蚕业学校毕业时，他将一张马克思的画像供在自家中堂。其父大怒："这是敬祖宗的地方！"吴焕先回答："这位大胡子外国先生，主张消灭人剥削人的社会制度，解放全人类。而

吴焕先故居（位于河南省新县箭厂河乡四角曹门村）

红二十五军"军魂"吴焕先

吴焕先故居中堂墙上的马克思画像

今，中国许多有志人士在按照他的革命主张，改变吃人的旧世道，创造一个新世道。"1926年，他加入中国共产党，"破家革命，揭竿而起"，烧了自家的田契债约，在村里建立了箭厂河地区第一个农民协会，并发动了向地主"借粮"的斗争。1926年冬，当地恶霸地主勾结土匪，杀害了他的父亲、哥哥、嫂子等6口人。1927年11月，他参加了著名的黄麻起义，黄安城失守后，为躲避敌人的通缉，他隐姓埋名，四处奔走，组织当地群众继续斗争，成为鄂豫皖革命根据地的重要创始人之一。1934年5月，七里坪战役失利，他怀有身孕的妻子曹干仙饿死在为红军筹粮的路上。他是大别山红军中的才子，18岁那年就写下一首咏天台山的诗：

四望众山低，昂然独出奇。
白云分左右，惟尔与天齐。

黄麻起义后，在四处奔走中，他在一个叫作"死人沟"的石洞边用粉笔写下两首诗：

深山密林是我房，沙滩石板是我床。
尽管敌人逞凶狂，坚决斗争不投降。

赤胆忠心为工农，气壮山河志不移。
何惧今日艰难苦，坚持斗争定胜利！

徐海东想不出该怎样来悼念这位好政委，就把供给部部长叫过来，说："政委的父亲、大哥、大嫂、二哥和小弟都为革命牺牲了，妻子也饿死了，听说只有老母亲还活着，一个人在外讨饭。你们想办法买口好棺材，做一套好衣服，咱们把政委安葬好，立块碑，日后革命胜利了，好把他送回家！"

"是！我一定办好。"供给部部长含泪答道。

当天晚上，汭河水位下降，部队决定过河。徐海东带领军交通队，抬着吴焕先的遗体，一步一步渡过了汭河。

大部队过汭河后，军部驻扎在泾川县城以西的郑家沟。巧的是，这个村子里的大地主郑庭瑞家正好有一口现成的棺材，5寸厚的柏木棺板，漆得油光锃亮。供给部把这口棺材买了过来。

医护人员为政委的遗体做了清洁处理，为他穿上两件内衣，又用几丈洁白的棉布紧紧裹住他的身子。入棺时，徐海东满含热泪，亲手把吴焕先生前最喜爱的一件青呢大氅盖在他的遗体上。

第二天，大家在郑家沟山根底下一处较为隐秘的地方，悄悄安葬了吴焕先。为避免被敌人发现，安葬时只去了徐海东等少数几个人。

毛泽东为吴焕先家属颁发的"革命牺牲军人家属光荣纪念证"

在盖棺之前，军部举行了简单的遗体告别仪式。仪式上，徐海东无比沉痛地说道："吴政委离开了红二十五军，我们哭也不能把他哭活了，大家都坚强一些，大丈夫流汗流血不流……"话没说完，就又泣不成声。

军政治部主任郭述申拼命抑制住悲痛，一字一顿地说道："同志们！红二十五军就是从血泪之中爬出来的。焕先同志是我们的好领导，也是我们红二十五军的'军魂'！他不在了，但是我们的'军魂'却永远不可能消散和熄灭，大家要化悲痛为力量，团结起来，争取胜利！"

长征的路还没有走到头，革命的征途还很漫长。红二十五军全体指战员强忍悲痛，擦干泪水，告别他们敬爱的吴焕先政委，踏上征途，继续前进。

纪念吴焕先同志牺牲五十周年雕塑，李先念题词
"功勋卓著"

附记

吴焕先的遗体入葬两天后，敌第三十五师不知从哪里获知了吴焕先牺牲并被埋葬的消息，他们很快派了一群人，气势汹汹赶到郑家沟。这群毫无人性的匪兵，找到吴焕先遗体的栖身之地后，当下就掘开坟墓，撬开棺材，将遗体搬来搬去。盖在吴焕先身上的那件青呢大氅，被带队掘墓的匪军长官搜刮而去；他身上裹着的几丈白布，也被匪兵撕成碎片，遍地狼藉。而后，他们又强迫村里几个老汉，把尸体抬到泾川县城，放在一座破庙里面，陈尸示众。

盘踞于陇东高原的敌第三十五师，为宣扬堵截红二十五军的"赫赫战果"，邀功请赏，还动用了好几架照相机，对准吴焕先的遗体，拍下许多令人不忍目睹的照片……

1935 年 10 月，中央红军长征到达陕北后，毛泽东曾称赞：红二十五军远征为中国革命立了大功，吴焕先功不可没！

1985 年 8 月，为纪念吴焕先牺牲 50 周年，河南郑州烈士陵园和甘肃兰州烈士陵园建立了吴焕先烈士纪念碑和纪念亭，邓小平题写了"吴焕先烈士纪念碑"碑名，李先念为纪念碑题词"功勋卓著"，徐向前题词"赤胆忠心，英勇善战"。1986 年 11 月，中共甘肃省委、甘肃省人民政府在兰州市烈士陵园建立了"吴焕先烈士纪念碑"。2009 年 9 月，吴焕先被评为"100 位为新中国成立作出突出贡献的英雄模范人物"之一。2013 年，泾川县成立了吴焕先烈士纪念馆，建起了吴焕先烈士陵园。

徐海东板桥遇险

1935 年 7 月到 9 月初那段日子，因为一直没能与中央取得联系，中央红军到了什么地方，红二十五军无从得知。为了牵制吸引敌人，并找机会打探中央红军的消息，部队只好在陇东高原东走西闯，来回奔波。

四坡村战斗后，由于吴焕先牺牲，程子华重伤未愈，经程子华提议，由徐海东代理军政委和省委书记。徐海东指挥部队继续西进、南下，绕过崇信，逼近灵台，在梁原镇、赤城镇一带活动。

每到一地，徐海东都要派手枪团到处收集报纸，访问客商，打探中央红军的消息。他每天翻阅着侦察员带回的报纸，连上面的广告都要瞅上一眼。报纸太旧，多是一两个月前的，无法看出中央红军的动向。

在灵台，中央红军的消息没打听到，却把敌人的情况摸到了。这几天，陇县、清水、马鹿镇等地的敌第五十一军第一一三师，时刻在窥探红二十五军的动向，伺机而动；敌第三军第十二师也从武山、甘谷一带向红二十五军靠近；由兰州乘汽车驰援的敌第六师十七旅已经到达泾川县城；敌第三十五师继续向泾川方向集结，该师的骑兵团像条尾巴一直追着红二十五军。

敌情严重，很快就会对红二十五军形成夹击之势。

徐海东主持召开了省委会，讨论下一步的行动方向。会上，大家一致的意见是：既然难以迎到中央红军，敌情又如此严峻，不宜再这样奔走下去，不如就到陕北去，与刘志丹领导的陕甘红军会师。

8月30日，部队经华亭安口窑转向北方。

8月31日，红二十五军由平凉城以东四十里铺渡过泾河，离开西兰公路向东北前进。至此，他们已切断西兰公路18天，使得蒋介石不得不抽调兵力对付红二十五军，起到了有效牵制敌军力量，配合中央红军北上的积极作用。

部队过泾河后，日夜兼程。人的两条腿自然跑不过马的四条腿，敌第三十五师骑兵团仗着这一点，一路紧追不放，时不时就与红二十五军交上火。经过西峰镇、翻越赤城塬时，红二十五军两次打退了他们。

9月3日，部队强渡马莲河，到达板桥镇，决定在此宿营。

这是陇原上一个不到百户人家的小镇。由于连日行军打仗，大家过于疲惫劳累，一到宿营地就抓紧时间休息。

然而，很快，黑暗中响起了敌人的马蹄声，敌第三十五师骑兵团团长马培清带着骑兵追了上来。

四坡村战斗中，马鸿宾的亲侄子马开基被红二十五军击毙，气得马鸿宾痛哭了一场。这个老家伙急欲和红二十五军干一仗，为侄子报仇。

遗憾的是，马培清连夜追击，红二十五军没能及时察觉。

天刚亮，徐海东就按照既定计划，带领先头部队二二三团集合出发，前去包围合水，掩护部队通过。

二二三团开拔后，军部机关和二二五团三营才集合起来，军参谋长向大家讲话，过于拖拉，延迟了出发时间。

这时，急促的马蹄声逼近，敌骑兵团突然出现。马群扬起的尘土铺天盖地地压过来。

眼见敌人逼近，军部机关和二二五团一营紧急撤离，留下二二五团团长带领三营阻击敌人。

在外围负责警戒的二二五团二营见敌人过来了，急忙开火阻击。马培清不明情况，以为遭到了红军伏击，见周围是一片开阔地带，无处可躲，遂命两个骑兵营冲着红军的阵地发起冲锋。

走在前面的徐海东听到后面枪声大作，便带着警卫员和一个重机枪连折回板桥镇，爬到镇边一个名叫锦坪塬的小山丘上。

为掩护二二五团三营突围，徐海东指挥二二五团二营投入战斗。但是，敌众我寡，他们很快便陷入包围之中。

情况危急，二二五团二营营长陈彦启催促徐海东赶紧撤离。徐海东为了掩护战士们撤退，坚持留在塬上，指挥 3 挺重机枪一阵猛打，暂时压制了敌骑兵的进攻势头。

马培清见重机枪挡住了前进的道路，便派出一部分兵力从侧后偷袭，配合正面骑兵进攻。

徐海东见敌人两面夹攻，又数量众多，3 挺重机枪已经顶不住了，才下令让大家撤下锦坪塬。情况危急，警卫员李志远急速将徐海东扶上马，一鞭子下去，马驮着徐海东飞奔而去。

此时，正在指挥战斗的马培清见一个人骑着白马奔跑，一问才知是久闻其名的徐海东，马上命令骑兵去追。

一队骑兵追杀了过来，他们大喊："活捉徐海东！活捉徐海东！"转眼便追到了距徐海东四五十米远的地方。

在这紧要关头，二二五团一营营长韩先楚和营政委刘幼安带着3个连的兵力赶来增援。看到徐海东正被追赶，刘幼安急令战士们把机枪一字摆开，同时开火。很快，敌骑兵伤的伤，逃的逃，徐海东脱离了险情。

"敌人被堵在梁上隘口那边了，副军长赶快走吧。"刘幼安担心再遇险情，催促徐海东先走。

"敌人还没有打退，我不能走！"徐海东不肯。

"我们营有打骑兵的经验，你放心走吧。"刘幼安万分焦急。

徐海东这才勉强离去。

随后，韩先楚和刘幼安指挥部队占据了一处小高地，火力全开，又阻击了一阵，终于打退了敌人。

板桥镇一战，红二十五军歼敌300余人，自身伤亡200余人，二二五团团长方炳仁壮烈牺牲。这是红二十五军在陇东高原经历的一场极为惨烈的战斗，也是部队在长征即将结束时最严重的一次战斗减员。

板桥镇战斗后，马培清带着骑兵团又追了几天，追到甘肃华池县林镇乡东华池一带时，一名骑兵从口袋里取馍馍，不慎触发一枚手榴弹，炸死了一匹白马。马培清觉得此事预兆不祥，再加上前面购买粮食困难，只好下令停止追击。

就这样，红二十五军终于甩掉了"尾巴"，继续向北挺进。此时，全军共有3400多人。

救命羊

板桥镇战斗后，部队经东华池、太白镇之间渡过葫芦河，沿子午岭西侧的崇山峻岭向北挺进。

夜晚宿营时，担任后卫和收容的部队，在山头上燃起篝火，吹着军号，召唤那些被敌人冲散的战士归队。很多人顺着指引找了回来，钱信忠、詹大南以及一些交通队的指战员也赶上了队伍。

部队越往北走越荒凉。先是崎岖山路，接着是荒草野地，不时还有一片一片的沙漠。人烟稀少、满目荒凉、无粮可筹，而道路难行，部队疲惫不堪、步履维艰。

大部分连队都断粮了，只能以草根野菜充饥，饥饿威胁着全体官兵的生命。体力弱的，走着走着就昏倒了。伤病员更艰难，药品奇缺，加之饥饿，有人生命耗尽了，就地倒了下去。

为了使同志们跟上队伍，军政治部再次提出"决不能让一个同志掉队"的口号，边行军边鼓动，振作士气。各连广泛开展了互助活动。体力强的帮助体力弱的，年龄长的帮助年龄小的，大家相互搀扶着往前走。为了让同志们有口吃的，不少营以上干部只好把自己的坐骑杀了。部队原打算3天穿过这个山区，可是走了3天还看不到尽头。

大家饿着肚子行军，徐海东忧心如焚。从大别山出来，一路上数万敌军都打不垮的红二十五军，难道要被活活饿死在这里不成？这几天他心里只有一个念头：一定要想方设法搞到粮食！

徐海东带着警卫员、号官和侦察参谋，骑着马急急地往前赶，一心想找个大村庄，解决部队的给养问题。可是，山连着山，跑了半天，还是没遇到一个像样的村庄。

太阳西斜，很快就要落山了。徐海东马不停蹄，翻越一道又一道山梁。跑了半天，还是一无所获，他心里沉重极了。

这时，走在前面的侦察参谋突然勒住马，像是在听什么，随后他扭过头惊喜地报告："前边有人家了！"

徐海东抬头看看，什么也没看见。

"你们听，有羊群在叫唤！"侦察参谋一边侧耳倾听一边说。

"是羊群！"侦察参谋又说，"听！"

"真是的哩！"号官也喊道。

徐海东一只耳朵不好使，他侧过头，用另一只耳朵听，可还是什么都没听到。但他相信同志们的话，不禁精神抖擞催马向前。

只见一条沟的对面，徐徐冒着炊烟。徐海东从望远镜中看到，山坳里果然散养着一群羊，附近有几孔窑洞，烟是从那里飘出的。再看山沟里，虽有流水，但是不像有什么村庄。

徐海东让侦察参谋前去看个究竟。侦察参谋飞马而去，不一会儿跑回来报告说："窑洞里住的是看山人，羊群是羊贩子从山北贩来的，在这里歇脚吃饭。看来无粮可筹。"

"有多少只羊？"徐海东问。

"说不准，总有两三百只吧。"

徐海东嘿嘿一乐："好啊，天无绝人之路！快去把羊都买下，今天咱们吃羊肉！"

随后又命令号官："吹号，原地休息。"

队伍听到休息号，停了下来。年龄小的战士真是饿得不行了，又是挖野菜，又是掘草根，找着点能吃的东西就往嘴里填。

徐海东依着一棵树坐下来，摊开地图，想看看队伍现在到了什么地方，可看了好一会儿也没弄清。这老地图连山的高度都没标出，只能大体判断出这儿是华山山脉。

"真是幸运，正找不到吃的，遇上这么一群羊，要是能买下来，连汤带肉足够同志们饱餐一顿了。"他心里开始盘算起来。

"报告首长！"侦察参谋跑回来，垂头丧气地说，"羊贩子说，他贩的是种羊、母羊，不肯卖。"

徐海东一听，有点急了："有可能是怕我们不给钱嘛！快传供给部部长跑步前来！"

"那羊贩子看起来像个好人。"侦察参谋见首长发急，连忙补充。

侦察参谋是不久前刚从侦察员提升的，是个有名的快腿，侦察、送信、传情报，跑起来像脚不沾地似的，只是心肠软。有一回，他和一个侦察员抓了两个国民党的"舌头"，其中一个"舌头"走到半路突然跪倒，哭天抹泪，说自己是被抓的兵，家中还有80岁的病危老母，恳求能回家见老娘一面。他信以为真，就把那"孝子"放了。哪想到，据另一个"舌头"供述，那家伙原来是一个杀害过红军伤病员的坏蛋。徐海东得知他放跑"孝子"的事情，便取笑他心软得像块豆腐，不知道革命斗争的复杂性。

供给部部长行军多走在队伍后面，等他前来总得一二十分钟。徐海东心急，看了看怀表，天色已晚，便亲自去和羊贩子谈判。

羊贩子是一个 40 岁开外的汉子，一身短打扮，毛巾包着脑袋。他满脸堆笑地走到徐海东面前，弓了下腰，没开口，先掏出包烟："长官请用烟。"

徐海东一看，这羊贩子像是山里人，就对他说："老乡，我不会抽烟，只想吃你的羊肉啊！"

"好说，好说，我那边正煮着半只羊。"

"半只可不够，我们几千号人呢！"

"嘿嘿，好说，好说。"羊贩子忙不迭地应着。

"你可知道我们是什么队伍？"徐海东问。

"知道，知道。红军，是红军，是天底下少见的好队伍！"羊贩子跷起拇指。

"你见过红军？"

"见过，见过。红军买卖公平，斗富济贫，好队伍，好队伍！"羊贩子不住嘴地说好听的。

徐海东又好气又好笑，他清楚，羊贩子这样来回兜圈子，无外乎是想讨个好价钱。

"我说老哥，"徐海东客气地说，"话要跟你说明白，我们行军断粮了，今天想买你的羊。红军是斗富济贫，可对奸商也不客气。"

"那是，那是。我是小本买卖人，有话好说，好说。"

"快说吧！"侦察参谋忍不住插嘴道，"你的羊一共多少只，要什么价？"

"300多只。"羊贩子骨碌着眼珠，报出价钱，"这样吧，我3块大洋一只买的，卖给红军嘛，还是原价。"

"什么？多少钱？"徐海东一听就知道虚头不小，"一只小羊能卖3块大洋？这也太狮子大张口了！"

羊贩子忙改口："我是说大羊，小羊1块就卖。"

此时，供给部部长跑了过来。这是个放羊娃出身的干部，平日里盐多少钱一斤、油多少钱一两，脑子里都有一本账。

徐海东指指供给部部长对羊贩子说："我这位老弟放过羊，最了解行情，你和他说去吧，反正不会让你吃亏的。"接着，又转身对供给部部长交代："把羊通通买下来，全军弟兄今晚吃顿羊肉！"

供给部部长向羊群走去，羊贩子满脸堆笑地跟在后面。

"吹号！"徐海东向身旁的号官一摆手，"命令各团团长跑步上来分羊肉！"

号官一天没吃东西，早就饿得直不起腰来，听到首长的命令，顿时来了劲头，操起军号，嘀嘀嗒嗒吹了起来。

队伍中传着喜讯，满山遍野是赶羊的吆喝声。各连队支起了行军灶，战士们把瓷脸盆也拿出来烧水。大家欢天喜地，忙活着煮羊肉。

入夜，山坳里到处散发着羊肉的香气和膻味。

徐海东突然想起一件事，忙又传下命令："所有的羊皮通通收好，一张也不准丢，留着做羊皮坎肩用。"

正在吃羊肉、喝羊肉汤的战士们，有的想到了这点，有的真没想到那一张张羊皮还能派上用场呢！于是，队伍里很快就传开了：

"羊皮不准扔！"

"羊皮一定要保存好！"

“羊皮坎肩，暖和哩！”

…………

第二天清晨，阳光洒满大地。一顿饱餐、一夜好睡之后，每个人都精神焕发。部队收拾好行装，沿着崎岖的山路翻过一座山梁，向着陕甘红军革命根据地大步走去。

会师永坪镇

1935 年 9 月 7 日，红二十五军到达陕甘革命根据地边缘的豹子川（今属华池县）。

在这里，省委召开会议，进行与陕甘红军会师的动员教育，并调整军领导班子，徐海东任军长，程子华代理中共鄂豫陕省委书记，兼任军政委。

就要会师了！大家兴奋不已，步履轻快，恨不得马上见到陕甘红军弟兄们。

9 月 9 日，部队到达陕甘革命根据地保安县（今志丹县）永宁山，与当地的地方党组织取得了联系。

9 月的陕北，秋高气爽，山还是绿的，天气还很暖和。徐海东命令部队原地休息一天，让大家都搞搞个人卫生，换换衣服，以最好的精神面貌去见陕甘

中共西北工委组织部《为欢迎红二十五军北
上给各级党部的紧急通知》

中共鄂豫陕省委会议旧址——华池县豹子川
王街子

红军。

中共陕甘边特委、陕甘边军委获悉红二十五军到达的消息后，立即报告中共西北工委，并派习仲勋、刘景范到永宁山迎接红二十五军。

中共西北工委组织部专门发出了《为欢迎红二十五军北上给各级党部的紧急通知》，要求各级党组织立即行动起来，发动群众，欢迎红二十五军。

陕北红军接到通知后，红二十六军军长兼政委刘志丹起草了《欢迎红二十五军的指令》，并召开部队干部会议进行欢迎红二十五军的动员。刘志丹指出：红二十五军到陕甘革命根据地是一件大喜事，革命的力量更加强大了。红二十五军是老红军，他们带来了建设红军的经验，是我们学习的榜样，这是个千载难逢的好机会，大家不要放过。两军会合后，我们要有好饭让给老大哥吃，有好房让给老大哥住；调什么就给什么，不能讲价钱；打仗要配合，缴获战利品要互相推让。总之，要照顾大局，绝不能有本位主义。

"可找到你们了！"见面后，徐海东、程子华等军领导都激动万分，握着习仲勋、刘景范的手，久久不放。

西征北上以来，红二十五军一路艰难跋涉，几度面临绝境，一直在生死存亡的夹缝中拼杀，现在突然看到这种充满亲情的场面，大家心里格外温暖，有种终于回到亲人怀抱的感觉，个个眼里都含着热泪。

会面后，在习仲勋、刘景范的引导下，红二十五军从永宁山出发，又继续走了几天，来到了延川县永坪镇。

永坪镇是陕北一个较大的镇子。进镇前，为了展现红二十五军的风采，部队认真进行了一番准备。

徐海东走在队伍最前面。那天，他一身青色军装，八角的军帽上钉着一颗红五星。他大步流星地走着，高大结实的身体左右来回转动，笑着向欢迎的人群致意。

永坪镇会师

　　紧跟在首长后面的是机关和直属队，再后面是手枪团。手枪团排四路纵队前进，每人都是青黑色着装，腰里扎着皮带，身背一把盒子枪和几颗手榴弹，背后还斜插一把大刀，很是威风。

　　手枪团后面是几十名号手组成的司号队，军号被擦得锃亮，拴着长长的红穗子，走起路来一甩一飘的很好看。吹号时，号手憋足了劲，不仅吹得整齐，而且极响亮，非常提精神。

　　再后面是步兵团队。二二三团走在前面，一个连就有 9 挺轻机枪，每个营还有 6 挺重机枪。步兵排着 3 路纵队行进，拿着清一色的马步枪，有的还上着明晃晃的刺刀。他们步伐整齐，不时喊几声响亮的口号，真是英姿飒爽。

　　部队从镇子西面进去。山沟和大路两旁贴满了花花绿绿的标语，到处都是"欢迎红二十五军老大哥部队""配合老大哥扩大苏区"之类的口号，还架起了几道大彩门。

　　道路两旁排列着欢迎的人群。大家目不转睛地看着、称赞着，特别是对红二十五军的武器感兴趣。他们看到一个戴红臂章的通信员走了过来，一下就围拢了过去。

　　有人问："你们那一色的马步枪，都是咱红军工厂自己造的吧？"

　　通信员指着一些赤卫军背的红缨枪回答说："不是的。我们原来扛的也和你们一样。现在的枪都是从敌人手里夺来的。"

　　对方一听，连连称羡。他们围着通信员问东问西，兴致盎然，直到后面的部队走过来了，才放他走。

　　这还没完，欢迎仪式结束，回到驻地，他们顾不得吃饭，又凑在一起议论开了。

　　这个说："嘿，咱们老大哥的武器比'大红鞋姑娘队'（敌高桂滋部第八十四师士兵怕冷，用红布做棉鞋，红军战士称其为'大

红十五军团成立时的情景

红鞋姑娘队'）的武器还要强好几倍。"

那个说："比阎老西（阎锡山）的武器也强啊！"

说着说着，大家都哄笑起来。

9月16日，刘志丹等率领红二十六军、红二十七军赶来和红二十五军会师。在会师大会上，指战员们热烈握手、热情拥抱。徐海东和刘志丹二人头一次见面，却像久别重逢的老战友一样。

"我们早就听说过你的名字，今天总算聚在一起了！"徐海东拉着刘志丹的手说。

"我也早就听说过红二十五军的威名，你们在陕南打得好啊！"刘志丹高兴得直摇徐海东的手。

徐海东真挚地说："我是个粗人，今后你要多多指教！"

刘志丹谦和地笑了。他读过多年书，是黄埔四期的学生，经过革命斗争的磨炼，如今也像个农民一样朴实厚道。

他乐呵呵地说："同志，你不能客气呀！你们来了，陕北革命力量更壮大了！只是我们这地方太穷……"

"穷才要革命啊！"徐海东坦率地说，"我从前是个穷窑工咧！"

…………

这两天，陕甘红军和红二十五军互相参观访问。苏区的贫农会也把老大娘、小伙子、小媳妇都组织起来，带着绣花荷包、袜子等东西，慰问红二十五军。到了驻地，男的帮战士们劈柴、打水，妇女就抢着洗衣服、补袜子。红二十五军的战士们也把打土豪得来的花布、丝线等物件回赠给老乡。

9月18日，永坪镇举行了盛大联欢会，庆祝红军胜利会师，同时纪念"九一八"事变4周年。陕北的红军部队、赤卫军和周围几十公里外的革命群众纷纷赶来了。会场上，到处贴着标语，红旗猎猎，歌声阵阵。大家欢聚在一起，敲锣鼓、扭秧歌，歌声、口号声

刘志丹

永坪镇会师庆祝大会上的徐海东（左一）、刘志丹（右一）

此起彼伏。

"热烈欢迎英勇善战的红二十五军！"

"两军紧密团结，携手作战！"

"迎接中央，迎接毛主席！"

刘志丹、徐海东、程子华等人呈一字形坐在大会主席台上，个个满面春风。在热烈的掌声、欢呼声中，刘志丹、徐海东分别讲话。

徐海东在讲话中对陕甘根据地党政军民的热烈欢迎表示感谢，他干脆利索地说："我们两路红军，一定要打一个漂亮仗！"

被陕北红军亲切地唤作"老刘"的刘志丹，这天身着灰蓝色军服，腰束皮带，挂着手枪，人精瘦精瘦的，讲话中不时挥动着双手，极富感染力。

他说："我们陕北根据地还很年轻，敌人用尽了办法想消灭我们，可是他们并没有如愿。井岳秀被我们消灭了，又来个高桂滋，吹牛3

个月消灭我们，3个月早过去了，我们没有被征服，而他自己眼看就要完蛋了。现在晋军、东北军又跟上来了，可是我们的红二十五军也来了。我们的力量更强大了，现在不是敌人追着打我们，而是轮到我们收拾他们的时候了。我们要携手打大胜仗！"

接着，他又说："只要我们不断壮大红军，苏区就能巩固。大家都看到了，红二十五军的同志们带来了很多枪支，现在需要的是有更多的人来背它，谁愿意来背呀？"

这一问，台底下的老乡们一下轰动起来，特别是那些小伙子，立即大声地嚷道："我愿背！我愿背！"当场就有不少人参加了红军。

会后，红二十五军与红二十六军、红二十七军合编为红十五军团。徐海东任军团长，程子华任政委，刘志丹任副军团长兼参谋长。三军合一，共7000多人。

红十五军团的成立，大大增强了陕甘革命根据地的武装力量，为迎接中共中央和中央红军的到来创造了条件，鼓舞了根据地军民的斗志，欢欣鼓舞的苏区群众纷纷传唱：

一杆杆红旗空中飘，红二十五军上来了；
长枪短枪马拐枪，一对对喇叭一对对号；
头号盒子红绳绳，军号吹起嘀嘀嗒。

红十五军团的第一场大胜仗

合编后，指战员们相互学习、相互帮助，红十五军团一时兵强马壮，人人斗志昂扬。

与红军的兴高采烈、群情激昂相反，蒋介石却万分沮丧。

为消灭陕甘红军、摧毁陕甘革命根据地，从 1935 年 7 月开始，国民党军就在部署针对陕北苏区的第三次"围剿"。9 月中旬，已基本部署完毕。除原来就在陕北的 4 个师外，东北军的另 7 个师也在几天前跟在红二十五军的后面赶了过来。这 7 个师分成两路，一路是张学良的心腹大将王以哲率领的 3 个师，从陕西向红十五军团发起进攻，其中，第一一〇师、第一二九师已经到了延安，第一一〇师留 1 个营在甘泉，军长王以哲带军部和第一〇七师驻守洛

陕北红军战士

川、鄜县（今富县）；另一路4个师都在甘肃境内，由军长董英斌带领，计划经合水向红十五军团发起进攻。

10月，蒋介石在西安设立了"西北剿共总司令部"，自任总司令，张学良任副总司令，代行总司令职权，统一指挥陕、甘、宁、晋等省的国民党军队，加快"围剿"红军的步伐，企图在中央红军到达陕北之前消灭红十五军团，使中央红军失去立足点，进而消灭中央红军。

红十五军团成立的第二天，徐海东和刘志丹就商讨反"围剿"的作战计划，决心打个大胜仗，狠狠打击一下敌人的嚣张气焰。

三军会合之后，战士们也都摩拳擦掌、跃跃欲试，说："一定要打个漂亮仗！"

第一仗先打谁？开会讨论时，有人主张从北路开刀，先吃掉敌人两个战斗力一般的杂牌师，提议先打米脂一带的井岳秀师或者高桂滋师，以此为突破口，出横山，使陕北苏区与神木、府谷苏区连成一片，而后打出三边（定边、安边、靖边）。有人则认为，大兵压境，吃掉一路杂牌部队，虽然比较稳当，但对整个战局影响不大，对敌人的打击也不重，不如打蛇打头，先打东北军的主力。

大家纷纷发言，围绕这两种意见争执着。

"还是先打东北军！"徐海东用马鞭向地图上一指，果断地说，"东北军是个强敌，但因日军占领东北，他们的官兵厌战，我们从鄂豫皖到陕南，和他们打过不少交道，对他们那套战术还是比较有底的。"

徐海东把东北军作战的特点向刘志丹介绍了一番。

怎么打？

国民党军第六十七军的两个主力师，装备好、战斗力强，凭红军现有的火力和兵力，强攻显然不行。

军团首长商量后决定，实施围城打援战术，以一部分兵力包围甘泉，切断敌人南北交通，断其补给，引敌出延安，在运动中歼灭之。

调出来后，在哪里打呢？

素有陕北"活地图"之称的刘志丹盘腿坐在土炕上，认真听着大家的发言，冷静地思考着，深思熟虑之后提出：设伏劳山镇。

劳山镇，是延安到甘泉的必经之地。这里群山环绕，树木茂密，地势险要，易于隐蔽。延安到甘泉的公路在一条狭窄的川道里，两旁山峦相距约 200 米，东山高，却荆棘丛生，无路可走；西山低，却有小山沟可以藏身。

于是，一个"调虎离山""围点打援"的作战方案提了出来：围攻甘泉，调动延安的敌人，拦路打伏击。

一切安排妥当后，军团领导分头给部队做动员，徐海东在给红二十五军这部分指战员动员时，风趣地说："同志们，我们红二十五军的'老朋友'、老运输大队——东北军又来了，又给我们送枪送炮送弹药来了，大家欢迎不欢迎啊？"

战士们以震撼山谷的声音响亮地回答："欢迎！送来的东西照收无误。"

大家都说，等着听胜利的消息吧！

红十五军团从永坪镇出发，经过 3 天的急行军，绕过延安，到达了延安南 45 公里的甘泉附近，进驻王家坪一带。

徐海东和刘志丹首先带着团以上干部，来到甘泉以北七八公里的劳山察看。一看地形，果然非常理想！

甘泉北有一条通向延安的公路，路两旁是连绵起伏的山岭，把延（安）甘（泉）公路夹在当中，像是一条口袋，而且两边山上树木茂密，便于埋伏。如果把敌人放进来，真如同把狐狸装进口袋里。

"这个何立中（敌第一一〇师师长）又狡猾又谨慎！上次在袁家沟口，我们围着唐嗣桐打，王以哲一再催促他出手相救，他离我们也就 20 多公里路，可就是按兵不动、见死不救。"徐海东向刘志丹讲起这段往事，他们商定埋伏在一个让何立中意想不到的地方。

回来后，大家在指挥部详细地商讨了部署计划，决定派小部队围攻甘泉，大部队在劳山附近打延安来的援兵。徐海东和刘志丹估计，第一天包围甘泉，第二天延安的敌人可能起身，那么，第三天上午敌人即可进入埋伏地区。

战斗按计划开始了。

9 月 28 日，红八十一师二四三团和地方武装包围了甘泉县城。

29 日，徐海东和刘志丹分头带领部队，部署在埋伏区。为了不惊动敌人，军团指挥部规定，每人携带 3 天的干粮，不准生火，不准走动，没有指挥部的命令，任何人不得开枪。

30 日上午，还不见敌人的影子。徐海东心里直犯嘀咕："莫非

陕北黄土高坡

走漏了风声？"

10月1日凌晨，徐海东正在着急，派出去侦察的便衣气喘吁吁跑回指挥部，大声报告："来了，来了！敌人从延安方向来了！"

徐海东拿起望远镜，看到了敌人的先头部队竟分四路前进。

徐海东原来估计，敌人要是两路行军，必有两个团钻进来，如果再追一下，可以搞到他两个多团。谁想，敌人一露头，就是四路前进。

"何立中太欺负人了！"徐海东又高兴又气愤。

徐海东一面命令继续侦察，一面叫人把情况通报给在另一处指挥的副军团长刘志丹。随后，他下达了准备战斗的命令。

一会儿，侦察员又跑来报告："敌人距离我前哨阵地不到两公里了。"

徐海东心里踏实多了，随即向前沿阵地走去。

10月1日拂晓，何立中率部沿公路南下增援甘泉。途中，把其中一个团作为策应留在了四十里铺，率师部和另两个团继续前进。进抵九沿山时，他命一支分队爬山搜索，当确认没有埋伏后，便一改先前的谨慎，将两路纵队变四路纵队，并加快了前进步伐。

部署完进攻路线，何立中不无得意地对参谋长说："都说徐海东厉害，我还以为他会打我个埋伏呢！现在，出了龙潭虎穴了。"

哪知，就在敌先头部队进至甘泉以北的白土坡时，红军开炮了。徐海东和刘志丹各指挥一支部队，一声令下，两侧高地上，机枪、手榴弹，立刻响了起来。

早已等得脚底板发痒的红军战士，喊着杀声，冲下山来。

敌军发现中了埋伏，开始疯狂反扑，企图打开进入甘泉或逃回延安的通道。红军指战员们寸步不让，将敌人死死堵在川道里。敌人向两头突击不成，就企图占领两侧高地负隅顽抗，但在红军的打击下，根本无法突围。

傍晚时分，红军发起总攻。漫山遍野响起嘀嘀嗒嗒的冲锋号声。第七十五师和第七十八师从公路两侧山上同时向敌人发起猛烈攻击。敌军在隘路中被截成数段，整个指挥系统被打乱了，师长找不到团长，团长找不到营长，呼唤不灵，相互践踏，束手无策。在红军越来越猛烈的攻击下，敌军死伤遍野、担架横地，满地皆是行李担子、行军锅灶、背包、弹药箱子，路也被堵塞了，想跑都寸步难行。

有少部分敌人负隅顽抗，红军战士连打带喊：

"缴枪吧，你们跑不出去了！"

"放下武器，一律优待！"

敌人这支部队里有好多士兵了解红军的政策，一看这架势，纷纷缴械投降。

战斗持续了 5 个多小时，敌第一一〇师两个团及师直属队全部被歼，师长何立中身负重伤，逃入甘泉后毙命。此战，红军共毙敌师以下 1000 余人，俘敌团以下 3700 余人，缴获了一大批弹药、轻重机枪和长短步枪，战利品堆成了一座小山。

在战斗期间，何立中为挽回败局，曾命令留驻在四十里铺的那个团火速增援劳山，但该团长担心去了只有挨打送命的份儿，一再拖延。挨到傍晚时分，仅仅动了一下，又缩了回去。

在打扫战场、清点俘虏时，徐海东来到一群俘兵面前。这些俘虏不愧是红军的"老朋友"，纷纷表白自己的"功绩"。

有的说："我这是第二次向你们缴枪了！"

有的说："我是第三次缴枪了。"

一个大个子俘虏向徐海东敬了个礼，大声说："报告长官，我的枪是朝天放的！"

"这家伙为啥单找军团长说话？"警卫员怕这人不怀好意，就拿手枪对准了他。

徐海东挥手阻止了，向俘虏问道："你为啥要朝天放枪？"

"我听你训过话。"俘虏站得直挺挺的，说，"以前，我在第一〇七师当兵，让红军俘虏了。释放我们的时候，你给我们讲过，要是再见了红军，要朝天放枪，我就……"

徐海东记忆力超强，一下子就想起这回事来。那次歼灭第一〇七师一仗，是离开大别山走到斛山寨打的。

他问俘虏："你在斛山寨被俘过？"

俘虏连声应道："是的，是的，就是在那个地方，临走时，你们还发给我一块大洋呢！"

油画《胜利》（作者：周武发）

在国民党军队里，有这样一批兵痞，他们知道红军优待俘虏，一旦被俘，便哭天抹泪，说家里生活怎么苦、老娘如何可怜等，还发誓决不再当国民党的兵，可等领了红军发给他们的盘缠后，便又兜兜转转，跑回国民党军队里背枪"吃粮"去了。有些人曾被红军俘虏过好几次，还去吃国民党的饭。

徐海东十分厌恶这类兵痞。他拧着眉头看了看面前这个俘虏，笑了一声，说："呵呵！这回不给你发大洋了。我看你还是当个抗日军人吧！"

"是！长官，我愿意抗日。"俘虏立正回答，"我们东北军从张少帅到每个弟兄，都不愿打内战，真心想抗日呀！"

"那你就跟着走吧！"一个战士把那大个子攥开了。

有的俘虏很好奇，问红军战士："你们怎么知道我们要来？"

"我们指挥部特别邀请嘛！"红军战士俏皮地回答。

…………

劳山战役沉重打击了东北军的嚣张气焰，在国民党军内引起巨大震动。红二十五军与陕甘红军会师后的第一仗，果然打得漂亮！

联系上了中央红军

劳山战役后，传说中央红军快进入陕北了，徐海东和刘志丹欣喜万分，天天盼着中央红军的消息。

他们召集有关部门开会，专门研究和中央红军的联络问题，同时每天派手枪团的人出去打听消息。侦察员们化装后进城访问商人，搜集敌人的报纸，欲从中了解、分析中央红军的动向。

时间一天天过去，却迟迟得不到任何有用的消息，侦察员们都很着急。

一天，徐海东来到手枪团，看到有的同志因侦察一无所获，情绪不高，就给大家鼓劲说："由于敌人封锁，打听中央红军的下落有一定困难，但我们应该看到，中央红军是毛主席亲自率领的部队，北上抗日，路线正确，群众拥护，影响大。蒋介石的报纸又常常刊登

'剿共'的报道，只要我们有信心，就不愁打听不到。"

他还和手枪团的同志一起研究如何扩大打听消息的范围。从那之后，手枪团侦察的范围从县城扩大到边界地区，从苏区扩大到国民党占领区。这样一来，果然有了收获。

一天傍晚，侦察员背着一捆报纸回来了。徐海东和军团部的几个参谋都忙着翻看报纸。

"好消息！"有位参谋欣喜地叫了起来。

大家都把目光集中到他身上。

这位参谋把手里的报纸一抖说："毛主席、中央红军到达固原和西峰镇一带啦！"

大家围拢一看，报纸上果然有关于中央红军动向的消息。

这真是大喜讯！

徐海东两眼发亮、满脸喜悦，拿着这张报纸看了又看，转过身来交代手枪团的同志："好好休息，明天再接受新任务。"

第二天，天蒙蒙亮徐海东就起床了。不一会儿，手枪团的同志推门进来。徐海东向他们交代了和中央红军联系的具体办法、注意事项。侦察员们一番化装后，又上路了。

黄昏时分，侦察员们才回来。他们顾不得休息，就朝军团部跑去，像孩子似的兴奋地跳着，一进门就叫："军团长、政委，联系上啦！"

徐海东忙问："怎么联系上的？"他们便详细地作了汇报。

下午两三点钟，侦察员扮成当地回民，按照预定路线，来到一个大塬上（塬的东面是苏区，南面是白区，过了山就是西峰镇地区），沿着山间小道向白区走去。

迎面碰上了几个小贩模样的人，侦察员见来人形迹可疑，便上前问道："你们是干什么的？"

"我们是做买卖的。"一个江西口音的小贩回答。

"你们是干什么的？"另一个福建口音的小贩反问道。

"我们是走亲戚的。"

侦察员又问："共军到哪儿啦？"

"就在那边，离这里不远。"对方用手指指西面，又问，"你们是从赤区来的？"

"嗯。"

侦察员仔细打量着对方，但见他们个个面黄肌瘦，像吃了很多苦。听这些人的口音，不像是敌人，因为敌探都是本地人或东北人。

于是，侦察员单刀直入："你们是从南方过来的？"

"是的。"

这时，对方也从侦察员的言行上猜出他们是陕甘红军，便点破问道："你们是陕甘红军？"

"你们是……"

"我们是中央红军。"

一听说是中央红军，侦察员们一拥而上，紧紧握住对方的手，激动万分："可找到你们啦！我们是奉军团首长的命令来和你们联络的。"

对方听到他们是陕甘红军，也十分激动。

双方互相询问了有关情况之后，便各自返回了。

听完手枪团的汇报，徐海东和程子华及军团部的其他同志都沉浸在无比的兴奋之中：日思夜想的毛主席和中央红军指日可见啦！

榆林桥大捷

山丹丹花开红又红，

红十五军团出了征；

徐海东、刘志丹指挥妙，

劳山、榆林打得好……

劳山战役后，国民党第六十七军等仍然盘踞在延安、甘泉等地，但由于其交通线瘫痪，补给陷入困境。

徐海东和刘志丹分析，敌人为保证延安等地的给养补充，必须打通交通线，由于劳山一战的打击，敌人再从北方进行援助的可能性很小，从南方增援的可能性增大。

为给中央红军提供有力支援，他们决定再给敌人一个打击：红八十一师二四三团继续围困甘泉，待敌人派出援兵后，主力部队迅速行动，在运动中歼灭增援之敌。

10月20日，国民党军第一〇七师六一九团和六二〇团1个营进驻榆林桥，准备解甘泉之围，打通至延安的补给线。

第六一九团是张学良的嫡系部队，在军阀混战中屡立战功，团长高福源是东北陆军讲武堂毕业，性格刚强豪放，深得张学良赏识，曾任张学良的警卫营营长。

徐海东和刘志丹决定消灭这部分敌人，命红军主力快速南下，乘敌驻防工事尚未建成、立足未稳之机，进逼榆林桥，发起进攻。

榆林桥位于甘泉以南，鄜县以北，洛河以东，是鄜县通往甘泉的一个村镇。东西有两座镇门，镇北有座小石桥，北面靠山，有两个制高点，南面是通往鄜县的公路。此地，易守难攻。

徐海东和刘志丹马上做出战略部署：红七十五师攻占东山，控制制高点后由东面向榆林桥攻击；红七十八师占领西山，之后向西城墙发起攻击；红八十一师一部从北面沿公路向南攻击，相机夺取敌支撑点。

25日拂晓，红七十五师、红七十八师利用大雾掩护，分别从东西两面同时向榆林桥发起进攻。红七十五师迅速突破敌人外围防御，控制了东山的制高点；红七十八师抢占河西制高点后，其二三二团由西向东涉水向榆林桥据点发起进攻；担任预备队的红八十一师，也顺洛河左岸开阔川道向榆林桥西门及其两侧进攻。几路部队合围，迅速突破了敌阵地，向纵深突进。

镇内守军乱了阵脚，在高福源的组织下，凭借街道、房屋和窑洞进行顽抗。红军指战员逐街、逐屋、逐洞同敌展开争夺。

战斗正在进行中，军团政委程子华派通信员赶来送信：毛主席、周副主席率领中央红军已于10月19日到达吴起镇。

"太好了！终于等来了毛主席和党中央的消息！"徐海东和刘志丹闻之激动万分。

徐海东和军团政治部副主任郭述申利用战斗间隙，分别向营以上干部传达了这个振奋人心的喜讯。

"大家狠狠地打，争取早点歼灭敌人，以胜利迎接党中央！"

指战员们原本就憋着一股劲儿，听到这个大好消息，更加士气高涨！

中午12时许，在徐海东亲自指挥下，二二五团分两个梯队迅速接近敌人。敌人的子弹像雨点一样从窑洞往外发射，不少人中弹受伤，二二五团团长郎献民和一些同志壮烈牺牲。指战员们没有丝毫胆怯，继续勇猛战斗。为形成更大的攻势，战士们搭人梯爬上窑顶，把集束手榴弹从烟囱口投进窑洞。躲在窑洞里的敌人霎时成了瓮中之鳖，被炸得哇哇号叫，一下子溃不成军。有部分敌军悄悄摸出镇子，企图沿着公路南逃，但被红军团团包围。

激战至下午，东北军第一〇七师4个营全部被歼。此战，共毙伤敌300余人，俘敌团长以下1800余人，缴获轻重机枪、步枪、山炮等一大堆。红军在这次战斗中亦伤亡200余人。

徐海东听说被歼的敌人当中有个团长叫高福源，外号"高包脖子"，就令打扫战场的部队仔细寻找，把这个人清查出来。

在俘虏集中地，战士们一个个睁大眼睛，仔细瞅俘虏的脖子。凡是脖子长一点的，统统询问一番。

突然，一个战士抓住一个俘虏，大声问道："你就是'高包脖子'？"

那俘虏吓慌了，连声说："我不是，我不是……"

徐海东看了看，觉得不大像，却故意说："我看你倒挺像！"

"长官，我不是，不是。"俘虏急了，说，"我是理发的。"

说着，他把嘴向旁边一努。原来"高包脖子"就站在他旁边。

只见这个高福源，正把长长的脖子紧缩在大衣领子里。被理发兵供了出来，他只好佯装镇静，伸出了脖子。

徐海东看他这一表演，只觉好笑，便说："我当是活人堆里找不到你哩！"

在军团指挥部，程子华和徐海东对高福源进行了审讯。

因为高福源肩部负伤，程子华特意让医生给他上了药。

程子华问："今后你有什么想法？"

高福源答："我和我们东北军是抗日的，要打回老家去的。你们应该把我放了，我出去一定做抗日的工作。"

程子华说："不能放你。"

高福源又说："那就杀了我。"

程子华说："决不能杀你。"

高福源大惑不解："你们既不杀我又不放我，到底想怎么样？"

程子华不紧不慢地说："你不要着急，我们考虑你的军事素质比较高，想请你到我们的军事学校任教，你是否

高福源

愿意？"

高福源听完愣住了，过了好大会儿，才反应过来，脸上露出喜出望外的神色："我是日本士官学校毕业的，教军事是内行。程将军如此信任我，我一定尽职尽责！"

…………

劳山、榆林桥战役之后，使北到延安，南至鄜县、洛川的敌第六十七军首尾不能相顾，处于瘫痪状态。这两次作战，巩固和扩大了陕甘革命根据地，壮大了红军力量，为迎接党中央和中央红军的到来创造了有利条件。

红十五军团的连连取胜，犹如声声霹雳，使张学良和整个东北军受到前所未有的震撼。整师、整团地被消灭，师长、师参谋长、团长不是被俘就是被毙，这在东北军的历史上还是从来没有过的。现在，毛泽东带领中央红军又来到了陕北，红军的力量更强大了，"剿共"前途暗淡，而国难又日甚一日，张学良"围剿"红军的信心受到严重打击。

红十五军团连连取胜，使国民党军闻风丧胆、谈之色变。他们想了很多办法来对付红军，国民党的飞机甚至撒下这样的传单："凡击毙彭德怀或徐海东，投诚我军，当赏洋 10 万。凡击毙其他匪酋，当予适当奖励。"

附记

党中央到达陕北后，经过思想教育，高福源果然成了红军后方军事学校的教员。中央领导与其谈话后，派他回到东北军，沟通共产党与东北军的联系。他的积极斡旋，对促使张学良接受中国共产党提出的"停止内战，一致抗日"的政策，建立中国共产党与东北军的抗日民族统一战线，发挥了重要作用。毛泽东称赞高福源是"东北军中最有觉悟、最早觉悟的爱国军官"。西安事变后，高福源在东北军中担任旅长。张学良送蒋介石到南京后即被关押起来，由此引发了东北军内部的自相残杀。东北军"少壮派"军官为营救张学良，坚决主张同蒋介石开战，并于 1937 年 2 月枪杀了主和的王以哲，高福源因被怀疑参与了这一事件而被诱杀。

见到毛主席

打下榆林桥后，徐海东和程子华一面派人去迎接党中央，一面研究接下来的作战行动。

徐海东信心满满地对军团指挥部的同志们说："毛主席快到了，再打一仗，作为见面礼！"

下一仗从哪里入手呢？

敌第一一〇师搞掉了，第一〇七师搞垮了4个营，米脂方面高桂滋、井岳秀两支部队向北逃走了，附近敌人不多了。

军团长徐海东和军团政委程子华讨论后决定，部队立刻南下，去攻打张村驿。

张村驿是个小镇，驻着一个民团。周围几个寨子也是民团据点。他们虽然兵力不多，只有几百条枪，但都是顽固的土匪恶霸，储藏了许多粮食和物资，凭借着易守难攻的堡寨，联合起来对付红军，骚扰百姓生产生活，给国民党军通风报信。

徐海东决心拿下这个据点，肃清障碍，同时解决部队的物资和给养问题。

战斗刚开始，忽然从军团部方向跑来7匹快马。程子华派通信员送来了信：

毛主席今天下午要到军团部来，请徐海东同志速回军团部驻地。

这是多么激动人心的消息啊！盼星星盼月亮，毛主席终于来到了！

"快拉马！"徐海东大声吩咐。

外号"猴子"的小马倌，早已把马喂饱，备好鞍，等在屋外了。一听军团长发话，赶紧牵马过来。

徐海东手握马鞭，跃身跨上马背，一晃鞭子，大白马一声长啸，昂首扬尾，四蹄生风，飞奔起来。

徐海东心急如焚，一心想快点赶到驻地，迎接毛主席和党中央。不管大白马跑得多快，他还是不停地摇着鞭子催促。被甩在后头的骑兵通信员、警卫员，也只好不停地抽打着各自的坐骑。

从前线到军团部驻地道佐铺（甘泉县的一个村庄）有六七十公里路，当中要翻过一条山脊。他们只花了3个钟头，就回到了驻地。

还没进村，徐海东就跳下马来。此时，他才发现大白马浑身是汗，自己也湿透了衣衫。

进屋后，徐海东刚洗了把脸，就看到4个人走了进来。

除了程子华，那3人中哪一位是毛主席？徐海东不认识毛泽东，也不认识周恩来和彭德怀。

程子华正要一一做介绍，毛泽东一把抓住徐海东的手，一边摇，一边亲切地说："是海东同志吧？你们辛苦了！"

徐海东这才认定，这位身材高大、面容俊朗的人，就是毛主席！

见到了天天盼夜夜想的毛泽东等中央领导同志，徐海东一激动，把一路上想好的话忘得一干二净，一时什么都说不出来了，只是紧紧握着毛主席的手呵呵傻笑着。缓了好几分钟，他才连声说："还是主席你们辛苦！"

毛泽东和中央红军的同志，确是历尽了千辛万苦。一年多来，他们走了二万五千里，跨越 11 个省，巧渡金沙江、强渡大渡河、飞夺泸定桥，爬雪山、过草地，忍饥挨饿、冒暑熬寒，摆脱敌人无数次围追堵截，好不容易才征战到陕北。眼下已是初冬天气，毛泽东、周恩来和彭德怀都还身着单装，衣服上补丁摞补丁。

早在大别山时徐海东就听说井冈山那边有"朱毛"红军。后来，江西成立了中华苏维埃共和国，毛泽东的名字更使他敬仰。

毛泽东、周恩来和彭德怀问了部队的情况，也问到同志们的吃穿情况。他们关心着时局，取出一份军用地图，一边看，一边听徐海东汇报。

初次相见，徐海东这位窑工出身的将领朴实、爽朗的性格，使毛主席一行对他一见如故。交谈中，他们总是面带微笑地看着他。

徐海东从谈话中听出，毛主席这次来，最关心的是如何粉碎敌人对陕北红军的第三次"围剿"。毛主席详细地询问敌情、我情，分析着新的动向，问徐海东，这第三次"围剿"能粉碎吗？

"能，完全可以粉碎！"徐海东坚定地说。

程子华也说："能，中央红军来了，就更有把握了。"

听完徐海东的汇报，毛主席不但赞扬了红二十五军在陕南的行动，赞扬了他们在回民地区纪律严明，还赞扬了红十五军团劳山、榆林桥战役打得好。亲切的关怀、热情的鼓励，使徐海东、程子华心里暖融融的。

正说着，警卫人员送上饭来，大家边吃边谈。吃过饭，毛主席又就陕北战局的发展讲了些意见。临别前，他又问徐海东下一步准备怎么打。

听徐海东报告后，毛主席亲切地表示，按徐海东他们的部署，把张村驿攻下来，使苏区连成一片，打开红军向西出击的道路，再考虑下一步的行动。

"我马上回前方去！"徐海东大受鼓舞，"党中央来了，一切都好了！"

毛主席又问徐海东有没有电台。

"没有。"徐海东摇摇头。

这些年，红二十五军与党中央失去联络，就是因为缺少一部电

毛泽东等人会见徐海东

台，不要说电台，就连一部电话也没有！

"我们要有电台，早就迎到党中央了！"

毛主席像是早有准备，说给徐海东一部电台，好随时联络。

徐海东没想到一见到毛主席就"鸟枪换炮"，一下子得到了一部电台，高兴坏了！

送走毛主席一行，天色已晚。徐海东想到前线的同志正等着他，他需要马上回去传达毛主席的指示，便向程子华说了声"我走了"，就走出窑洞，飞身上马。

徐海东回到前线后连夜召开了干部会，传达了毛主席的指示和对大家的问候。

部队的情绪沸腾起来！

这个问："毛主席什么时候来这里？"

那个问："哪天能看见毛主席？"

徐海东说："咱们把张村驿打下，大家一块儿去见毛主席！"

"党中央、毛主席给我们送来了电台，咱们一定要打下张村驿！"

战士们立刻喊起口号："打下张村驿，去见毛主席！"

…………

战士们一鼓作气，爬上了张村驿两丈多高的围墙。紧接着，把张村驿附近的民团据点都一一打开，缴获了很多粮食。

战斗还没结束，毛主席就派人把电台送到了，天线也架好了。

战斗一结束，电台队长就来到指挥所，向徐海东请示道："军团长，要发电报吗？"

徐海东看着那个陈旧而又简单的手摇马达，好像不相信它能发电报，笑着问："好用吗？"

"好用，好用。"电台队长说着，让人摇了摇马达，启动后，把耳机递给徐海东，要他试试，"你听！"

徐海东坐下来，套上耳机，一阵清脆、悦耳的嘀嘀嗒嗒声传入耳内。

从来没使用过电台的指挥员，孩子似的笑了！

"向中央发个电报！"徐海东兴高采烈，"向毛主席报告一下我们的战况！"

一阵嘀嘀嗒嗒后，攻下张村驿的战报发出了。徐海东向中央成功发出了他的第一份电报！

当天毛主席便回了电报，向参战的同志们问候，祝贺他们再次取得了胜利。

打下张村驿之后，红十五军团主力随即北返，到达甘泉象鼻子湾村，与中央红军胜利会师。

那天，天降大雪，但每一个红军将士心里都热乎乎的。如同久别重逢的亲人，两军将士有说不完的话、诉不完的情……

率先唱响《红军三大纪律八项注意歌》

红色军人个个要牢记，

三大纪律八项的注意。

第一不拿工农一针线，

群众对我拥护又喜欢。

在庆祝红十五军团与中央红军会师的大会上，红十五军团的官兵齐刷刷高声唱起了《红军三大纪律八项注意歌》。

歌声一起，那人人都耳熟能详的歌词，配上简单明快、铿锵有力的旋律，立刻吸引了全场的注意力。

第一次听到这亲切熟悉又令人耳目一新的歌曲，中央红军的战士们惊愕得嘴巴都张开了。他们个个竖起耳朵，沉浸在歌曲带来的热烈气氛之中，听着听着，不知不觉也跟着哼唱起来……

这首歌之所以让中央红军的战士们

觉得亲切熟悉，是因为它的歌词主要来自中央苏区提出的"三大纪律八项注意"军规。

这首歌的源起，要追溯到 1 年多前。

1934 年，程子华受党中央派遣，由中央苏区来到鄂东北道委驻地卡房。在卡房的 1 个多月间，他同郑位三以及程坦、刘华清等人住在一起。多才多艺的程子华经常在给警卫连上完军事课后，教他们唱中央苏区流行的革命歌曲。他还把歌词和曲谱写出来，要刘华清到部队教唱。

在卡房期间，程子华向政治部的同志讲了中央苏区"三大纪律八项注意"的军规，其具体内容与鄂豫皖红军的纪律条文有些差别。刘华清按照程子华的要求，对红二十五军的纪律条文进行了修正，并印发到各部队。

长征到达陕南后，程子华、郑位三要求，宣传科每天都要抽空教部队唱唱歌，跟大家宣讲"三大纪律八项注意"，要求每个战士都能熟记会背。

当时，刘华清负责抓落实，他觉得别的都不成问题，唯独这背"三大纪律八项注意"的事让他有点发愁："许多战士文化水平低，不少人连字都不识一个，让他们背条款，有点难哦。"

他思来想去，突然生出一个念头：战士们爱唱歌，如果能把"三大纪律八项注意"编成歌曲，那该多好！

可是，部队成天东奔西走，一路上战斗不断，实在顾不上，而且自己不懂乐理，曲子的事咋解决呢？

编歌这个念头在刘华清脑子里盘旋了一阵，最后也就作罢了。

这样，一拖就是大半年。

劳山、榆林桥战斗后，陕甘苏区掀起了参军热潮，部队补充了大批新兵。为了对他们加强政治、纪律教育，军团政治部宣传科按要求编写了教育提纲，派有带兵经验的政工干部下连队讲课，同时还组织了一些典型人物现身说法。

此时，程坦已是军团政治部秘书长，他和宣传科科长刘华清重点负责新兵教育。熟记会背"三大纪律八项注意"就是新兵教育的一项重要内容。程坦对照中央红军先遣队带来的《中国工农红军三大纪律八项注意布告》，把鄂豫皖时期红二十五军原有的纪律条文再次进行了修正。

一天，程坦跟刘华清又一起琢磨怎么教新兵记住"三大纪律八项注意"。

"这'三大纪律八项注意'，长长一大串，有的战士背起来有点吃力呢，要是把它编成歌儿，教给大家唱，是不是很容易就会了？"程坦问刘华清。

"可不嘛！"刘华清一听，十分高兴，连说，"我早先就这么想过呢！"

可是，程坦和刘华清一样，也不懂乐理。谱曲的问题又出来了。

两个音乐的门外汉琢磨来琢磨去，始终找不准"调"。

"对了！咱们在大别山那会儿不是经常爱唱一首《土地革命成功了》的歌吗？"一天，程坦顿悟似的，突然跟刘华清说。

刘华清当即哼出那首无比熟悉的歌来，一下子会意了："你的意思是，借用这首歌的曲谱？"

"对。你意如何？"

"好、好！"

当天晚上，程坦激动难眠，他围着一盆木炭火，摊开几页纸，伏在膝盖上连夜改编歌词。

程坦

几天后，按照"布告"内容，结合《土地革命成功了》的曲调特点，逐条逐句加以斟酌、整理的歌词出来了。

二人试着唱了一遍又一遍，反复品味。

"歌词和曲子很合拍呢！"

"嗯，挺像回事的。"

随后，他们把这个"移花接木"的成果向军团政治部副主任郭述申做了汇报。郭述申听程坦和刘华清来回唱了几遍，自己也跟着哼唱了一下，点点头："不错呢。"

随后又说："我看可以在《红旗报》上刊出，然后印发各部队，让大家都尽快学起来。"

很快，《红旗报》刊出了这首《红军三大纪律八项注意歌》。

之后，这首歌就迅速在红十五军团的战士们中间传唱开来。从鄂豫皖苏区一路行军过来的红二十五军的战士，唱着唱着就会眼含热泪，想起远在大别山的家乡……

红十五军团和中央红军会师后，更多的战士学会了这首歌。

附记

在抗日战争和解放战争时期，只要有人民军队的地方，就处处回荡着这首歌曲的旋律。在抗日战争的敌后游击区，人民群众常常以是否会唱这首歌来辨认是不是共产党的队伍。

半个多世纪以来，随着人民军队任务和纪律要求的变化，这首歌的歌词做过多次修改，歌名逐渐由《红军三大纪律八项注意歌》，演变为《三大纪律八项注意》。

红色经典，经久不衰；人民军队，纪律如磐。

五千大洋送中央红军

陕北高原的冬天来得比较早。刚进入 11 月，就下了一场雪，天气骤然变冷，红军将士面临着一个难熬的严冬。

此时，红十五军团的战士大多缺少冬装，夜晚围挤在窑洞里，把温暖的炕头让给伤病员。军团领导多次交换意见，要供给部清查家底，想方设法给部队添些衣服、棉絮，买些山药蛋，让大家过个温饱的冬天。

一天傍晚，徐海东从连队回到军团部后，值班参谋向他报告："来了位中央红军的首长，等了好一会儿了。"

"是哪位？"

"不认识。"

"什么事？"

"只说要见你。"

自从红十五军团与中央红军会师之

红一军团与红十五军团部分领导同志合影（前排左起：王首道、杨尚昆、聂荣臻、徐海东；后排左起：罗瑞卿、程子华、陈光、邓小平）

后，徐海东像游子见到了母亲，对中央领导同志特别亲，已经几次派人到中央红军参观、学习。一听说中央红军的人来了，急忙请了进来。

徐海东和来人一见面，立刻认出是中央红军后勤部的杨至成。两人握手寒暄，坐到炕上。

徐海东朝房门外叫："小鬼，泡点茶！"

他不喝酒、不抽烟，倒爱喝茶，每逢来了客人，总是叫警卫员泡上一缸子茶水招待。

杨至成经管中央红军的后勤工作，凡是吃、穿、用方面的事，都由他操办。他和中央红军其他人一样，身上的衣服既单薄又破旧，看起来比徐海东寒碜多了。

趁警卫员烧水泡茶的工夫，杨至成从衣兜里掏出一张纸条，递给徐海东。

徐海东一看，落款竟然是"毛泽东"。纸条上面这样写道：

海东同志：

你好！因部队过冬吃、穿出现困难，特向你借款两千五百元。

毛泽东

徐海东看完，一下子红了脸："唉，这怎么说呢！"

"你们转战将近一年，一定也是困难的。"杨至成看看徐海东的脸色，字斟句酌，"你不要为难，要是……"

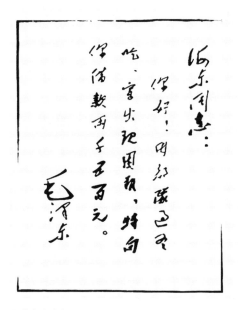

毛泽东的借条

"你想到哪里去了！"徐海东说，"我们还有钱……"

徐海东考虑的是：会师后，虽然让供给部给中央几位领导同志做了棉衣，还送去了几包银耳，但是没有想到拨出一部分钱为他们解饥寒，如今反倒让毛主席亲自打条子来借钱，这可真是不该啊！

"等我们筹到款子，还是要尽快还的。"杨至成接着说，"现在中央机关和直属部队，实在有难处！"

"嘿，你说到哪里去了！"徐海东更加不好意思了。

杨至成讲的是老实话。按照红军的制度，哪个部队的钱财，归哪个部队支配。何况红二十五军也刚结束长征，红二十六军、红二十七军家底都很薄，一样缺钱、一样困难啊！

讲完话，杨至成没等茶端上来就要走。徐海东将他送到窑洞外，转身回来时，见警卫员站在那里呵呵直笑，便问："你个小鬼笑啥哩？"

"首长，你不要老叫'泡茶、泡茶'的。你不知道，从陕南带来的那点茶叶，前几天就喝完啦！今天那位首长要不是走得这样快，只好给他……"

"算啦，想办法再买一点嘛。"

"哪里买去，这穷窝窝，山上不长树、不种茶，不像我们的大别山，出产的东西多，有茶买。再说，供给部的'守财奴'一个子儿也不肯给啊！"

"叨叨个没完。"徐海东笑着挥挥手，"去把供给部长找来。"

"查部长不在呢。"

徐海东坐在炕上，心里翻江倒海、五味杂陈：中央红军若不是缺吃少穿，毛主席哪能写条子向下级借钱啊！

他越思越想，心里越是不安，便抬腿出了窑洞，带着警卫员去找供给部部长查国桢。

供给部分散住在老乡家的窑洞里。徐海东刚走到门口，就听见里面传来噼里啪啦拨拉算盘的声音。进门一看，供给部财务科科长傅家选正给人结账呢。

"老傅，查部长呢？"

傅家选一看军团长来了，忙起身，让人到另一个房里去叫查国桢。

徐海东问傅家选："我们还有多少钱？"

"7000块左右。"

徐海东高兴地说："怪不得有人说供给部是'守财奴'！"

"首长啊！这点钱算什么呀！"傅家选苦着脸说，"要买药，好些战士还没穿上棉衣。要是能'打劫'几家大土豪就好喽！可惜这地方穷得驴身上都不长毛，恐怕连个把小土豪都找不到哇！"

"呵呵，不要叫穷！"徐海东笑着打断，说，"等查部长回来，对他说，我要你们拿5000块钱，送给中央红军！"

"啊？"

"是！"

这个时候，红十五军团生活也很苦，每人每天只有几分钱的菜金。这7000多块钱的家底，是供给部一路长征好不容易节省下来的。查国桢是一个铜板都要攥出汗来的人，不该花的钱，一分钱都不肯花。现在军团长一开口要送出去5000块，傅家选发愁的是，红十五军团几千号人的冬天该怎么过呢？

正说着，查国桢进来了。徐海东把刚才说的意思又重复了一遍，生怕他俩不同意，又补充道："我们来到陕北比中央红军早，人地熟悉。中央红军刚到，困难比我们多，我们要勒紧裤带，多为中央红军解决困难。"

其实，送钱的事查国桢和傅家选都没有意见。看到中央红军的艰难，他们也动过主动送钱的念头。没想到，还没来得及向领导请示，军团长倒找上门来了；也没想到，一下子送出去那么多……

"既然想到一块儿了，就不要有什么犹豫了！"看大家这么容易就达成了一致，徐海东十分高兴。

他提议："咱们借这个机会给中央红军写封信吧。老傅，你是个'秀才'，你来执笔！"

一说给中央红军写信，大家都非常兴奋、激动。傅家选立刻找来纸和笔，三人围在一张小木桌旁，边商量边写。傅家选一笔一画，工工整整。

信是写给毛泽东和彭德怀的，信上表示坚决拥护党中央和毛主席的领导，坚决拥护党中央北上抗日的正确主张。

信写好了，徐海东说："让手枪团送去。"

手枪团团长傅春早跑步过来领受任务。傅家选用一块蓝色的印花布把钱和信包好，郑重地交给了他。

第二天，拿到 5000 块大洋的杨至成高兴万分："这下可救了急！"

革命队伍，本是个大家庭，一路红军给另一路红军送几千块钱，不算什么大事。然而，在当时两路红军生活都很困难的情况下，这雪中送炭的 5000 块钱，却让中央领导深为感动。

有一天，彭德怀见到徐海东，握着他的手说："多谢你这财神爷啊！"

多年后，毛泽东又提及这件事，说："在陕北最困难的时候，多亏了海东同志借给我的 5000 块大洋，那可是为革命帮了大忙啊！"

5000大洋送过去后，为了从人员上、物资上全面支援中央红军，徐海东和程子华决定开个干部大会，动员一切力量，帮中央红军解决困难。

会场设在一个宽阔的场子上，连以上干部席地而坐。

徐海东首先讲话，他慷慨激昂地说："同志们，中央红军来啦！中央红军、红二十五军和陕甘红军胜利会师，陕北的革命斗争将会出现一个崭新的局面！"

干部们听得热血沸腾，个个精神振奋。

徐海东的声音又响起来："中央红军是毛主席直接指挥的，军政素质好，战斗作风硬，他们一次又一次打破了国民党反动派围追堵截的计划，粉碎了蒋介石的'剿共'阴谋，是一支英勇善战、举世无双的部队。我们一定要向中央红军学习，搞好团结，不要闹宗派、搞山头。我们早就盼着中央红军来，现在中央红军已经来了，我们用什么作为见面礼，表表咱们红十五军团的心意？"

他停了一下，用目光扫了大家一眼。整个会场鸦雀无声。他把手一挥，提高了音量："拿出实际行动来，尽最大努力，节衣缩食，从人员上、物资上支援中央红军！"

话音刚落，会场上响起了一阵热烈的掌声。

那天，天空半阴，寒气逼人。干部们虽然都穿着单衣，但听了军团长的动员，心里像燃起了一团火，热乎乎的。

政委程子华也讲了话。

而后大家七嘴八舌地议论开了：

"我们都是工农子弟兵，红军如不互相支援还算什么红军！"

"哪怕我们自己再艰苦，也要想方设法为中央红军解决困难。"

"给中央红军送礼物，这是全军团指战员的心意，一定要把最好的送去。"

…………

经过充分酝酿讨论，徐海东宣布了支援中央红军的物品和人员：每个连队抽出机枪 3 挺、其他枪若干支、弹药若干箱；经济部、卫生部抽出部分衣物、医药用品；在劳山战役、榆林桥战役中入伍的全部解放战士。

为保证质量，徐海东向他们提出"三个不送"：不送缺损零件的枪支，不送变质药品，不送破脏衣服。

命令一宣布，干部们长时间地热烈鼓掌。

动员大会结束后，大家就忙乎开了：有的检查枪支弹药；有的整理药品；有的召开支委会，研究怎么执行军团首长的决定；还有的针对少数同志的本位主义思想，及时找他们谈心，做好思想工作。

军团部还专门成立了督促小组，一个单位一个单位地检查落实情况。每个连队都组织了人员擦拭枪支、洗补衣服。有的枪支缺少零件，他们就从其他枪支上卸下补上，确保每支枪不但完好无损，而且都油光发亮，没有一点锈迹。许多同志还把自己的羊皮袄拿出来，没有加工过的，用土办法精心加工，弄得干干净净、软软和和，准备送给中央红军老大哥。

徐海东、程子华等军团首长分头去抓落实。每当看见送的东西不合规定时，他们总是严肃而又亲切地批评："同志，要送好的给中央红军老大哥，马虎不得！"

中央红军经过二万五千里长征，牺牲了很多人，十分需要补充新生力量。为确保送过去的解放战士具备较好的军政素质，徐海东给新兵训练团制订了严格的训练计划，并亲自督促落实。

大家见军团长这样重视新兵训练，积极性倍增。清晨，一阵军号响过，新兵团就开始了一天的紧张生活，出操、听报告、助民劳动等，安排得井然有序。

针对这些从东北军投降过来的战士的特点，教员们耐心地给他们上政治课，讲抗日救国、收复失地、不当亡国奴的道理，帮助他们认清为谁当兵、为谁打仗。

这些在国民党军队里受尽苦难的战士，在红军这所新型的学校里，学政治、强军事，政治热情很高。经过一段时间的训练，他们的军政素质有了明显提高。

10多天过去了，各方面都准备妥当了，中央红军分头来取，一堆堆物品摆在面前。当他们看见油亮的枪，满箱的子弹、手榴弹、药品，干净整洁的衣服，特别是一个个精神抖擞的战士时，都情不自禁地说："好，真好啊！"

中央红军专门派供给部军需处处长赖勤过来表示感谢。赖勤转达中央领导的感谢，称赞红十五军团没有本位主义，以大局为重，为中央红军解决了大问题。

这段时间，红十五军团真的是"勒紧裤腰带"过日子了。军团上下每天吃的都是酸菜、山药蛋、小米稀粥。冬天到了，许多同志没有棉衣穿，徐海东和程子华经常把自己的大衣让给战士们穿。一件衣服，你让给我，我让给你，谁也不肯多穿。干部战士互相关心、互相爱护，同甘共苦，共渡难关。

1935 年 11 月初，红十五军团编入红一方面军。随后，在毛主席、党中央直接指挥下，取得了直罗镇战役的胜利，彻底粉碎了敌人对陕甘苏区的第三次"围剿"，"给党中央把全国革命大本营放在西北的任务，举行了一个奠基礼"。

历史的回响

　　"天地英雄气，千秋尚凛然。"在革命老区、在红二十五军一路征战过的地方、在英雄鲜血浸染的土地上、在960多万平方公里的神州大地上，红色血脉生生不息、红色基因代代相传。

　　巍巍大别山，英雄万万千。大别山是红二十五军的摇篮，长征出发前，红二十五军在这里战斗、生活，革命的足迹漫山遍野，红色资源星罗棋布。坐落于新县的鄂豫皖苏区首府烈士陵园、鄂豫皖苏区首府革命博物馆，光山县的花山寨会议旧址、罗山县的红二十五军长征出发地纪念馆……一座座纪念场所、一幅幅历史图片、一件件珍贵实物，铭记着红二十五军浴血奋战、浴火重生的光荣历史，述说着革命先辈在征途中不畏艰险、不怕困苦、不惧流血牺牲的革命精神。大半生倾情守护红军洞的张爱华、几十年如一日为英烈"站岗"的王茂贵、义务宣讲红色故事的红军后人吴世友、一批又一批加入革命传统教育的小小红色讲解员……在这片创造了"28年红旗不倒"奇迹的土地上，红色精神世代发扬，红色文化光芒绽放。新时代，深受红二十五军长征精神、大别山精神滋养的大别山儿女，坚韧不拔、奋发进取，老区旧貌换新颜，高质量发展新潮涌动，到处一派勃勃生机。

红二十五军长征出发后，经由桐柏山、伏牛山，进入陕南商洛山中，继而又由陕南经陇东到陕北，一路上鏖战独树镇、智取铁锁关、激战庾家河、创建根据地、伏击石塔寺、奇袭荆紫关、布阵袁家沟口、喋血四坡村。在这绵延上千公里、跨越90年的山河岁月中，在这一场场绝处逢生的战斗发生地，红二十五军英勇善战、所向无敌的英雄壮举，与人民群众生死相依、患难与共的感人故事，家喻户晓、代代传颂。红军楼、红军庙、红军巷、红军小屋、红军小学，独树镇战斗纪念碑、庾家河战斗纪念碑、红二十五军长征宿营地、红二十五军长征纪念馆、苏维埃政府旧址、吴焕先烈士纪念馆……数不尽的红色地标、愈擦愈亮的红色印记，映照出沿途人民对红二十五军无限的敬仰与怀念，对红二十五军革命精神、长征精神永志不忘的传承与弘扬。

历史因铭记而永恒，精神因传承而不朽。气壮山河的伟大长征、历久弥新的长征精神，是取之不尽、用之不竭的精神财富，激励着中华儿女满怀豪情、逐梦前行，在新时代新征程奋力书写强国建设、民族复兴新篇章！

后记

　　沿着时光隧道，走近红二十五军三千儿郎，蓬勃的青春气息扑面而来。在坚定的信仰、无畏的牺牲、卓著的战绩之外，青春的阳刚与热血是这支队伍最鲜明的标记。

　　不足 3000 人的队伍，平均年龄不到 18 岁，孤军北上，一路险象环生，却不断突围、勇往直前，直至胜利。写作中，叙述一场场激烈的生死搏杀，描摹一幕幕惊心动魄的战斗场景，我一次次穿越回那血色浪漫、激情燃烧的峥嵘岁月。即便隔着 90 年的漫长时空，依然能够真切地触摸到那些英雄可亲可爱的面容，感受到那群有着高度革命觉悟的中国青年，为了信仰、胜利，他们是怎样坚定不移、义无反顾，勇往奋进以赴之、断头流血以从之、殚精竭虑以成之。

　　"青年者，国家之魂。"在中华民族漫漫历史长河中，每当狂涛怒浪袭来，担当中流砥柱者，从来不乏青年英挺坚毅的身姿。在中国革命的滚滚洪流中，像红二十五军的指战员这般，以青春的臂膀，奋起慷慨豪壮之精神，肩起宏伟盛大之事业者，又何止千千万！

　　一代人有一代人的担当。我之所以欣然接受出版社之约，撰写这样一部书稿，讲述红二十五军的长征故事，是想和青年朋友分享这样一个朴素的认知：中国革命的胜利何其不易！那一代红色青年的牺牲与奉献何其壮哉！不管时代如何变化，我们永远不能忘记红色政权是怎么来的、新中国是怎么来的、今天的幸福生活是怎么来的。

今天的中国，山河无恙、岁月静好，革命先辈付出青春和生命打下的红色江山，欣欣向荣、气象万千。今天，我们的国家正在走向繁荣富强，我们的民族正在走向伟大复兴，我们的人民正在奔向更加幸福美好的生活。中国青年建功立业的舞台越来越宽广，梦想成真的前景也前所未有地充满光明。

盛世如斯，青年朋友生逢其时，前程远大。那么，我们该怎样从革命先辈身上汲取奋进的力量，走好我们这一代人的长征路，实现一种有高度、有境界、有意义的人生？

"国家不可一日无青年，青年不可一日无觉醒。"习近平总书记一再语重心长地强调，实现中华民族伟大复兴的中国梦，需要一代又一代有志青年接续奋斗。国家的前途，民族的命运，人民的幸福，是当代中国青年"天将降大任于是人"的时代使命，也是必须和必将承担的重任。把自己的理想同国家的前途、将自己的人生同民族的命运紧密联系在一起，立大志、担大任，是当代中国青年必须筑牢的价值观底座。只要中国青年都能志存高远、信念坚定，勇挑重担、勇克难关，中国就能始终充满活力、充满后劲、充满希望。

一代人有一代人的际遇。新时代，青年朋友成长的路上，依然会有平川也有高山，有缓流也有险滩，有丽日也有风雨，有喜悦也有哀伤。但我们相信，只要始终心怀理想、心中有光，任何境遇下都永葆

后记

赤子之心，不坠青云之志，高扬奋斗之帆，劈波斩浪、砥砺奋进、攻坚克难、创造业绩，定能不负时代，不负韶华，不负革命先辈的付出和期待。

"青年如初春，如朝日，如百卉之萌动，如利刃之新发于硎。"百年前，《新青年》杂志以诗的语言深情赞美青春。当年，红二十五军当中的一批青年，就是被那一代中国革命的播火者、中国共产党的创始人所深深启蒙过、感染过、激励过，才毅然决然地做出了和他们同样的选择。那么今天，让我们借着重温红二十五军的长征故事，再次吟咏并记住革命先驱对青年的寄望：

> 故青年者，人生之王，人生之春，人生之华也。青年之字典，无"困难"之字，青年之口头，无"障碍"之语；惟知跃进，惟知雄飞，惟知本其自由之精神，奇僻之思想，锐敏之直觉，活泼之生命，以创造环境，征服历史。

青年当自强！

在本书出版之际，我要特别感谢邵维正老师不顾年事已高，慨然为本书挥毫题词并作序。邵老师是党史专家，在学界享有盛名和威望。对这个选题的意义、这部书稿的完成质量，邵老师给予了极大认可和鼓励，尽显学界前辈的气度与风范。尤其难能可贵的是，这位年届九旬的老人，在文字里与红二十五军这支青春的队伍相遇后，下笔不禁飒爽豪迈、意气风发，字里行间激情流淌、青春荡漾，气韵与整部书的基调很是吻合。果然，革命人永远是年轻！

在这里，还要特别感谢军事科学院军队政治工作研究院解放军党史军史研究中心研究员褚银老师。褚老师是研究红军长征的著名专家，在这方面著述颇丰，对红二十五军的长征历史更是十分熟悉，如数家珍。在书稿写作过程中，我一次次向褚老师请教，他都不吝赐教，不厌其烦，简直成为我查证资料的"百科全书"。更让人感动的是，褚老师不断为我鼓劲打气，提出很多好的建议，推着我一鼓作气写完书稿。而且，他还爽快地答应，书成后，他将作为第一读者，尽快完成一篇书评，宣传介绍此书，并借此向红二十五军这支英雄的部队致敬。噫乎！玉成其美者，君子也。

最后，还要隆重感谢作为出版方的河南文艺出版社。许华伟社长高度信任我，多次上门面谋，并有求必应，创造良好条件，为书稿的顺利推进花费极大心血。具体负责此书的副总编辑刘晨芳老师，更是凡事亲力亲为，上下协调、左右穿梭，并顶风冒雪、不辞辛劳，带队深入大别山，实地探寻红二十五军的战斗足迹，记录下感人至深的老区今昔。还有，本书责任编辑熊丰女士一丝不苟、精益求精，无数次与我沟通商榷，常常为一个细节的可信度、一个引文的出处、一个数字的准确性，乃至一个标点符号的用法，想方设法、反复求证，不解决问题决不罢休。那种对书稿千锤百炼、千淘万漉的精神，令我感佩。美编张萌女士，匠心独运、妙手巧思，推出让人眼前一亮的设计方案，为本书增色不少。其他还有很多为此书面市出谋划策、无私相助者，不再一一赘述，在此一并献上我诚挚的感谢！

主 要 参 考 资 料

1.《中国工农红军第二十五军战史资料选编》，《中国工农红军第二十五军战史》编审委员会编，解放军出版社，1991 年版。

2.《中国工农红军第二十五军战史》，《中国工农红军第二十五军战史》编审委员会编，解放军出版社，1990 年版。

3.“中国人民解放军战史”丛书《中国工农红军第二十五军战史》，《中国工农红军第二十五军战史》编审委员会编，解放军出版社，2017 年版。

4.《中国工农红军长征全史——红 25 军征战记》，军事科学院军事历史研究所编著，军事科学出版社，2006 年版。

5.《中国工农红军长征史》，中国人民解放军军事科学院军事历史研究部编著，山西人民出版社，1996 年版。

6.《红二十五军长征纪实》，芦振国、姜为民编，河南人民出版社，1986 年版。

7.《血沃中原——吴焕先传记》，卢振国著，河南人民出版社，1987 年版。

8.《徐海东将军传》，张麟著，上海文艺出版社，1983 年版。

9.“中国人民解放军大将传记”丛书《徐海东大将》，张麟著，解放军文艺出版社，2005 年版。

10.《徐海东纪念文集》，《徐海东纪念文集》编委会编，军事科学出版社，2000 年版。

11.《生平自述》，徐海东著，生活·读书·新知三联书店，1982 年版。

12.《程子华回忆录》，程子华著，中央文献出版社，2015 年版。

13.《沈泽民传》，钟桂松著，中央文献出版社，2003 年版。

14.《郑位三传记》，刘光明著，武汉工业大学出版社，1988 年版。

15.《刘华清回忆录》，刘华清著，解放军出版社，2004 年版。

16.《刘震回忆录》，刘震著，解放军出版社，1990 年版。

17.《陈先瑞回忆录》，陈先瑞著，解放军出版社，1999 年版。

18.《郭述申纪念文集》（上、下卷），大连市史志办公室编，大连出版社，1996 年版。

19.《刘志丹纪念文集》，《刘志丹纪念文集》编委会编，军事科学出版社，2003 年版。

20《大别山上红旗飘——回忆鄂豫皖三年游击战争》，何耀榜讲、苏波记，中国青年出版社，1959 年版。

21.《中国红军长征史》，力平、余熙山、殷子贤著，中共党史出版社，1996 年版。

22.《鄂豫皖革命根据地》（第一、第二、第三、第四册），《鄂豫皖革命根据地》编委会编，河南人民出版社，1989 年版。

23．"中国人民解放军历史资料"丛书《红军长征·文献》，"中国人民解放军历史资料"丛书编审委员会编，解放军出版社，1995 年版。

24．"中国人民解放军历史资料"丛书《红军长征·参考资料》，"中国人民解放军历史资料"丛书编审委员会编，解放军出版社，1992 年版。

25．"中国人民解放军历史资料"丛书《红军长征·回忆史料》(1)，"中国人民解放军历史资料"丛书编审委员会编，解放军出版社，1990 年版。

26．"中国人民解放军历史资料"丛书《红军长征·回忆史料》(2)，"中国人民解放军历史资料"丛书编审委员会编，解放军出版社，1992 年版。

27．"中国人民解放军历史资料"丛书《红军反"围剿"·回忆史料》，"中国人民解放军历史资料"丛书编审委员会编，解放军出版社，1994 年版。

28．"中国人民解放军历史资料"丛书《红军长征·综述、大事记、表册》，"中国人民解放军历史资料"丛书编审委员会编，解放军出版社，1989 年版。

29．《图说长征·红二十五军卷》，《图说长征》课题组编著，中共党史出版社，2019 年版。